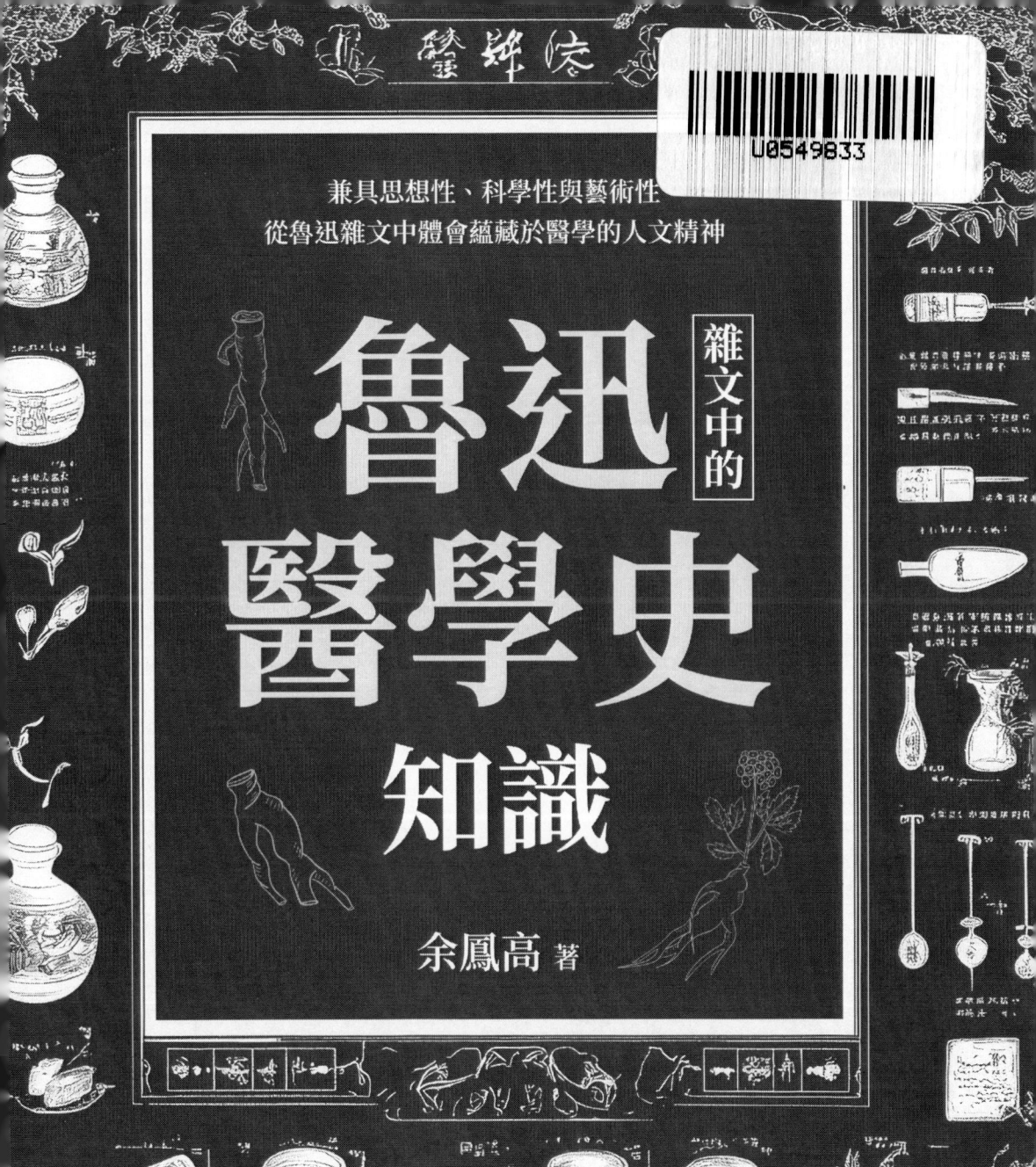

兼具思想性、科學性與藝術性
從魯迅雜文中體會蘊藏於醫學的人文精神

魯迅雜文中的醫學史知識

余鳳高 著

大文學家魯迅，巧妙將醫學事證融入文學中
充分運用科學的理性充實思想的深度

**本書細細道來各個例證背後的史料故事
使讀者細讀魯迅雜文中的引用時更具體明晰**

目 錄

小引	005
前言　人類疾病的文化表徵	009
「食菌不病」的實驗和「精神改造肉體」的破滅	023
「606」的發明與醫治「國民性」	037
纏腳、吃印度大麻與「蠻人文化」	047
曼陀羅花的毒與外國文學的譯介	057
西方的醫學與日本的「明治維新」	067
藝術與瘋狂	081
傳統中醫：寶藏與胡話	091
「精神分析」與人的「外套」	101
白血球與社會批評、文明批評	109
人體的衰老與社會的退化	119

目錄

「精神分析」與國人的「心解」　　129

西醫與它在當年中國的命運　　141

飲食習慣與身心健康　　151

做夢與社會理想　　161

《本草綱目》裡的經驗與實踐者的偉大犧牲　　171

鴉片、嗎啡與「拿來主義」　　179

優生學與人的命運　　187

血液循環的發現與改革的不可擋　　197

莊嚴的放射法實驗與剝削者的荒淫無恥　　207

「醫學泰斗」的悖論與所謂「名人名言」　　217

移植金雞納與文化傳播　　225

種痘救人與殺人者製造炮灰　　233

後記　　241

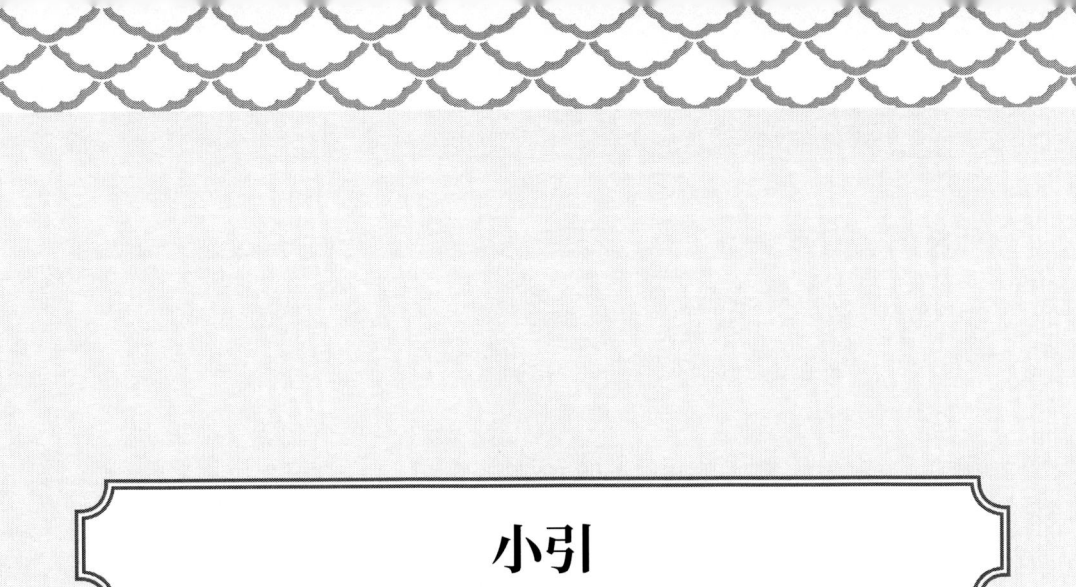

小引

　　1936年4月2日，晚年的魯迅在給愛好文學的少年顏黎民的信中，回答他可以看些什麼書的提問時，直截了當地指點他說：「……不要專門看文學，關於科學的書（自然是寫得有趣而容易懂的）以及遊記之類，也應該看看的。」十多天後，4月15日，他再次告誡這位文學愛好者，讀書「必須如蜜蜂一樣，採過許多花，這才能釀出蜜來」。他批評了片面的閱讀習慣及其造成的不良後果：「先前的文學青年，往往厭惡數學、理化、史地、生物學，以為這些都無足重輕，後來變成連常識也沒有，研究文學果然不明白，自己做起文章也糊塗，所以我希望你們不要放開科學，一味專在文學裡。」

　　「不要放開科學，一味專在文學裡。」這話不是出於科學家的偏見，而是大文學家魯迅的教導，可謂是特別有意義的金玉良言。其實，這也是魯迅自己畢生生活實踐和創作實踐的經驗總結。

　　還在童年時代，魯迅就喜愛有關草木蟲魚的自然科學讀物。進南京的礦路學堂後，第一次有系統性地接觸了西方的現代自然科學，除學校必修的地學和金石學，又「知道世上還有所謂格致、算學、地理、歷史、繪圖和體操」，感到「都非常新鮮」。此外，魯迅還閱讀了一些生理學和醫學的書。後來，魯迅進入日本仙台醫學專門學校，從藤野先生那裡學習「他所擔任的功課：骨學、血管學、神經學」，自然還有學醫所不可缺的解剖學。從魯迅在東京所記錄下來的「擬購德文書目」中可以看出，他不管是對生物學、古生物學、動物學、植物學及進化論、達爾文主義，對人類學、人種學，對地理學、地質學、礦物學，對化學、電化學、生理化學、精神物理學，還是對醫學、解剖學、細菌學、衛生學等，都無不感到極大的興趣。

　　在魯迅的藏書中，有遺傳學、有機化學，甚至法醫學的書，也可看

出他對自然科學的興趣廣泛。雖然魯迅自謙說，他對科學所知不多，也沒有什麼外國書，只好看看譯本。實際上，魯迅一生讀了不少自然科學的外文原著，而且將其中的一部分翻譯成了中文，介紹給國人。就在生命的最後階段，儘管身體不好，魯迅仍念念不忘要和他弟弟周建人一起翻譯法布爾的《昆蟲記》。

恩格斯曾在1845年7月14日給馬克思的信中說到，他研究生理學，並且想與此結合起來研究一下比較解剖學，因為「在這兩門科學中包含著許多從哲學觀點來看非常重要的東西」。十多年後，在1876年5月28日致馬克思的信中，他又說起「對古代史的重新研究和我的自然科學研究工作，對於批判杜林大有益處，並在許多方面有助於我的工作。」魯迅也是如此，在雜文的寫作中，他能夠應用自然科學和科學史上的史實或原理，作為慎密的科學依據或比喻，如他在《偽自由書・止哭文學》中舉天文學史上伽利略的「日心說」和生物學史上達爾文進化論的確立，證明真理不怕攻擊；在《墳・寡婦主義》中舉著名的俄國女數學家柯瓦列夫斯卡婭的感情昇華，來闡明解放人性、普及性教育的重要性；在《偽自由書・電的利弊》中舉愛迪生發明電燈，來比照不同社會對電有不同的利用方式；在《准風月談・同意和解釋》中舉人類學史上原人對於動物的威權，來說明暴力的作用，等等。魯迅就這樣，將自然科學史上的事例，應用於雜文之中，使文章的思想性、科學性和藝術性緊密結合起來，融為一體，分析透徹、說理至深、生動活潑，具有獨特的風格和藝術感染力。

此前，本書作者曾在1980年和1986年先後出版過《佛洛伊德、螺贏及其它：魯迅著作中的自然科學史知識》和《魯迅雜文與科學史》，從魯迅雜文中挑選50則有關科學事實的文章，對其在文中的應用，進行簡單的介紹和分析。只因時代和作者當時認知上的局限，文章資料不夠具

小引

有系統性，對所涉及的歷史人物評價，常有偏「左」的傾向。有鑑於曾經受過系統性醫學教育的魯迅，對科學史的了解中，以醫學史最為熟悉，故在他的雜文中也最常應用到醫學史，因而本專集選擇魯迅雜文中有關醫學史，包括生理學、病理學和治療學上的事例22則，重新寫成本書，希望比前兩冊增加一點新意，並期望得到讀者的批評和指教。

前言　人類疾病的文化表徵

前言　人類疾病的文化表徵

18世紀的法國醫生和哲學家拉·美特利（Julien Offray de La Mettrie）把人體看成是一架機器，他比喻說：「身體不是別的，就是一架鐘錶。」他不但相信這架「機器」「天然的、固有的擺動，是這一架機器的每一根纖維所賦有的」，甚至認為這架機器——人體的「心靈的一切作用」也一樣，「是這個組織本身」造成的[001]。拉·美特利這樣理解人體，無疑是受古希臘希波克拉底學派所完善的學說影響，該學說認為人體中的四種「體液」（humor）不僅決定人的健康或疾病狀況，還影響到人的個性、氣質等心理素養他這項理論，頗具特色地發揮了無神論、甚至唯物主義的觀點，對於消弭此前人們、包括絕大多數醫生普遍信仰的「神魔」致病的思想，發揮正向作用。但是也具有很大的局限性，因為人畢竟不同於機器，不同於機械的鐘錶。人有自主性和能動性，同時還因生活在社會之中，使人在軀體和心靈上都會受外在社會、文化的影響。因此，人類患病，就不同於機器或鐘錶的受損或毀壞，而是由多種社會和文化因素造成的現象。

實際上，人的疾病，不論從疾病的本質或是從疾病的產生來看，或者就人們對待病體的認知和態度而言，各種不同疾病，在不同時代、不同社會背景之下，都具有豐富而深厚的文化表徵和文化內涵。

一般來說，當人感覺到或表現出自己軀體中某個部位不舒服或異常時，從生物醫學模式，即病理生理、病理解剖或微生物學的視角來理解，不管是先天或後天功能障礙的結果，還是空氣中的不潔成分或者細菌、病毒、寄生蟲等傳染性生物體這類體外因素引起的，都屬於生物體正常狀態的受損和生物學的異常。因為這些症狀都是由於人體結構或機能發生變化，才使人的存在本身或人體特徵，與健康之時相比，成為外

---

[001] 拉·美特利：《人是機器》（顧壽觀譯），第60、52、18頁，商務印書館，1996年版。

來的、異己的東西，最終導致人處於痛苦或者失能等完全改變了的狀態。若是從現象學事件來看，作為生活體驗的「病情」和作為某種疾病狀態的概念化之間，也有本質的區別：「生病」、「疾病」和「疾病狀態」這三個層面，「代表的是患者理解疾病的方式；『疾病狀態』則代表醫生對疾病的概念化。」[002] 前者是患者意識到自己的身體或功能上的異樣或改變，是一個人只有在生病時、而不是在健康時，才能明確體驗到的存在；後者則相反，是在健康時、而不是生病之時，超越於「生病」和「疾病」層面，對於病痛的客觀觀察。

一個人，或者一群人，甚至成千上萬的人一下子都患病了，是什麼原因呢？這是人們千百年來都在思索和追究的疑問。

以細菌、病毒、原蟲、蠕蟲等病原體傳染的傳染性疾病來說，它們幾乎和人類一樣古老，最初都來自於人與動物的接觸，也來自於即將進化成人類、與動物共同生存和進化的靈長類動物體內的寄生蟲和細菌，而傳播這些疾病的病菌則是歷經億萬年進化的產物[003]。

這樣的解釋，因為事情實在太過遙遠，即使對今日的現代人來說，也可能會覺得有些茫然，幼年時代的人類更加無法理解。

人類的幼年是一個漫長的「泛靈論」時代。由於無法解釋為什麼會產生夢境、幻象和疾病、死亡等怪異現象，便輕易地將它歸之於是虛無縹緲的神靈，相信精靈存在，認為一切事物和現象，都由這些世外的神祇和惡魔所控制，不但相信每一棵樹木、每一池水塘都有精靈寄宿其中，

---

[002] 圖姆斯：《病患的意義　醫生和病人不同觀點的現象學探討》（邱鴻鐘等譯），第39頁，青島出版社，2000年版。
[003] 這一看法受惠於巴里·齊格爾曼和大衛·齊格爾曼的書《威脅人類的微生物和疾病》第一章〈疾病的起源〉，它詳細描述了微生物和病菌如何在地球開初之時形成。該書的中譯本於2003年由文化藝術出版社出版，易名為《危險的殺手　微生物簡史》。

前言　人類疾病的文化表徵

也認為風雨雷電等自然現象和人的生老病死，同樣由精靈所主宰。「潘朵拉的盒子」這一著名的希臘神話，就凝聚了幼年時代的人類對人間一切「災難」和「禍患」的來源認知。

　　神話是對自然、社會、文化的象徵性描述。旅行家和人類學家的記述和研究可以為「潘朵拉的盒子」的神話佐證。神魔和祖先鬼魂致病的觀念是全球性的，世界上無論哪一個民族都有這一類傳說和故事。法國社會學家路先·列維-布留爾曾引用大量有關的親歷資料，說明原始人的意識天生就是以神靈的觀點來看待一切，相信「一切事物都是由一個神對另一個神引發作用的結果才產生的」；患病也一樣，不管是危害男人、女人或者兒童甚至牲畜的病，「只要是病，都想像成是惡魔或受辱的神」，或是「不滿意的死人」造成的[004]。蘇格蘭人類學家詹姆斯·弗雷澤在其經典著作《金枝：對巫術與宗教的研究》中也提到這樣的觀念，例如「在奴隸海岸，幼兒的媽媽常常相信邪惡的病魔侵占在孩子身上」[005]。

　　中國的神話，同樣不但認為有天神、地神、山神、水神、樹神、花神的存在，也相信每一種疾病都有一種神魔主宰。在古代中國人的心目中，西王母可能是最早的疾病之神，也是一位主神。《山海經》說她「其狀如人，豹尾虎齒而善嘯，蓬髮戴勝，司天之厲及五殘」，郭璞注釋「厲及五殘」為「災厲五刑殘殺之氣也」[006]。「厲」即疫厲，也就是疾患；至於「五刑殘殺」，也許可以看成是病體的受損有如遭受了墨、劓、剕、宮、大辟等極端殘酷的刑罰。此外還有許多如「五瘟神」或者天花娘娘、瘧疾娘娘等等名目繁多、幾乎每一種都有其所屬的致病或者護病的神魔。《搜神記》就記述：稱傳說是古代部落的首領「顓頊氏有三子，死而

---

[004] 列維-布留爾：《原始思維》（丁由譯），第 59、257 頁，商務印書館，1987 年版。
[005] J. G. 弗雷澤：《金枝》（徐育新等譯），第 197 頁，新世界出版社，2006 年版。
[006]《山海經》，第 28 頁，上海古籍出版社，1989 年影印版。

為疫鬼：一居江水，為瘧鬼；一居若水，為魍魎鬼；一居人宮室，善驚人小兒，為小鬼。」[007]

迷信觀念是神魔致病理論最有力的傳播者。迷信使中國百姓自古以來相信患病是「上天註定」，對自己前世或今生作孽犯罪的報應。佛教書籍中的那部《玉曆寶鈔》，寫盡了因果報應的故事。佛教經文中有「不殺生」、「不偷盜」、「不淫」等「十戒」，相信違者會受懲罰。因此，得病之後，唯一可做的只有祈求和禮拜菩薩。所以中國各地都有地方守護神「土地公廟」，還建有保佑免受天花傳染的「蠶花娘娘」廟宇和其他疾病守護神的廟宇。

西方人也有類似的「天譴」（Judgement）之說，認為疾病是神對人類罪惡的懲罰。

史詩《伊里亞德》一開頭就描寫，說是因為阿伽門農搶走了阿波羅神廟祭司的女兒，觸怒了天神，於是阿波羅降下瘟疫，以示懲罰。基督教經典《聖經》不但明白宣稱：人若不敬上帝耶和華神，違反「十誡」中的第一條「崇拜唯一上帝而不可拜別神」，耶和華便會將「至重至久的病，加在你和你後裔的身上」。甚至強調這懲罰就直接來自於上帝的意志，「必用埃及人的瘡，並痔瘡、牛皮癬，與疥攻擊你，使你不能醫治」。[008]其他如「不可姦淫」、「不可偷盜」等等，也要受到類似的懲罰。在大規模的瘟疫蔓延時期，情況尤其如此。1348 年，當有史以來最嚴重的黑死病（即鼠疫）從義大利傳到英格蘭時，具有很高威望的溫徹斯特主教威廉・伊登頓（William Edendon），在 10 月 24 日的布道中就依據《聖經》的

---

[007]（晉）干寶：《搜神記》，第 189 頁，中華書局，1979 年版。
[008]《新舊約全書》，〈舊約〉，第 247、146 頁，中國基督教三自愛國運動委員會、中國基督教協會印發，1982 年上海。

前言　人類疾病的文化表徵

教導，把瘟疫的發生解釋為是由於人類的罪惡引起神的憤怒，「於是透過天譴來報復」[009]。另外，義大利多個城市建造起聖·塞巴斯蒂昂（Saint Sebastian，?– 約 288）和聖·洛克（St. Roch，1295–1329）教堂，將他們視為黑死病的守護神，隆重祭儀並成為傳統；還有「鞭笞派」（Flagellant）群體性殘酷地以荊棘抽打自己赤裸的軀體，說是在替人受罪，希冀藉此來消除上帝的憤怒，平息瘟疫的流行；他們不停地從一個地區到另一個地區，途中不斷有人加入到他們的行列中，即是這種普遍信仰的產物，都是同樣出於迷信神魔治病的觀念。

實際上，就算是在唯心的神魔致病說廣泛流行的同時，對瘟疫也曾出現比較唯物的解釋。美國勘薩斯大學的醫學史教授雷夫·H·梅傑在《醫學史》中寫到當時就有人認為 1347 至 1351 年蹂躪整個歐洲的黑死病是由於「地球的騷動」造成的[010]。

「大宇宙」影響人體「小宇宙」的理論，在過往曾被隨意駁斥為無稽迷信，最新的科學研究糾正了這番駁斥。此理論相信這兩者之間確實有密切連繫，如地球的旋轉、潮汐的漲落、季節的更迭、日月的升降，甚至光線和溫度，都會因其產生的強大磁場而影響到人類環境的變化，從

---

[009] 威廉·伊登頓（William Edendon）說：「我們懷著極度的沉痛通報這一傳到我們耳中的嚴重消息，那就是殘酷的瘟疫現今像野蠻人一樣開始襲擊英格蘭的沿海地區。我們提心吊膽，指望（或許上帝才能做到―原話如此）這無情的疾病不要蔓延到本城各處和各個郊區。雖然上帝常常襲擊我們，來試探我們的耐力和懲罰我們的罪惡，但人力是無法理解神的意志的。不過值得憂慮的是最有可能的解釋就是人們的肉欲―那由亞當的原罪所燃燒起來的欲火，如今已經使罪孽越陷越深，產生了大量的罪惡，引起神的憤怒，於是透過天譴來報復。」轉引自 Dr. Mike Ibeji: Black Death:The Disease, Sin or Prayer, https://www.bbc.co.uk/history/british/middle_ages/blackdisease_01.shtml#five.

[010] 梅傑描述說：「黑死病，根據同時代人的記述，是緊接著一連串『地球的騷動』而至的。中國有洪水、旱災和地震；法國、德國也是洪水；希臘和義大利也有地震，甚至延伸到瑞士並遠至德國、法國和丹麥的北部。碩大的流星出現在許多地方，在人們中間引起恐慌。1348 年，一支火柱拂曉時出現在亞維儂（Avignon）教皇宮殿的上空，在那裡停留了一個小時；還有一顆火球在日落之時出現在巴黎城上……」見 Ralph H. Major: A History of Medicine, P.337, Blackwell Scientific Publication, Oxford, 1954.

而引起物種的混亂,導致生態的平衡、人類體內「生理時鐘」的變化和動物的生理異常,最後引發疾病。14 世紀的這場「黑死病」大流行,就與當時大宇宙造成的連年大災荒有關。

從西元 8 世紀起,特別在 12 世紀之後,隨著貿易的增長,歐洲的市鎮發展成為城市,人口穩定增長,而糧食卻跟不上人口的需求,以致每年總有大量的人死於飢餓。到了 14 世紀,情況更加嚴重了。恰好在這段時期,由「地球的騷動」造成西歐氣候突變,夏日較冷且泥濘多雨,秋天又提早有暴風雪。1315 年春,寒冷和連日的大雨使得田地無法耕種、種子不能發芽,引發了大饑荒,人們不得不去森林採集野草、堅果、樹根、樹皮來充飢。1317 年春、夏又是寒冷多雨,再次導致歐洲出現一場大饑荒。飢餓、野食的生活容易使人因缺乏營養而降低對疾病的抵抗力,深入荒山野林、人跡罕至的地區,會從禽獸出沒之地感染病菌,這些病菌和大量腐爛屍體上的病菌又會進一步擴散和傳播。於是就漸漸發展成大規模的流行性瘟疫黑死病。

但是從西元 313 年信奉基督教的西羅馬皇帝君士坦丁一世(Constantine I)立基督教為國教之後,基督教從最初被迫害的宗教,漸漸發展成為地中海周圍連同歐洲一大部分地區唯一的宗教。隨後,為鞏固基督教的勢力,凡有「異教徒」前往敬拜的神殿、神龕包括神像均被夷平或摧毀。基督教會教導民眾,除了基督教的上帝,不存在任何異教的神;對病痛的發生和解除,唯一的解釋也應根據基督教的神魔理論,其他的解釋和做法均被視為異端。據此,對於來自於上帝旨意的懲罰性疾病,只能藉助於上帝的威力來平息;對來自於魔鬼的疾病,也只有祈求上帝來驅魔,其他手段同樣被視為騙人的巫術。

前言　人類疾病的文化表徵

　　隨便翻翻《聖經》，尤其在「四福音書」和「使徒行傳」部分，就有數十處寫到「魔鬼附體」的事。據基督教協會和三自愛國運動委員會的中譯文，《聖經》不但說到有些人遭到所謂的「汙鬼」、「惡鬼」、「巫鬼」、「魔鬼」、「附著」或「纏磨」或「壓制」，還煞有介事地一一加以描述，如說「有一個被汙鬼附著的人」，「常住在墳塋裡，沒有人能捆住他，就是用鐵鍊也不能。因為人屢次用腳鐐和鐵鍊捆鎖他，鐵鍊竟被他用斷了，腳鐐也被他弄碎了，總沒有人能制服他。他晝夜常在墳塋裡和山中喊叫，又用石頭砍自己。……」[011] 並說每個被魔鬼附著的人，只要去向耶穌求助，耶穌總是能夠驅走他體內的魔鬼，使他病癒。恢復健康。

　　只是耶穌畢竟只有一個人，如何應付眾多魔鬼呢？於是，《聖經》就讓「耶穌叫了十二個門徒來，給他們權柄，能趕逐汙鬼，並醫治各樣的病症。」[012] 自然，十二位門徒也不夠應付普天下的眾多魔鬼。於是，只要是基督教神職人員，都被認為可以藉助耶穌和聖徒的名義，甚至藉助於聖物，驅逐各類魔鬼、醫治各種病症。除《聖經》外，在許多基督教會史的歷史著作中，也充滿了這方面的描述。盎格魯 - 撒克遜神學家和歷史學家聖比德（Bede the Venerable, Saint，672？–735）就在他的《英吉利教會史》中寫到聖徒驅魔治好瘧疾、癱瘓等各種疾病。如說一位神父藉助於聖渥斯沃爾德（Saint Oswald，約 604–641）的聖土，念起咒語，驅走了他人想盡辦法都未能制止的一名瘋狂病人身上的魔鬼，使他「突然安靜下來……似乎睡了過去，四肢也鬆弛了下來。」[013]

　　迷信的神魔觀念得在化學觀念升起、顯微鏡發明、細菌學誕生之

---

[011]《新舊約全書》,〈新約〉,第 48 頁，中國基督教三自愛國運動委員會、中國基督教協會印發，1982 年上海。
[012]《新舊約全書》,〈新約〉,第 11 頁，中國基督教三自愛國運動委員會、中國基督教協會印發，1982 年上海。
[013] 比德：《英吉利教會史》（陳維振等譯），第 172–174 頁，商務印書館，1997 年版。

後，才有可能消除，但它直到今天依然在一定程度上影響著現代人的心理[014]。

最初，不論是中國《禮記·月令》上說的「季夏之月，……溫風始至，蟋蟀居壁，腐草為螢」[015]，還是西方「集古代知識之大成者」的亞里斯多德所說的，任何潮溼的乾物和任何乾燥的溼物均會生出動物[016]，都表明相信有所謂的「自然發生」現象。把這一現象的出現歸之於「神力」的作用，如基督教所解釋的，無論動物、植物等一切生物，或是山川河流，包括人類在內，都是造物主上帝創造出來的。要一直等到義大利生理學家拉札羅·斯帕蘭札尼（Lazzaro Spallanzani，1729–1799）透過實驗，證明肉湯煮沸封存於密封瓶之後，便不能孳生微生物，有力地反駁了約翰·圖伯爾維勒·尼達姆（John Turberville Needham，1713–1781）和喬治-路易·布豐（Georges-Louis Leclerc Buffon，1707–1788）英、法兩位博物學家共同所作的偽證實驗；特別是法國生物學家路易·巴斯德（Louis Pasteur，1822–1895）從懷疑酪乳和啤酒變酸開始，引發1860年著名實驗[017]，作為

---

[014]《美國精神病學雜誌》（*American Journal of Psychiatry*）1977年有一期刊載了K. M. 戈爾登（K. M. Golden）的論文〈非洲和美國的巫術信仰〉（*Voodoo in Africa and the United States*）。文中敘述，美國阿肯色州小石城附近農村地區，有一位三十三歲的男性精神病患，作者這樣描寫病患及其家屬的神魔觀念：「病人近日又有發作，他愈來愈煩躁，並離家出走。當他再也無法安然地留在神經科之後，就被轉入精神病患病房。在這裡，他越加焦躁，他騷動不安，差不多要發狂了。他非常擔心有人靠近他，而且他還開始產生幻覺。在給予1,000毫克的過氯普馬嗪（一種鎮靜劑）之後終於緩解下來了，但仍需強制臥床。所有神經病學的檢查全都正常。住院兩週後，病人感到心臟壓迫，旨在使他復甦的一切努力都宣告失敗。屍解找不出死因。病人死後，他的妻子告訴醫組人員，他丈夫曾見到過一個『雙頭的』老婦人，當地人認為她是一個會使符咒又會治病的巫婆。這位孀婦還說，她丈夫曾激怒了這雙頭魔女，是她致使他死的。」見：Irwin G. Sarason & Arkanas R. Sarason: Abnormal Psychology: The Problem of Maladaptive Behavior, P23–24, Prentice-Hall, Inc., 1972.

[015]《周禮·儀禮·禮記》，第294頁，嶽麓書社，2006年版。

[016] 亞里斯多德寫道：「於蟲類而言，有些是由蟲類生殖的，……另些蟲類不由親生，而由自發生成：有些由春天草木上的露珠所生成……又另些出於腐土或糞穢；又另些活樹或枯木……」見《動物志》（吳壽彭譯），第229頁，商務印書館，1979年版。亞里斯多德在書中還舉了如「介殼類從泥中自發生成」、「有些魚會從泥與沙中發生」等諸多此類所謂「自然發生」的例子。

[017] 巴斯德準備了一批容量為250毫升的瓶子，裡面灌進容易腐敗的液體，再將瓶子一一放到沸水裡，直煮到裡面的水蒸氣往外噴時，才用噴燈的高熱將瓶子口封住。然後，他帶著這些瓶

017

前言　人類疾病的文化表徵

他「認知腐敗和傳染病的原因」[018]的組成，才無可辯駁地證明了，食物不可能自發地產生出新的生物，腐敗乃是細菌造成的；巴斯德啟發了英國外科醫生約瑟夫‧李斯特（Joseph Lister，1827–1912）應用「巴斯德滅菌法」，以石炭酸來消毒外科醫師的手和器械，大大減少了外科手術中由細菌傳染的疾病和死亡。這才使人不得不相信，傳染病的發生並非因為有什麼世外的神魔主使，而是細菌的作用，並進而有可能從本質上真正認知多數疾病發生的複雜原因，包括其與種種社會文化現象的關係。

作為人體疾病主要徵兆的生物學異常，需透過人體的正常生理和異常生理的比較，即病理上的比較，才能得以正確了解。但是傳統的思想，嚴重影響了在這方面的認知。中國儒家遵從孔子「身體髮膚，受之父母，不可毀傷，孝之始也」的教導，勸勉人子自重自愛、以答親恩，以盡孝心，阻礙中國醫學透過人體解剖來了解疾病對人體造成的病理改變。在歐洲，基督教在這方面設立的障礙更加嚴酷。

基督教建立醫院，提倡以仁愛的精神關懷病人、護理病人、無私地為病人服務，以祈禱等為主的具體做法上，曾對醫學有過一定的歷史貢獻，但是基督教的醫學思想卻引發相反的作用。

基督教認為靈魂是不朽的，身體則是產生原罪的墮落軀殼；疾病引

子，從巴黎天文臺的地下室，到遠離巴黎的郊外古道，又攀登到海拔 850 公尺的山頂，甚至爬上 2,083 公尺的山頂和海拔 3,000 公尺的大冰川，每到一處，都打開一些瓶子的封口，讓空氣進來，隨後再封回去。最後，經檢查，發現空氣中存在著產生微生物的胚種，其含量會因和地面的距離不同而有差別，人口越是密集的地方微生物胚種越多，離地面越高則越少。巴斯德在 1861 年發表於《化學和物理年鑑》上的、長達 110 頁的經典著作〈關於存在於大氣中的有機微粒的研究報告。對於自然發生原理的考察〉（Sur les corpuscules organisés qui existent dans l'atmosphère. Examen de la doctrine des générations spontanées）中肯定說，自己的這一實驗「最終毫不含糊地證明了，已經煮沸的浸液中，生命的起源，純粹只是由於懸浮於空氣中的固體微粒」，就是這微粒，攜帶微生物的胚種，而不是什麼其它未知的神祕之物。

[018] 1863 年巴斯德進科學院後向拿破崙三世皇帝表示，他做這些研究的「雄心是要理解腐敗和傳染病的原因」。見 R. 瓦萊里 - 拉多：《巴斯德傳》（陶亢德等譯），第 110 頁。

發的痛苦是隨原罪而來的、對這墮落軀殼的懲罰。因此，上帝的臣民理應虔誠地接受這種懲罰，對待疾病，需要的是忍耐，或者透過祈禱來平息神的憤怒以減輕痛苦，而不是積極地醫治。但是每個人的身體都屬於上帝，是神聖不可侵犯的，除了上帝，任何人都無權處置自己和他人的身體。基於這樣的觀念，基督教既反對透過人體解剖來了解人的生理和病理變化，也反對除了祈禱上帝治療靈魂之外的一切醫治肉體的手段。就是根據這一醫學思想，羅馬教廷禁止人體解剖，並在西班牙醫生米凱爾·塞爾維特（Miguel Serveto y Reves，1511–1553）透過人體解剖即將發現人體血液循環的真理之時，以解剖人體之罪將他送上火刑柱；致使羅馬醫生蓋倫（Galen of Pergamon，129–199）的錯誤理論一直統治了生理學一千多年[019]。成千上萬獻身於科學的醫學家們往往需要付出高昂代價進行研究，經由這些研究使科學生理病理學得以確立，對人體的生理和病理一步一步獲得比較正確的認知。

　　人體大概是世界上最複雜的構造，雖經幾千年來的研究和實踐，對生理結構和病理改變的了解可能還只是冰山一角。就至今的科學認知，相信人體中的確存在並非外來因素入侵、而是因內部的生物化學缺陷造成的先天性疾病。這類先天性疾病，其中一些的原因仍不得而知，但在不同文化和不同時代背景下，畸形有被看作是各式各樣的神靈按照它們自己的形象創造出來的，也有被認為是母親在懷孕時受到驚嚇的結果，如受兔子驚嚇，就生下兔唇的孩子等；最普遍的看法是認為畸形的孩子是對父母的懲罰。理所當然，也有已經研究證明的因素：孕婦喝酒、抽

---

[019] 蓋倫一直被當作經典的人體結構知識，主要是他根據對動物的解剖獲得的，因此不符合人體的實際情況。尤其是他對血液循環的錯誤看法，聲稱血液通過心室間隔上的微孔從右心室流入左心室，再從同一條通道回到心臟，像潮汐似漲落不已，有如希臘和埃維亞島之間海水的鼓動迴蕩，都是神的偉大創造。

前言　人類疾病的文化表徵

菸、吸毒、創傷或藥物中毒，都可能會影響胎兒的成形，如吸毒者和酒癮患者生下的嬰兒往往畸形。希臘神話說火神或鍛冶之神赫菲斯托斯一生下來就瘸腿，且相貌醜陋，長大後兩腳扭曲、步態歪斜，是因為他的生身父母——眾神之王和王后的宙斯和赫拉，在他們縱情過度或是宙斯酗酒之後受孕的緣故，表明古希臘時代的人也已經明瞭孕婦縱情和酗酒對嬰兒的影響。

　　研究也證明，很多先天性疾病是遺傳的結果。

　　不僅人的身材、皮膚、髮色、相貌可能遺傳，人的智力、個性可能遺傳，甚至人的某些味覺、嗅覺的特點，還有疾病也可能遺傳。近代社會普遍關注父母混亂的性生活，將梅毒遺傳給子女，使孩子因患上先天性梅毒受盡肉體的痛苦和精神的折磨。德國學者愛德華·傅克斯在《歐洲風化史》中提到，君主專制時代從王室成員到貴族階級盛行嫖娼和通姦帶來的梅毒，即所謂「玫瑰的刺」時，曾引用 1749 年出版的《撒旦的產地》(Satans Harvest Home) 中的敘述：「丈夫把梅毒傳染給妻子，妻子傳給丈夫甚至孩子，孩子又傳給奶媽，奶媽又傳給奶媽的孩子。」[020] 可見當時的風氣及梅毒遺傳多麼普遍。這種遺傳性梅毒，在現代也同樣存在，是一個嚴重的社會問題。

　　歷史上最驚心動魄的疾病遺傳，是英國的維多利亞女王 (Queen Victoria，1837–1901 在位) 的血友病，這一因先天缺乏某種凝血物質而引起的遺傳性出血性疾病，首次發現於她九個孩子中的第八個，即第四個兒子利奧波德·喬治·阿爾伯特。其後透過她第二個女兒愛麗絲·莫德·瑪麗，傳給兒子弗里德里希；同時又透過愛麗絲和黑森路易四世的女兒亞歷山

---

[020] 愛德華·傅克斯：《歐洲風化史　風流世紀》（侯煥閎譯），第 439 頁，遼寧教育出版社，2000 年版。

德拉‧費奧多羅芙娜傳給和她丈夫末代沙皇尼古拉二世唯一的兒子阿列克謝‧尼古拉耶維奇。從此此病傳遍。

前言　人類疾病的文化表徵

「食菌不病」的實驗和
「精神改造肉體」的破滅

……也許是Koch博士發見了虎列拉菌時，Pfeffer博士以為不是真病菌，當面吞下去了，後來病得幾乎要死。總之，無論如何，這一條絕不能作「精神能改造肉體」的例證。

——《熱風・隨感錄三十三》

「食菌不病」的實驗和「精神改造肉體」的破滅

　　江蘇武進的蔣維喬先生（1873-1958）是一位相當有成就的教育家。早在上個世紀初，書院陸續改成學堂後，他發現舊的教材已經不再適用於現代的學校了，即投身「商務印書館」編譯所，傾注心血，歷時兩年，編成《最新初小國文教科書》。這項具有首創意義的工作，出版後風行一時，獲得一致的好評。此後他又陸續編輯出版了《高等小學教科書》、《簡明國文教科書》、《女子初小國文教科書》、《簡明初小中國歷史教科書》等，這套新式教材，內容由淺入深、文字由簡到繁，加上形象生動的插圖，普遍受到師生的歡迎，為各地學校所廣泛採用，影響巨大。此外，他還曾在1910年編著出《學校管理法》，後又主持擬定《中華民國普通教育暫行辦法》和《普通教育暫行課程標準》。另外，蔣維喬在哲學和佛學上也有一定程度的研究。

　　蔣維喬青少年時期體弱多病，醫治服藥均無明顯療效。後來，他自行以呼吸與靜坐為主的方式，堅持進行鍛鍊，感到病體有所好轉，體魄也日益健康，便覺得可以將自己這一鍛鍊的方法介紹給他人，幫助與他一樣體弱多病的人。於是，他把自己這一稱為「呼吸靜坐養生法」的方式，以自己的名號「因是子」，寫成《因是子靜坐法》一書出版發行。此書連續重印6次，暢銷海內外。

　　《因是子靜坐法》的受歡迎程度鼓舞了蔣維喬，讓他深信，像他這樣患病之後，與其請醫生診治、服藥，還不如呼吸靜坐有所奇效。於是便猜想，既然呼吸靜坐得靠肚臍，即中醫所說的「丹田」，可見臍／丹田對於一個人來說，是何等的重要。於是，他不但在《因是子靜坐法》中肯定「吾人初生之一點，實自臍始，故人之根本在臍」；甚至由此推而論之，認為像他這樣，雖然患病，但只要靠自身的精神力量，就可以戰勝肉體的疾病，不再需要醫治了。他堅信自己的這個想法不會錯，何況此前也

已有先例可作證明。於是他在翻譯日本鈴木美山所著的《長壽哲學》（商務印書館，1918 年出版）時，在書中「病之原因」一節中十分肯定地加註寫道：「精神能影響於血液，昔日德國科布博士發明霍亂（虎列拉）病菌，有某某二博士反對之，取其所培養之病菌，一口吞入，而竟不病。」由此表明，儘管有霍亂這樣的「黴菌進入人身，而（人）精神正確時，絕不成病。」

蔣維喬所說的「昔日德國科布博士發明霍亂……一口吞入，而竟不病。」除「發明」應該說成是「發現」外，所述之事大致沒有錯，但得出的結論，認為儘管有病菌「進入人身，而精神正確時，絕不成病」，且更進而誇張到極點，說是由此可知「精神能影響於血液」、「精神能改造肉體」，可謂荒謬至極。

霍亂是一種急性細菌性傳染病，發病的特點是劇烈的腹瀉，伴有嚴重的體液鹽類迅速流失。患者往往都突然發病，出現水瀉，大便量每日可多達 15 至 20 升，並隨之發生嘔吐。於是病人迅速脫水，同時血壓下降，脈搏細弱，可能有嚴重的肌肉痙攣。之後病人漸漸呈現木僵狀態，乃至昏迷，最後在半個月內甚至一週內死亡；而且病死率極高。霍亂這種發病的劇烈性、預後的嚴重性和高死亡率，令人談之色變，以致早期翻譯 cholera（霍亂）這一名稱時，帶有情緒，將它音譯為「虎列拉」。

醫學史家探究出，霍亂的孳生地是古印度。在古代，由於交通限制，印度與世界各國隔絕，此病傳播較慢，「霍亂騎著駱駝旅行」，疫情主要局限在當地一帶。從 19 世紀起，世界經濟貿易的發展切斷了霍亂封鎖線。於是，100 多年來，出現了 1817–1823 年、1826–1827 年、1846–1853 年、1865–1875 年、1883–1896 年和 1910–1926 年這麼 6 次世界性大流行。

「食菌不病」的實驗和「精神改造肉體」的破滅

1883年6月,霍亂越過海洋和沙漠來到埃及,使首都亞歷山大港突然間開始第5次世界性霍亂大流行。埃及政府完全被嚇壞了,立即向在微生物學和細菌學研究方面占世界領導地位的法國和德國求救。醫學人道主義是沒有國界的,兩國立即派了醫療團隊。德國的團隊是由著名的細菌學家、帝國衛生局正府官員羅伯·柯霍(Robert Koch,1843-1910)所領導。法國也派出幾位傑出的微生物學家前往支援。

柯霍的小組於8月14日到達亞歷山大港,幾個小時後便展開工作。他們冒著被感染的危險,對死者和病人進行屍體解剖和細菌學研究,發現死者的腸黏膜上都有一種特別的細菌,卻又與腹瀉病人體內的細菌不同。一年前,柯霍就曾在霍亂死者的腸中觀察到大量的這種細菌,當時只認為是一般病人腸內所常有的。此刻,回憶起那次發現,他想,也許這正是自己所要找的、與霍亂有關的致病菌。可惜這一想法無法予以驗證,因為他不能拿人的生命來冒險做實驗,而在實驗動物身上進行的試驗又都沒有生效,況且隨著天氣轉熱,霍亂的流行在埃及也慢慢平息下去了。11月13日,經柏林同意,團隊離開埃及。後於12月11日他40歲生日那天,來到霍亂仍在流行的印度首都加爾各答。

在加爾各答,除了繼續屍體檢查和對動物做進一步的細菌學實驗研究外,柯霍還研究了土質、用水、空氣、流行區的環境和居民的特性等問題。最後,他在1884年1月7日宣稱,引發霍亂的桿菌純種培養獲得成功,屍解中的發現與在埃及時見到的完全一樣,而在健康的印度人身上卻總是找不到。於是柯霍相信,這種桿菌是無法在非霍亂病人體內發現的。到了2月2日,柯霍報告說,這種桿菌不像別的桿菌那麼長而直,它有點彎曲,有如一個「逗號」;其他方面的特性是,能在潮溼汙染的亞麻布上或溼潤的土壤中繁殖,對乾燥和弱酸溶液明顯敏感。柯霍還

說到，霍亂初期時，它們在排泄物中比較少，而當糞便成為淘米水樣的時候，桿菌就幾乎像是純粹培養出來似的。等這些病人恢復後，桿菌又逐漸從排泄物中消失。柯霍特別提到，這種獨特的有機物總見於霍亂患者，從不見於其他症狀類似的病人，也不能使動物感染此病。

柯霍的這一發現，讓他在回國的時候，受到民族英雄一般的款待，王太子授予他二級加星皇冠勳章。他向同行作了學術報告，結論是：

> 霍亂的發生絕不是沒有起因的，沒有一個健康的人會染上霍亂，除非他吞下了霍亂弧菌，而這種細菌只能從同類產生，不能由他類產生，或者無中生有；它只能在人的腸裡或者在印度那種十分汙濁的水裡繁殖。[021]

柯霍相信自己發現的「逗號」桿菌，即正式命名的「霍亂弧菌」是霍亂的致病菌。但在當時，遠不是所有的人都這樣認為。

半個多世紀來，很多人都相信，大批的人遭霍亂襲擊，是因為大氣、氣候、地面狀況和不利健康的廢物這四種因素同時引起的作用。

先是在1874年，有21個國家的政府一致提出，認為「四周的空氣是產生霍亂的主要媒介」。柯霍宣布他的發現之後不到四個月，英國在1884年6月組織了一個專家小組，前往加爾各答考核柯霍的研究，回來後的報告直截了當地否定了柯霍的論斷，不認同飲水對霍亂的作用。為了表示對這個報告的尊重，印度國務大臣任命了一個由13名著名內科醫生組成的委員會，其中8名醫生提出的備忘錄，支持這個小組的結論，認為柯霍的研究是「一場不幸的大失敗」。這股反對柯霍的勢力異常強大：在德國，多位科學家一致指認柯霍的結論是異端；在法國，醫學界人士幾

---

[021] N.Howard-Jones:Gelsenkirchen Typhoid Epidemic of 1901, Robert Koch,and the Dead Hand of Max von Pettenkofer, British Medical Journal, 13 January, 1973.

 「食菌不病」的實驗和「精神改造肉體」的破滅

乎全都對柯霍的研究持否定態度，說「這位偉大的微生物獵人走的是一條完全虛偽的道路」。甚至在 1885 年 5 月於羅馬召開的、有 28 個國家政府派代表參加的第 6 屆國際衛生會議上，英國代表團成功地阻止了會議對「霍亂病因學的理論性討論」，雖然柯霍本人是德國的與會代表之一。

反對柯霍霍亂病原學正確觀點的人，大多都是受到德國衛生學家佩滕科弗的影響。佩滕科弗在全歐洲，尤其在霍亂的發源地印度，是一個很有影響的人，上述英國小組的報告中就特別稱頌他「理所當然可以被認為是當代最偉大的霍亂權威。」[022]

馬克斯・約瑟夫・馮・佩滕科弗（Max Joseph von Pettenkofer，1818–1901）最初學的是藥物學和醫學，1843 年獲醫學博士學位，兩年後進黑森州基森的「李比希研究所」。1847 年，他離開基森，受任慕尼黑大學的病理化學「特命教授」（Extraordinary Professor），八年後擢升為「常任教授」（Ordinary Professor）。1850 年，佩滕科弗成為宮廷藥物和藥理主管。1853-1854 年慕尼黑霍亂大流行，他開始研究英國衛生學家約翰・斯諾有關霍亂、傷寒「水孳生」學說。研究的結果，如他後來在 1869 年的論文《霍亂的成因》中所言，認為霍亂的流行必須同時具備特定的病原菌和適合的地理條件、相當的氣候狀況以及個人的易感性這麼四個因素。他還提出一個奇特的「地下水」理論，說光有一種霍亂菌 X 是不可能引發霍亂的，只有在地點和季節相應的條件下，土壤地下水中有一種作用物 Y，在 Y 與 X 結合成為 Z 後，這個 Z 才是「真正的霍亂毒素」。為了證明自己的這個結論正確，同時也否定被他嘲笑為「熱情獵取逗號」的柯霍理論，佩滕科弗在自己身上做了一次危及生命的實驗。

---

[022] N.Howard-Jones:Gelsenkirchen Typhoid Epidemic of 1901, Robert Koch,and the Dead Hand of Max von Pettenkofer, British Medical Journal, 13 January, 1973.

　　1892年夏，德國的漢堡霍亂流行，14萬多人死去，病情到10月都沒有平息下來。這段時期裡，巴黎也發現多起霍亂病例，死亡率也很高。但是在慕尼黑，雖然正值民族節日，從外地來的人數量很多，卻並沒有流行霍亂。兩地情況的對比使佩滕科弗更堅定了自己的見解，相信引起流行病的是季節和土壤特性等因素，而不是像柯霍說的是由於微生物經水傳染。於是，佩滕科弗向在柏林的柯霍訂來霍亂菌的培養物，作他的實驗之用。

　　10月7日早上，佩滕科弗隨身帶了一支試管走上課堂講臺，對坐在下面等待聽他講課的學生們說了一大段話：

　　想必你們都已知道柯霍博士的發現了，大概還了解他最近研究霍亂的全部情況。柯霍博士斷言霍亂是從剛果三角洲那邊傳來的，照他看來，那裡是這一疾病的搖籃，並說它是靠微生物傳播。真是有趣，根據柯霍博士的說法，好像在說漢堡這個地方的霍亂就是由那裡傳過來的。誰都知道，漢堡城與剛果河不僅位於兩個國家，而且分別在兩個洲呢。他還說這種微生物是棲居在人的體內，後來從霍亂病人身上落到飲用水裡，於是傳到了另一個人的體內。如此說來，加爾各答某地有某一個人患上霍亂，後來，這人把河水污染了，而另一個完全健康的人正好喝了這水，於是被感染上了疾病。後來，這患上病的第二個人仍然透過飲用水又感染了另一個人，如此一直一個個感染下去，疾病從一個國家來到另一個國家，從一個大陸來到另一個大陸……這種理論不是太荒謬了嗎？我個人感到驚奇，一個這麼嚴肅的人——柯霍博士無疑就是這麼一個人，卻捏造出此類妄誕的理論，還把它冒充為經過嚴格檢驗的科學事實。實際上，這些都算什麼科學事實呢？你們都是明白的，因為你們都熟知我的理論。我注意到，在某些有地下水的地方，土壤裡會產生出霍亂毒素，跟糖溶液中的酵母產生酒精是一樣的。是從土裡蒸發出來的這

「食菌不病」的實驗和「精神改造肉體」的破滅

種毒素，被許多人吸了進去，才導致發病，發病的性質就是這麼回事。因此霍亂從來不是傳染一、二個人，而總是同住一個地方的數十數百個人。不存在、也不可能有人與人直接傳播疾病的事。至於柯霍博士的假設，我認為是沒有得到證實且可能性很低的，所以現在我準備在你們——我親愛的聽講者們的面前，用最可信的辦法來駁倒他這理論……

說到這裡，佩滕科弗把試管高高舉起，宣布說那裡面有數百萬的柯霍「逗號」，此刻他就要一個不留地把它全部吞下去，卻不會使他發嘔和致病。

立刻，在講堂裡引起很大的騷動。大學生們從座位上跳了起來，跨過椅凳，衝到教授跟前。無數雙手伸向那裝滿致命細菌的試管，無數的喊聲歇斯底里地呼喊：「我們不允許！」「我們不願親眼看著你死去！」阻止他做這樣危險的實驗。

佩滕科弗為這場面目瞪口呆了，他又生氣又覺得好笑：學生們對他的關懷使他感到欣慰，可是他堅信他們所擔憂的危險實際上是不存在的，這些年輕的大學生們卻完全不知曉。於是他用絕對不像老年人的雷鳴般聲音蓋過了大廳裡驚慌的喧鬧：

大家都坐到位置上去！都不許動！在科學實驗面前，怎麼一個個都像歇斯底里的小姐！我不准有誰妨礙我做我想要做的事！

吼聲讓學生們驚駭得垂頭喪氣，不敢動一下。人群慢慢後退，從教授周圍散開，但仍下不了決心離開講臺。這時，佩滕科弗開始溫和平靜地說道：

我親愛的同學們！你們擔心我的健康和生命，我當然很受感動。不過我向你們擔保，我絕對不會有什麼危險。我應該完成這一實驗，為的是使你們、使整個學術界，也使羅伯‧柯霍本人相信他假設中的錯誤。

我應該當著證人做這實驗,而你們就應該同意做這證人,為了我,也為了科學!

老教授說完這一長串激動人心的話後,趁學生們正處於混亂之中,還無法決定到底該拿他怎麼辦的一剎那,將頭向後一仰,一鼓作氣把整個試管的培養物全都喝了下去。天知道他到底喝下了多少有害的霍亂弧菌。他竟然真的毫不作嘔,甚至神態自然地矗立在講臺上,表現出對自己的行為和健康的欣賞。

佩滕科弗後來說:「在 1 毫升的液體中,我無疑服下了 10 億個這種令人害怕的微生物,無論如何,比被汙染後沒有洗淨的手接觸嘴唇時留下的要多得多。」為了使實驗確實能證明僅僅霍亂菌一個條件不能致病,佩滕科弗事先沒有作任何預防措施,相反,他還將 1 克蘇打沖入 100 克水中,摻到霍亂弧菌的溶液裡,以防止溶液被喝到胃裡之後胃酸對細菌的抑制作用;而且在實驗之後,他更沒有服藥。[023]

奇怪的是,佩滕科弗確實沒有因此而患上霍亂病,更沒有死於此病。只是在實驗後的三天內出現腸黏膜炎的一般性症狀;而且他的自我感覺也完全正常,甚至食慾都沒有減退,隨後只覺得腸道有點不穩定。到了 10 月 13 日,情況稍稍差些,他僅僅改變了一下食譜,吃些有益的食物。一天後,腸道恢復正常了。在此期間,他始終沒有服藥。不錯,他的糞便裡檢查出有大量的霍亂弧菌,含水量高的排泄有如霍亂弧菌的純種培養物。到了 10 月 14 日,排泄物又恢復正常,其中的微生物已經很少,兩天後,便已完全消失,表明他已不是一個霍亂帶菌者了。總之,吞喝下這麼多的霍亂菌後,佩滕科弗不但沒有死,甚至可以說沒有罹患大病。

---

[023] 這段情節和引言均取自 Миньона Яновская: Роберт Кох, 136–157, М. Молодая Гвардия, 1962.

 「食菌不病」的實驗和「精神改造肉體」的破滅

佩滕科弗的實驗是否表明他雖「一口吞入，而竟不病」，從而證明這位醫學家的堅強意志和偉大精神，果真能改造血液、影響肉體呢？

物質是第一性的，精神是第二性的。自然界的存在，包括人本身是第一性，而作為人體器官產物的精神，包括人的意識、思維是第二性。是人的社會存在決定人的精神和意識、思維，而不是精神和意識、思維決定人的存在。人的精神對人的肉體可能會有一定的作用。宗教信徒深信獲得神的佑護，這一信念可能會在一定程度上調節人體器官的機能，緩解人的病狀。催眠術有可能緩解人的疼痛和疾病，也是由於病人的心理作用。同樣的原因，中世紀數百年裡，英國和法國的國王為瘰癧病人「碰觸治療」，使一些病人得到康復。而大量接受國王「碰觸」卻仍然沒有療效的病例，大多不予記載，或被信者解釋為這些病人缺乏誠意或因沒有獲得國王恩寵的福分。總之，精神──心理的這種影響是十分有限的。不然，既然求生的願望和意志是人與生具來的本性，大人物也會在垂死之際呼求「醫生，救救我！」那麼一切疾病都會因這意志和願望不治而癒，世上就沒有病逝的人了。可是佩滕科弗是怎麼回事呢？

事實是，佩滕科弗之所以沒有罹患嚴重的霍亂，並非因為他的精神和意志真的「改造」了他的肉體，使他的肉體影響霍亂病菌的作用；而是因為，當佩滕科弗向柯霍下訂霍亂培養物時，柯霍已經猜想到他索取這一培養物的目的是什麼。為防止這位固執的老人在實驗中可能造成的悲劇，柯霍故意將經過無數次稀釋、病菌的毒性已經衰弱到極點的培養物給了他。這才沒有使佩滕科弗死於這次實驗。不過儘管如此，經過無數次稀釋的霍亂菌仍然殘存相當的毒性。由於在實驗中受到霍亂菌的侵入，其毒性終究是毀壞了佩滕科弗的身體，影響了他的健康。佩滕科弗的抵抗力大大降低了，致使他百病叢生：他患了慢性腦脊膜炎、嚴重的

動脈粥狀硬化、頸化膿性炎症等等。老科學家的晚年十分悲慘,他的健康嚴重惡化,加上他的妻子、兩個兒子和一個女兒又相繼去世。結果,在疾病和極度孤獨的雙重打擊下,這位83歲的老人深深感到「終生失卻健康是一種痛苦、一種折磨」,並覺得在此種情況下,自己對科學已經再也無所作為,於是便於1901年2月10日那個星期六的晚上,用一把左輪手槍打穿了自己的頭顱。

是的,在與柯霍的理論較量中,佩滕科弗是失敗了。他這樣企圖用最可悲的方式來維護自己有關霍亂的理論,當然是一個悲劇。但是他對於科學的精神,難道不是值得稱頌的嗎?英雄可以被擊敗,但他的信念、他的真誠之心,卻永遠值得尊重和讚美!

由於在差不多一個世紀前,國際學術界,包括醫學史家和傳記作家對佩滕科弗生平和業績的認知不夠完善,使魯迅從二、三手資料了解到佩滕科弗的相關情況轉述得不夠準確,在他以「唐俟」的筆名發表於1918年10月15日第5期第4號上的〈隨感錄·三十三〉中舉佩滕科弗的例子時,有些小錯。在這篇雜文裡,魯迅先是沒有指名,稱「他(指佩滕科弗)也發見了一種」霍亂病菌,只因「Koch(柯霍)說他不是,(於是)把他的菌吞了,後來沒有病,便證明了那人(指柯霍)所發現的,的確不是病菌。」後來在1925年將此文編入雜文集《熱風》時,魯迅抱著求實的態度,在文章的「補記」上「訂正」說:「關於吞入病菌的事,我上文所說的大概也是錯的,但現在手頭無書可查。也許是Koch博士發見了虎列拉菌時,Pfeffer博士以為不是真病菌,當面吞下去了,後來病得幾乎要死。」這裡除情節稍有出入,魯迅也將Pettenkofer(佩滕科弗)說成是另一個名字有點近似的Pfeffer。Pfeffer這個姓,在德國相當普遍,有一位著名植物學家就叫Wilhelm Pfeffer(1845–1920),通曉德語的魯迅可能張冠李

 「食菌不病」的實驗和「精神改造肉體」的破滅

戴。不過魯迅這裡說的「病得幾乎要死」，實際上是蔣維喬說的「有某某二博士反對之」，除佩滕科弗外的另一人，即佩滕科弗原來的助手，當時已經成為教授的魯道夫・埃米里希（Rudolf Emmerich, 1852–1914）。

埃米里希在佩滕科弗的實驗之後，於10月17日也吞服了10毫升的霍亂培養物，以表示對導師的支持。雖然他吞下的霍亂菌，數量上要比佩滕科弗的少得多，結果卻也患了腸黏膜炎，而且比柯霍要嚴重得多。於是他很快就去求醫治療，至24日飲食才轉為正常，可是直到28日，他的排泄物中仍然找到不少霍亂菌。

佩滕科弗不了解內情，只覺得自己經過實驗，沒有死於霍亂，便立即在不久之後於柏林召開的第二次霍亂會議上洋洋自得地宣布說：「看，先生們，我還活著，並且還很健康，我用最直觀的方法證明了，微生物對霍亂疾患不發揮任何作用。」並據此重申他理論的正確性：「一切都在於身體底子，在於它對從土壤裡呼吸進去的毒素反應如何。」當時的一些報導，也因為不了解內情，而只看到佩滕科弗和埃米里希都沒有死，致使蔣維喬在轉引資料時，深信「二博士……取其所培養之病菌，一口吞入，而竟不病。」[024]

情況就是這樣。事實上，如果真的吞下霍亂弧菌，而不是經柯霍無數次稀釋、毒性已經衰弱到了極點的霍亂菌培養物，佩滕科弗還能那樣精神飽滿、洋洋自得嗎？當代著名的奧地利醫學史家雨果・格萊塞（Hugo Glaser）曾針對這一段史實寫道：「從當時和後來的學者們所進行的許多自體實驗來看，── 這種用霍亂培養物進行試驗，最著名的有40人之多，一般可以確定，沒有一個不是以死亡而告終的。」[025]

---

[024] Миньона Яновская: Роберт Кох, 136-157, М. Молодая Гвардия, 1962.
[025] Prof. Dr. Hugo Glaser: Dramatische Medizin, Selbstversuche von Ärzten, 20; Orell Füssli. Verlag,

　　魯迅引用佩滕科弗實驗的事例，雖然細節上有一些出入，但作為論據來反駁蔣維喬的說法，依然是十分有力的。

　　中國的「五四」新文化運動高舉「德」、「賽」兩先生，即民主和科學的大旗，反對封建專制和封建迷信。追隨先驅者的足跡，魯迅也拿起他的筆，創作小說和雜文，作為批判的武器。在這一工作中，魯迅常以他在醫學專業學習中和平時廣泛瀏覽時所掌握的科學知識，尤其是醫學史知識，作為他說理的論據。有關食菌實驗的史實即是他最早引用的例證之一。

　　那時，「五四」運動已經過去好幾年了。但在社會上，宣傳反科學的、迷信的現象仍非常嚴重，若說如今的科學發明，要觀天象，用天文望遠鏡也只能知其表面；而有個「神童」，因為有所謂的「天眼通」，「學問之道如大海」，竟「能持此以觀天堂地獄」。有人還在《靈學雜誌》上公開宣揚「鬼神之說不張，國家之命遂促」。但是，據說有張天師即將從山東來，有驅鬼之術，所以大可不必恐慌。而科學是無能為力的，因為它「無帝神管轄」等等。

　　本來，蔣維喬的錯，可能也只是認知上的問題。但是影響太廣，所以引起魯迅的重視，特別是和上述其他一些現象連繫起來看，使魯迅覺得「足可以推測到我們周圍的空氣，以及將來的情形，如何黑暗可怕了」。因此才寫出這篇〈隨感錄〉加以揭露和批駁，宣揚唯物的世界觀，促進人民的覺醒，意識到：「要救治這『幾經國亡種滅』的中國」，必須提倡科學，當然不是假科學之名的「偽科學」，而是真正的、「不是皮毛的科學」！

　　Zürich, 1959.

✖✖✖ 「食菌不病」的實驗和「精神改造肉體」的破滅

「606」的發明與醫治「國民性」

……我總希望這混亂思想遺傳的禍害,不至於有梅毒那樣猛烈,竟至百無一免。即使與梅毒一樣,現在發明了六百零六,肉體上的病,既可醫治;我希望也有一種七百零七的藥,可以醫治思想上的病。這藥原來也已發明,就是「科學」一味。

—— 《熱風·隨感錄三十八》

✕✕✕ 「606」的發明與醫治「國民性」

鴉片戰爭以後，中華帝國受到慘重的打擊，淪為半封建半殖民地社會。但是統治者仍然不思圖強，相反地還以自我吹噓、自欺欺人的手法來麻醉自己，矇騙和恐嚇人民群眾。這種「自大狂」的作風，作為占統治地位的意識形態，對整個社會持續產生著廣泛的影響。魯迅塑造的阿Q形象，他那「精神上的勝利法」，也可以說是受了這種思想的影響，聚焦地表現了「國民的劣根性」。魯迅1918年寫這篇《隨感錄》時，把此類傳承下來的混亂思想定義為「民族的自大」。

在列舉此類「民族的自大」的表現時，魯迅特別對一種認為「中國便是野蠻的好」的蠻橫態度感到「寒心」。他指出，這不但是因為說這種話的人居心可怕，還因為「所說的更為實在的緣故」。魯迅把這種混亂思想的禍害，與梅毒的毒性之猛烈來比較，的確有助於讀者加深對這種思想之嚴重危害性的認知。

梅毒是一種由密螺旋體引起的慢性傳染病。初起病人全身性感染，患處微微發紅，隨後逐漸變為硬結，表面糜爛，滲出黏性分泌物。到了晚期階段，患者全身淋巴結腫大，不僅在生殖器和恥骨部位，身上皮膚的各個黏膜交接處，也都會出現深淺大小不等的膿包，發出令人厭惡的奇特臭味。此病雖然有可能自癒，但也很容易復發，而且更容易傳染。進入第3期的患者，一半以上會致殘，引起視覺喪失和耳聾，全身多處腐爛，最後死亡。此病還會遺傳，導致嬰兒死產或早產，是一種非常可怕的疾病。

成人的梅毒多數是透過性行為傳染的。事實上也有遺傳的先天性梅毒。當父母的梅毒傳染給胎兒後，會出現小產、死胎、早產和產後胎傳梅毒。

有關的歷史文獻都一致宣稱，這是「以前的醫生們所不知道的」、「前所未見、從不知曉和根本沒有聽說過的」「一種新的病症」[026]。多數醫學史家都傾向於相信是哥倫布的士兵去南美洲時傳過來的，他們引用得最多的資料之一來自長期生活在西班牙的多明我神父巴托洛梅・德・拉斯・卡薩斯（Bartolomé de las Casas，約 1484–1566），其於 1498 年寫的《印度通史》（Historia de las Indias）中描述：

最初，島上有兩件事讓西班牙人十分不快，這兩件事今天仍存在於我們這裡。一是皰症病，它在義大利被稱作法國病；誰都知道，此病來自於該島。而且發生的時候正是唐・克里斯多福・哥倫布海軍上將帶著發現群島的消息回來時，這些最早去過印第安人那裡的人，一回到（西班牙的）塞維利亞，我就看到了，就是他們將皰症透過空氣傳播和其他途徑帶進西班牙的；或許是有一些西班牙人在 1494 和 1496 年間的某個時候第一次患了皰症病回卡斯蒂利亞的時候發生的。因為當時外號「El Cabezudo」（大頭）的法國國王帶著大軍去義大利征服那不勒斯，他的軍隊裡出現這種傳染病，義大利人斷言是這些士兵把此病傳給了他們，因此從那時以來，他們就叫它是「mal frances」（法國病）。至於我，我曾多次不厭其煩地向該島的印第安人確認，此病是否已經在那裡很久了，他們都做了肯定的回答⋯⋯而這個島上所有不尊奉貞操的、無節制的西班牙人，百個中沒有一個未染上皰症也是眾所周知的，除非他們的 la oltra-pacte（配偶）從未出過皰症。[027]

於是，1494 年 9 月日，當法國國王查理八世原以為可以像尼可洛・馬基維利所形容的：「『拿著粉筆』就能夠不費吹灰之力而占據義大利」。想不到的是，剛進入那不勒斯，梅毒就在他的兵士中間廣泛流行。結果

---

[026] Ralph H.Major: A History of Medicine, P.368, Oxford, 1954.
[027] 轉引自 Claude Quétel: The History of Syphilis, P.36-37, The Johns Hopkins University Press, 1992.

「606」的發明與醫治「國民性」

是，一半以上的患者成了殘疾，多數死亡；用不了多久，就使查理的軍隊崩潰瓦解。隨後，從1496年起，查理那些死裡逃生的殘兵敗將將梅毒傳到歐洲各地：1495年傳到了法國、德國和瑞士，1496年傳到荷蘭和希臘，1497年傳到英格蘭和蘇格蘭，1499年傳到匈牙利和俄羅斯；在義大利蔓延時，羅馬有一千多年歷史的公共浴場，也成了此病的傳播場所。至於這病是如何形成、如何傳播，許多科學家和醫生都無法理解，只是歸之於「上天降下來的瘟疫」，占星家和占星家醫生則說「起始於土星進到羊宮之時」。不過也有一些富有見解的醫生，他們從經驗和觀察中，推測它是起始於「健康人和患病女子性交」。一位參加過西班牙斐迪南國王和伊莎貝拉王后歡迎哥倫布的儀式、後來又多次航行去美洲的史學家更認定，這病是那些跟印第安婦女性交後的西班牙人帶進來的。當它在義大利猖獗時，一位史學家挖苦說：「這種病非常偏愛教士，尤其是富有的教士。」[028]

這樣一來，透過妓女和公共浴場，以及荒淫的亂交，梅毒最後竟傳遍了全世界。醫生們在談到病的危害時，有的說，「這一新疾病所造成的災害，真是罄竹難書」；有的說，此種流行病是「男性成員的墮落」。他們甚至擔心「賣淫女子的毒會迅速傳播全人類」[029]

系統性學習過醫學的魯迅，深知梅毒病害的猛烈，所以在批判某些人可怕的盲目自大狂時，曾諷刺他們「掉了鼻子，還說是祖傳老病，誇示於眾」。「掉了鼻子」的「老病」即指梅毒病人到了晚期，口腔內的梅毒瘤使懸壅垂損壞，軟顎或硬顎穿孔，顏面潰爛，鼻子也就爛得凹陷下去，有如馬鞍，有「馬鞍鼻」之稱。像魯迅所譯俄國作家阿爾志跋綏

---

[028] Ralph H.Major: A History of Medicine, P.364–368, Oxford, 1954.
[029] Charles Greene Cumston: An Introduction to the History of Medicine, P.257–258.

夫的小說《幸福》中的賽式加，因為「以肉體供人的娛樂，及至爛了鼻子」[030]。盲目自大狂的人到了如此地步，還以為可以「誇示於人」，真是何等的可憐又可笑。

魯迅又深知父母的梅毒對於子女遺傳的影響。他曾舉挪威劇作家亨里克·易卜生的社會問題劇《群鬼》中的例子，說明遺傳性梅毒對下一代肉體和精神上的損害：

歐士華本是要生活、能創作的人，因為父親的不檢，先天得了病毒（指梅毒——引者），中途不能做人了。他又很愛母親，不忍勞她服侍，便藏著嗎啡，想待發作的時候，由使女瑞琴幫他吃了，毒殺了自己；可是瑞琴走了。他於是只好託他母親：

歐：「母親，現在應該妳幫我的忙了。」

……

歐：「我不曾要妳生我。並且給我的是一種什麼的日子？我不要他！妳拿回去罷！」

這一段描寫，實在是我們做父親的人應該震驚戒懼佩服的；絕不能昧了良心，說兒子理應受罪。這種事情，中國也很多，只要在醫院做事，便能時時看見先天梅毒性病兒的慘狀；而且傲然地送來的，又大抵是他的父母。

魯迅嚴肅地指出，父母的這種「缺點」，可以說是「子孫滅亡的伏線，生命的危機」，要引起家長強烈的注意。[031]

最早被用於治療梅毒的藥物是癒創木，這是一種原產於新大陸的植物。出於目的論的認知，認為大自然的一切配置都是合乎目的、天然和

---

[030] 魯迅：《譯文序跋集·《幸福》譯者附記》。
[031]《墳·我們現在怎樣做父親》。

「606」的發明與醫治「國民性」

諧的，某一特定環境中發生的疾病，在這環境裡一定有醫治此病的藥物；這藥物就是為它而存在的。人們相信，癒創木既是新大陸的植物，自然是醫治傳自於新大陸之梅毒的有效藥物。癒創木很長一段時間裡都被梅毒患者奉為「生命之木」（Lignum Vitae）。但是癒創木對梅毒只能起緩解作用，不能根治，病體仍反覆發作。後來醫生就都用水銀調成油膏，來塗在梅毒患者的瘡口，或者將病人關在密閉的房間裡，將水銀加溫，以它的熱氣來烹蒸病體。但是水銀的治療也很不理想。水銀，學名叫汞，屬於液態金屬，有毒性，無論是吸入汞的蒸汽、嚥下可溶性汞的化合物或是經皮膚吸收汞，都會引起中毒，甚至危及生命。另外，在汞被廣泛使用後，有些醫生抬高價格、甚至告知健康者也患有梅毒，以期趁機勒索，富有的患者雖忍痛不得不用，但聲譽終受影響。而從療效來說，汞只對晚期梅毒病人稍有中等效果，而對深度的損傷根本無效，更不能達到根治的目的，卻又會使病人產生對此藥的依賴性，以致產生出一句廣為人知的諺語：A night with Venus meant a lifetime with Mercury（與維納斯［愛神］共度一宵，就得與墨丘利［汞］廝守一世）。更不要說在不通風的室內烹蒸，病人會感受到多麼折磨了。

就這樣，捱過了幾個世紀，直到從 20 世紀開始，才走上根本上解決梅毒之害的正確途徑。

先是 1905 年，德國的細菌學家弗里茨·紹丁（Fritz Schaudinn）和埃里希·霍夫曼（Erich Hoffmann）一起，用一種特殊的染色技術在梅毒患者皮膚腐爛傷口，找到一種蒼白螺旋體，後來稱為「蒼白密螺旋體」，查清是這一疾病的致病原因，為研究梅毒開創了一個新時代。隨後，第二年，德國的奧古斯特·馮·瓦色曼（August von Wassermann）與皮膚病學家亞伯特·內塞爾（Albert Neisser）、卡爾·布魯克（Carl Bruck）共同研製

出了一種專用於診斷梅毒的普通血清試驗，透過這種試驗，可以測定出染有梅毒病原體蒼白螺旋體的人體內的抗體情況。這一試驗，為臨床醫師診斷梅毒病人提供了有效的方法，直到今天，仍然是用來確證梅毒的有效方法。最後，是德國細菌學家保羅‧埃爾利希（Paul Ehrlich）達到了決定性的一步。

埃爾利希在從事治療錐蟲感染的睡眠病時，發現有一種叫阿托克希爾（Atoxyl）的藥物雖然對此病有效，但這是一種強度相當高的砷化合物，而砷可是有毒的。他希望另外尋求一種既能消滅致病菌、又無害於人體的砷化合物，就像神話中「魔彈」這種有魔力的子彈，可以穿透人體中需要瞄準射擊的病菌，又不會對宿主造成任何的傷害。

到了1909年，在用不同的化合物對家鼠進行了九百多次試驗之後，他的一位新同事、日本人秦佐八郎（Sahachiro Hata）重做一些試驗時發現，那第606號化合物對於消滅引發睡眠病的錐蟲並不是很有用，但對前幾年剛發現的另一種疾病的致病菌，即引發梅毒的螺旋體卻似乎有效。埃爾利希和秦佐八郎用這第606號化合物一次又一次地對給染上梅毒的家鼠、豚鼠、兔子等動物進行實驗，三個星期裡它們都完全獲得治癒，沒有一隻實驗動物死亡。埃爾利希於1901年宣布他發現了稱之為灑爾佛散或胂凡納明（Salvarsan，或 arsphenamine）的梅毒治療藥劑。

胂凡納明作為第一個在化學治療活動中實際有用的藥物，在治療梅毒上立即取得巨大的成功，被認為是第一種梅毒特效藥，甚至引起轟動，是梅毒史上的一個重大進展；它以「606」的商品名銷售全世界，並使德國在化學藥物生產上走在最前端。不過它仍不夠理想，因為它的毒性仍然過強。這時，有人別出心裁地想出一個有趣的治療方法。

✕✕✕ 「606」的發明與醫治「國民性」

奧地利精神病學家和神經病學家尤利烏斯・瓦格納-堯雷格（Julius Wagner-Jauregg）在工作中發現神經病人在感染瘧疾時，症狀有明顯改善；於是曾想到是否可以特意使病人發熱，來治療他的疾病。他知道，患上瘧疾的人都會發熱，於是他設想不妨讓病人染上瘧疾；而瘧疾已有奎寧這一特效藥，可以主動加以控制。於是他就這樣做了，結果非常有效。受到這一方法的啟發，瓦格納-堯雷格又在1917年將瘧疾的病原體瘧原蟲注入梅毒病人的體內，誘發他們因患上瘧疾而發熱。同樣地，這熱病竟能在一定程度上消滅梅毒的致病菌螺旋體。瓦格納-堯雷格的方法的確能夠控制梅毒病情的發展和惡化，使許多梅毒病人免於在極度痛苦中死亡，被認為是治療晚期梅毒病人的革命性新療法。瓦格納-堯雷格因此獲得了1927年的諾貝爾生理或醫學獎。其他許多人也在繼續尋求對胂凡納明的改進，陸續發現了一些相類似的化合物來代替它。1928年英國細菌學家亞歷山大・弗萊明發現青黴素，和後來磺胺類藥物的發明，都能正向治療梅毒。不過這已經是魯迅寫這篇〈隨感錄〉之後多年的事了。

梅毒是可怕的，很多病人都在數年內死亡；兒童感染先天性梅毒的死亡率也相當高，經治療後僥倖活下來的，也是個智力遲鈍、多病殘疾之人，對家庭、社會、國家、種族都有重大的影響。等到發明了606和青黴素等較為安全的特效藥後，對梅毒的治癒率可達百分之九十。

魯迅從606醫治梅毒，連繫到梅毒這種「肉體上的病，既可醫治」，那麼，也應該「有一種七百零七的藥，可以醫治思想上的病」——民族自大的「混亂思想」，並且相信：只有科學才能醫治這種病，改造這種愚昧的「國民性」。這反映了魯迅那些年所抱持的科學救國思想。

科學救國是魯迅早期的主要思想。魯迅十分看重科學，他曾說：「科學者，神聖之光，照直接者也，可以遏末流而生感動。」他舉出很多

例項，說明人類的物質文明、生活幸福「無不蒙科學之澤」，「多緣科學之進步」；猛烈抨擊當時一些「死抱國粹之士」——民族自大狂，荒謬地胡說什麼「西方的學術藝文，皆我數載之前所已具」[032]的混亂思想。他自己的學醫，就是為了提倡醫學科學，從而「促進國人對於維新的信仰」[033]，即以科學來革新政治。他同時又翻譯《北極探險記》、《月界旅行》、《地底旅行》和《造人術》，寫作〈說鈤〉和〈中國地質略論〉，介紹實際的科學知識。後來，他意識到，對於愚弱的國民來說，「第一要務」是改變他們的精神，改變被遺傳下來的這種混亂思想。就在他棄醫從文之後，仍撰寫了〈人之歷史〉和〈科學史教篇〉，介紹進化論學說，論述科學發展與人類生產事業的關係，指出空喊富國強兵的無用。這就正如魯迅在〈科學史教篇〉的結尾處所言，文學是重要的，科學也是重要的，為使人類文明得到全面的發展，既需要文學家、藝術家，也需要科學家。這樣的看法，無疑是正確的。當然，不能過分誇大科學的作用，對當時的中國來說，不改變腐朽的封建社會制度，光靠科學，還是救不了國的。這一點，魯迅後來清楚地意識到這一點。他在 1925 年寫的〈燈下漫筆〉一文中就大聲疾呼：「掃蕩這些食人者，掀掉這宴席，毀壞這廚房……」[034] 表現出徹底反封建的革命精神。

---

[032] 魯迅：《墳·科學史教篇》。
[033] 魯迅：《巴哈·自序》。
[034] 魯迅：〈墳·燈下漫筆〉。

「606」的發明與醫治「國民性」

纏腳、吃印度大麻與「蠻人文化」

　　試看中國的社會裡，吃人、劫掠、殘殺、人身買賣、生殖器崇拜、靈學、一夫多妻，凡有所謂國粹，沒一件不與蠻人的文化（？）恰合。拖大辮，吸鴉片，也正與土人的奇形怪狀的編髮及吃印度麻一樣。至於纏足，更要算在土人的裝飾法中，第一等的新發明了……

——《熱風·隨感錄四十二》

纏腳、吃印度大麻與「蠻人文化」

一個民族，在數百數千年的歷史中，傳承下光輝璀璨的優秀文化的同時，也會夾帶一些不健康的成分。對這兩種成分，人們常通俗地把它比作為「精華」和「糟粕」。但是由於認知不同，有的人也會把精華當成是糟粕，把糟粕當成是精華，尤其在歷史轉折時期，更容易產生這種顛倒的錯誤認知，將那些已經不適應進步時代的事物死抱住不放，作為「國粹」來傳承和頌揚。

「五四」新文化運動是一個反對封建，提倡科學、頌揚民主的運動，這卻把一些守舊、復古的衛道者嚇壞了。他們視「國粹」為至寶，自我陶醉地聲稱：「外國物質文明雖高，但中國更有公德心。」反對改革，排斥一切外來的新思想。目睹社會上這些人將纏足、編髮、吃印度麻之類「一國獨有，他國所無的事物」也看成「國粹」，魯迅一針見血地指出，這不就像是看到「一個人，臉上長了一個瘤，額上腫出一個瘡」[035]，不覺得應該勸其割除，反而欣賞，認為「『紅腫之處，豔若桃花；潰爛之時，美如乳酪。』國粹所在，妙不可言」[036]，是何等的可笑。

魯迅的諷刺，實在深刻，可謂妙不可言。在「五四」這一反對封建，提倡科學民主的時期，魯迅作為運動的先驅者之一，如他自己所言，他的寫作是抱著一顆啟蒙主義的心，希冀啟示人們脫離蒙昧，擺脫「蠻人文化」狀態。

先看纏足。

縱觀魯迅筆下的婦女，凡寫到她們的腳時，不論是〈風波〉中六斤那「最近裏」的、「在土場上一瘸一拐地往來」的小腳，還是〈故鄉〉裡豆腐西施像圓規「細腳」似的兩腳，或是〈離婚〉中愛姑的「兩隻鉤刀樣的

---

[035] 魯迅：〈隨感錄・三十五〉。
[036] 魯迅：〈隨感錄・三十九〉。

腳」，到《二心集·以腳報國》中提及的：「雖在現在，其實是穿著小腳，『跑起路來一搖一擺的』女人」，無不都是帶著眼淚寫的。

魯迅早就注意到中國女子「一國獨有，他國所無的」小腳。還在日本學醫的時候，他就有心想救治這些可憐的女子。後來他領悟到，裹過的足，筋骨已經斷裂，再也無法可想了。這使他更加同情她們了。魯迅悲憫「世上有如此不知肉體上苦痛的女人」，而對趙宋以來歷代有「如此以殘酷為樂，醜惡為美的男子」感到憤怒。到了1935年，魯迅還不忘在《太白》半月刊上以引語「天生蠻性」為題，針對辜鴻銘在他所著的《春秋大義》中讚美中國婦女纏小腳的現象，以反語來諷刺「辜鴻銘先生贊小腳」[037]。

纏腳這種中國獨有的現象的確讓外國人無法理解。和魯迅交往密切的日本朋友內山完造就覺得奇怪：纏過足後，腳背完全沒有了，像個竹筒子，成了怪物模樣，失去正常的生理功能，成為一種病理現象，會產生什麼魅力呢？為此，他曾和魯迅交談過。後來，內山完造肯定地說：應該意識到，中國婦女的纏足「使進化停頓」。

內山完造是對的。蘇俄理論家格奧爾基·瓦連京諾維奇·普列漢諾夫曾經嚴肅地轉述法國外科醫生貝朗瑞·費羅（Laurent Jean Baptiste Bérenger Féraud，1832–1900）在他的《塞內甘比亞的部落》一書中所描寫的親歷報導說：「在（西非的）塞內甘比亞，富有的黑人婦女穿著很小的鞋子，小到不能把腳完全放進去，因而這些太太們具有步態彆扭的特色。然而正是這種步態被認為是極其誘惑人的。」[038] 中國古代的情形也

---

[037] 魯迅：《集外集拾遺補編·「天生蠻性」》。
[038] 普列漢諾夫：〈沒有地址的信〉，《普列漢諾夫美學論文集》（曹葆華譯），第 326–327 頁，人民出版社出版社，1983 年版。

✕✕✕ 纏腳、吃印度大麻與「蠻人文化」

是這樣的病態:「女士們之對於腳,尖還不夠,並且勒令它『小』起來了,最高模範,還竟至於以三寸為度」,「寧可走不成路,擺擺搖搖。」[039] 看,已經到了 20 世紀,到了「五四」新文化運動之後,還像古代的中國、像未開化的土人那樣,這不是「蠻人文化」嗎?

再看吃印度大麻。

印度大麻,簡稱大麻,屬一年生植物,枝幹粗大、直立,散發出微微的芳香;它原產於印度,後引至各國栽種,所以往往稱為「印度大麻」。大麻的花或葉製成生藥後,可吸食、飲用、吞服,甚至加工後注射。小劑量會使身體有鬆弛感,致人嗜睡,出現幻覺、妄想。這種神奇的植物,引起醫學家們的興趣,試圖親自體驗一下對人體所產生的作用。

維也納的藥理學家卡爾・達米安・施羅夫(Karl Damian Ritter Schroff,1802–1887)在他 1856 年首版的《藥理學教科書》(Lehrbuch der Pharmakologie)中,不但介紹了印度大麻在世界上的生長情況和一般所認為的效果,即能給予人「一種非常愉悅的感覺,特別是與提升性慾望有關的生理狀態」;最有意義的是,他還描述了同為醫生的兒子卡爾・約瑟夫・史蒂芬・施羅夫(Dr. Karl Joseph Stephen Schroff,1844–1892)給予他的支持 —— 以大麻所進行的自體實驗。此書後來在 1873 年增訂到四版,在當時被認為是一部藥物學的先驅著作。

在《藥理學教科書》中,施羅夫說到他從埃及的同行西格蒙德教授那裡要來一份大麻的製劑,然後以輕鬆自在的態度做了一次實驗。

那是一個晚上,十點鐘左右,施羅夫先是躺到床上,像平時一樣,

---

[039] 魯迅:《南腔北調集・由中國女人的腳,推定中國人之非中庸,又由此推定孔夫子有胃病(「學匪」派考古學之一)》。

一邊抽著雪茄，一邊讀休閒小說。一個鐘頭後，他開始按預定的計畫進行實驗：他服了 70 毫克的大麻製劑，等待會有什麼奇蹟出現。最初，他絲毫沒有感到身體有任何異常，而且脈搏也沒有變化。於是，他準備睡了。可是就「在這時」，他寫道：

　　我感到不僅是我的耳朵，還有我的頭，都有強烈噪音，和水燒開時的聲響極其相似；同時覺得周圍的一切都被一種愉悅的亮光所照耀，彷彿是透過我的整個軀體才使這一切變得晶瑩透明的。有這種不平常的舒適感，在我的整體意識中，自信心和自我感覺都增強了，眼前飛快閃過童話般的幻象和畫面。遺憾的是我手頭沒有書寫資料，好把這一切壯觀的（原文使用著重號 —— 引者）經歷描繪出來。

　　雖然幻覺中沒有出現任何使他引起色慾的景象，僅就這些，也是夠誘人的。所以施羅夫接著又說：「實際上我也不希望有筆和紙，免得破壞這極樂的情景，而一心企望在這意識明朗、感覺敏銳的時候，能將這時看到的佳境和畫面在記憶中全部保留到第二天清晨。」可惜，雖然第二天一早，他第一個想法就是竭力希望恢復昨晚記憶中的幻象，但是除了上述這些，其他的什麼都再也回憶不起來了。

　　差不多與施羅夫同時，1855 年，德國醫生恩斯特・馮・比勃拉男爵（Ernst Freiherr von Buber，1806–1878）也做過一次類似的自體實驗。

　　比勃拉興趣異常廣泛，具有多方面的才能，他既是植物學家、動物學家、礦物學家、化學家、地理學家，又是旅遊作家、小說家和藝術收藏家，而且被認為是民族心理藥物學（ethno-psychopharmacology）的先驅，還有人說他是一個決鬥家，年輕時與人決鬥不少於 49 次。

　　比勃拉男爵生於德國的烏茲堡（Würzburg），19 歲那年從多瑙河畔諾伊堡（Neuberg）的寄宿學校畢業後，回烏茲堡學習法律，但不久即轉而

研究自然科學,特別是化學。他著述甚豐,近年,他的 16 部科學著作和 10 多部小說中有 6 部得以重印出版。不過比勃拉最著名的書是他一部研究麻醉劑的著作,1855 年在紐倫堡出版的《麻醉植物和人》(*Die Narkotischen Genufsmittel und der Mensch*)。此書闡述了咖啡、茶、巧克力、古柯、菸草、大麻等十多種植物以及砷(即砒霜)的麻醉作用,其中有些是他透過自體實驗的感受記述下來的,同時還對半個世紀以來的相關研究文獻做了系統的敘述。在這部書中,比勃拉這樣描述自己實驗飲用大麻後的自體感覺:

我手中是一塊白手帕,當我凝視著它的時候,在手帕摺痕處看到的全是一些極為優美的身姿;而我剛剛覺得摺痕的輪廓有些微的改變,便又會不經意地出現新的形象。只要我期望的,在這裡我都能看到:有鬍子的男人、女性的臉龐、應有盡有的動物。手帕摺痕的輪廓在微微地變化,呈現在我面前的是我所憧憬的景象。我就用這樣的方法,輕而易舉地創造出美妙的畫面。

還有一個叫莫羅‧德‧圖爾(Moreau de Tours)的法國醫生,真名是雅克-約瑟夫‧莫羅(Jacques-Joseph Moreau,1804–1884),是一位精神病學家。在 1836 年至 1840 年在埃及和中東的長途旅行中,他目睹當地人吸入大麻的風氣及其作用之後,決心親自研究這一植物對中樞神經系統的作用,體驗瘋癲和類似於錯覺或幻覺的夢境之間的關係,他也做過自體實驗。他以自己的經驗在 1845 年第一次出版的《大麻與瘋癲》(*Du Hachisch et de l'aliénation mentale*)中不無得意地宣稱:「我置疑任何一個人妄論大麻的作用,除非他以自己的名譽說話,並有享用過足夠多次。」[040]

---

[040] Гого глязер: Драматическая Медицина, 104–111, Молодая гвардия, 1965.

只是所有這一切「童話般的幻象」或者「美妙的畫面」全都是虛妄，而不是真正的現實。需要指出的事實是，大麻在歷史上一直被用來作為欺騙的手法。

13世紀的威尼斯商人、著名的旅行家馬可‧波羅，在他的「旅行記」中口述他的「東方見聞」時，曾描述有一個被稱為「山中老人」的祕密團體首領哈桑‧伊本-薩巴赫（al-Hassan ibn-al-Sabbah，？–1124）在其轄區內的欺騙行為：

……他（山老）在兩山之間，山谷之內，建一大園。美麗無比。中有世界之一切果物。又有世人從來未見之壯麗宮殿，以金為飾，鑲嵌百物，有管流通酒、乳、蜜、水。世界最美婦女充滿其中，善知樂、舞、歌唱，見之者莫不眩迷。山老使其黨視此為天堂，所以布置一如摩訶末所言之天堂。內有美園、酒、乳、蜜、水，與夫美女，充滿其中。凡服從山老者得享其樂。所以諸人皆信其為天堂。

只有欲為其哈昔新（Hasisins，即大麻 —— 引者）者，始能入是園，他人皆不能入。園口有一堡，其堅固至極，全世界人皆難奪據。人入此園者，須經此堡。山老宮內蓄有本地十二歲之幼童，皆自願為武士，山老授以摩訶末所言上述天堂之說。諸童信之，一如回教徒之信彼。已而使此輩十人，或六人，或四人同入此園。其入園之法如下。先以一種飲料飲之，飲後醉臥，使人舁置園中，及其醒時，則已在園中矣。

彼等在園中醒時，見此美景，真以為處在天堂中。婦女日日供其娛樂，此輩青年適意至極，願終於是不復出矣。

山老有一宮廷，彼常給其左右樸質之人，使之信其為一大預言人，此輩竟信之。若彼欲遣其哈昔新赴某地，則以上述之飲料，飲現居園中之若干人，乘其醉臥，命人舁來宮中。此輩醒後，見已身不在天堂，而在宮中，驚詫失意。山老命之來前，此輩乃跪伏於其所信為真正預言人

053

××× 纏腳、吃印度大麻與「蠻人文化」

之前。山老詢其何自來。答曰，來自天堂。天堂之狀，誠如摩訶末教法（指《可蘭經》——引者）所言。由是未見天堂之人聞其語者，急欲一往見之。

若欲刺殺某大貴人，則語此輩曰：「往殺某人，歸後，將命我之天神導汝輩至天堂。脫死於彼，則將命我之天神領汝輩重還天堂中。」

其誑之之法如是。此輩望歸天堂之切，雖冒萬死，必奉行其命。山老用此法命此輩殺其所欲殺之人。諸國君主畏甚，乃納幣以求和好。[041]

馬可‧波羅這裡所說的那種能讓人「飲後醉臥」的「飲料」，即是用大麻釀製成的。

但是另一方面，吸食大麻後會出現多種不良的生理反應，包括結膜充血、口咽乾燥、心率加快、胸廓發緊、睏倦、不安及共濟失調。急性中毒可致幻視、焦慮、憂鬱、情緒多變、妄想反應和精神失常，時間可持續4至6小時。20世紀初，為求幻覺中的愉悅，巴黎知識分子圈子吸大麻成風氣。一天，西班牙大畫家巴勃羅‧畢卡索和幾位朋友在蒙馬特一位數學家的家中吸食大麻，結果詩人紀堯姆‧阿波利奈爾出現分身現象，認為自己是在妓院；畢卡索也產生極為痛苦的恐懼感，大哭大叫，說發現了一些照片，明白了自己的藝術實際上毫無價值，應該去自殺。1908年，住在「洗衣船」（Bateau-Lavoir）的一位德國藝術家在吸過大麻和鴉片之後真的自殺了，這帶給畢卡索很大的震撼，發誓從此不再吸這種毒品了。

對大麻，國際上早就已經獲得共識，明確將它定義是一種可致心理成癮的致幻劑。還在1925年，大麻即被置於《國際鴉片公約》的控制之下。到60年代後期，全球大部分國家都加強了對大麻及其製品的運輸、

---

[041] 馬可‧波羅：《馬可‧波羅行記》（馮承鈞譯），第114-117頁，中華書記，2004年版。

貿易和使用的限制，並普遍對非法占有、銷售和供應者處以重罰。

像許多別的植物一樣，大麻也是一柄雙面刃，且是弊多利少的雙面刃。如今，大麻在世界各國都被禁止。原來大麻曾經作為鎮痛劑，還曾以它的根製成心臟興奮藥，如今也已經不再使用了。

魯迅寫道：「聽得朋友說，杭州英國教會裡的一個醫生，在一本醫書上做一篇序，稱中國人為土人；我當初頗不舒服，予細再想，現在也只好忍受了。」因為，在當時的舊中國，吃人、劫掠、殘殺、人身買賣、生殖器崇拜、靈學、一夫多妻，沒一件不與蠻人的文化恰合。拖大辮，吸鴉片，也正與土人奇形怪狀的編髮及吃印度麻一樣。至於纏足，更要算在土人的裝飾法中……魯迅在「蠻人的文化」五字後面加以問號（？）意思是，這也算文化嗎？非洲等地一些原始民族的土人，和封建主義統治下舊中國部分人們的纏足、編髮、拖大辮、吸鴉片、吃印度麻，從根本上看，兩者都是處在同一個低層次的文化階段上，這是生產力低下的表現。而「傳承國粹」論者卻要把此類東西加以美化，把醜惡描繪成美善，把野蠻硬說成文明，把地獄鼓吹成天國，麻醉人們，使他們在幻想的「天國」即地獄中墮落靈魂，永遠安於醜惡、安於野蠻，甚至「反以自己的醜惡傲人」，說什麼「中國便是野蠻的好」。在魯迅看來，這是「最寒心」的事！[042]

---

[042] 魯迅：〈隨感錄·三十八〉。

✕✕✕ 纏腳、吃印度大麻與「蠻人文化」

曼陀羅花的毒與外國文學的譯介

　　廣大哉詩人的眼淚，我愛這攻擊別國的「撒提」之幼稚的俄國盲人埃羅先珂，實在遠過於讚美本國的「撒提」受過諾貝爾獎金的印度詩聖泰戈爾；我詛咒美而有毒的曼荼羅華。

　　　　　　　　——《譯文序跋集·〈狹的籠〉譯者附記》

曼陀羅花的毒與外國文學的譯介

埃羅先珂，即俄國的詩人和童話作家瓦西里・雅科夫列維奇・愛羅先珂（Василий Яковлевич Ерошенко，1889-1952）雖然算不上是一位多麼有名的大作家，不過他熱愛自己的祖國和人民，熱愛世界上受凌辱的人民，同情他們的反抗鬥爭；在他的作品中，總是跳動著一顆詩人的童心，這贏得了魯迅對他的愛。愛羅先珂曾被被驅逐出印度和日本，據說是因為「有宣傳危險思想的嫌疑」，當他漂泊來到中國的時候，魯迅妥善地安置他，使他暫時有個休憩之所。

從愛羅先珂1921年11月與魯迅結識。第二年初寄居魯迅家裡開始，魯迅不但與他建立了真摯感人的友誼，還「照著作者的希望」翻譯他的作品，為這些譯文的出版而感到「喜歡」[043]；還為了愛羅先珂因生理上的缺陷而遭人非議，寫文章予以護衛，抨擊那種「生長在舊的道德和新的不道德裡」的「輕薄」行為[044]；在1922年10月愛羅先珂參加第14屆「萬國世界語大會」，過了預定日期未回中國，「大家疑心他不再來了的時候」，為了「給他作紀念的意思」[045]，魯迅寫了〈鴨的喜劇〉，細膩地描繪出他寂寞的內心：北京「寂寞呀，寂寞呀，在沙漠上似的寂寞」；回憶舊遊之地緬甸的夏夜，草間、樹上都有昆蟲吟叫，「各種聲音，成為合奏，很神奇」，而北京，「連蛙鳴也沒有」。買了幾隻蝌蚪，誰知這未來的「池沼的音樂家」卻成了鴨子的大餐⋯⋯表現出魯迅對他的懷念。

在愛羅先珂的童話〈狹的籠〉裡，如同他的其他童話一樣，可以看出詩人的「赤子之心」。童話描寫從印度的一個小小動物園，一直「盡接到世界的盡頭」，無一不是像「狹的籠」那樣的羊欄、魚缸、鳥籠⋯⋯無一不是禁錮自由的「狹的籠」。但是無論是羊群、金魚或者金絲雀，卻都

---

[043] 魯迅：《譯文序跋集・《埃羅先珂童話集》序》。
[044] 魯迅：《集外集拾遺補編・看了魏建功君的〈不敢盲從〉以後的幾句聲明》。
[045] 魯迅：《譯文序跋集・〈池邊〉譯者附記》。

不肯離開這「籠」；甚至要拉它出「籠」，也仍舊要再逃回去，彷彿對這些「人類的奴隸」來說，「狹的籠」比樹林、大海等自由處所都還要「捨不得」，「是再沒有比自由更可怕、再沒有比自由世界更不安的嚇人東西了」。確實，它們是「人類的奴隸」。但是人類自己又何嘗不是奴隸呢！他們也是「被裝在一個看不見的、雖有強力的足也不能破壞的狹的籠中」。兩百個被禁錮在羅闍的壯觀別館這「狹的籠」裡的女子，發出「仰慕自由的深的嘆息」；可作代表的羅闍第二百零一位夫人，她那美麗的眼中出現的是被老虎所逐之鹿眼中所有的恐懼和悲哀，她冀求逃脫這「狹的籠」的生活，縱使跳進水裡。當她要被當作「撒提」，獻給提婆——聖天時，她縱然憂愁、驚恐、絕望和嘆息，希求透過無盡的祈禱，贏得時間，期待「有誰快來，將伊救出婆羅門的手裡去」，但是她又抵抗不了宗教傳統思想的襲擊。在受了婆羅門們的詛咒之後，她懺悔自己「違背了聖婆羅門的意志」，因而「只剩了到地獄去的路」，並親手用鋒利的匕首將自己引向這條路去。這說明她儘管逃出了羅闍別館這個「狹的籠」，仍舊逃不出宗教思想的「狹的籠」。

在童話裡，愛羅先珂描寫了印度婦女的悲慘命運，流露出沉重的、痛苦的嘆息，「為了非他族類的不幸者而嘆息」[046]。他這是「用了血和淚所寫的」，因為誠如他自己所說的，「看見別個捉去被殺的事，在我，是比自己被殺更苦惱的」[047]。同時由於他對「撒提」這種殺害婦女的殉葬制度感到「憤激」，使他無法抑制地要予以「攻擊」。雖然，作品中流露的空想社會主義思想，不免顯得有些幼稚，魯迅還是明確表示，說他是「愛攻擊別國的『撒提』之幼稚的俄國盲詩人愛羅先珂」。

---

[046] 愛羅先珂：〈魚的悲哀〉。
[047] 轉引李時珍：《本草綱目》，第 830 頁，華夏出版社，2011 年版。

曼陀羅花的毒與外國文學的譯介

撒提是梵文 Sati 的音譯，也有寫作 Suttee 的，如今通譯為「娑提」。這是印度舊有的風俗，即寡婦自焚，為婆羅門教或印度教所提倡的一種制度。其方式是在亡夫火化時跳入火中，或在亡夫火化後不久自焚。也有丈夫預料將死於疆場而先將妻子殺死的。

這種風俗的產生和延續可能與一種古老的信念有關，即：一個男子，就在死後也應該像在人世一樣需要有伴侶，而在女子的宗教心理中，則認為若不如此就不可能在再生輪迴中獲得超度。中世紀，寡婦在印度社會中遭受虐待的傳統，可能助長了這種習俗的擴展。從西元 510 年開始，為因此而死的寡婦建立起無數「娑提」墓或紀念碑，遍布全國各地。梵文文獻中最早提到實施「娑提」的是印度史詩《摩訶婆羅多》，此詩大約形成於西元前 4 世紀和西元 4 世紀之間。在這部百科全書式的印度教經典中，竟曾提到幾位女皇受「娑提」的事例。

娑提在孟加拉的婆羅門中十分流行，特別是在 1680 到 1830 年間，處於全盛時期，間接原因是當時的遺產分配制度規定寡婦有遺產繼承權。理想的娑提是自願實行的，但強制執行以及逃避、得救和倖免的情況也時有所聞。蒙兀兒帝國皇帝胡馬雍（1508–1556）和他兒子阿克巴（1542–1605）曾採取措施取締這種習俗。近代一些宗教改革家，也曾提出過強烈的反對，如印度宗教哲學家和社會改革家羅姆·羅伊（1772–1833）就專門寫過〈論寡婦殉葬的對話錄〉，激烈抨擊娑提制度。直到 1929 年，娑提才被英屬印度政府廢除，但此後 30 年，這類事件仍不斷在各土邦發生，甚至至今都未能完全滅跡。

魯迅十分讚賞愛羅先珂「攻擊」這種罪惡習俗、同情受虐印度婦女的人道主義精神。他認為，對這種習俗的任何美化，即使是出於得過諾貝爾獎的詩聖泰戈爾之手筆，也無異於曼陀羅華，雖然美麗，但卻是有

毒的。魯迅以曼陀羅華這一具有麻醉功效的植物來比喻泰戈爾讚美本國「娑提」的作品，給人極為鮮明的印象。

曼陀羅華，即曼陀羅花，是一種一年生的茄科植物，每當夏秋，開出白色或紫紅色的鈴狀花朵，十分美麗；它那大而互生的葉，連同直立莖下二岐狀分叉的根，常常產生人形的聯想。這就使曼陀羅在妖術史中占有非常有趣的篇章。

在中國，據說佛教經典《妙法蓮華經》中有「佛說法時，天雨曼陀羅花」之言，更有傳說「此花笑採釀酒飲，令人笑；舞採釀酒飲，令人舞」。這也給人一種神祕的奇妙色彩[048]。

在外國，自古以來，《聖經》、古代的巴比倫人、亞述人、阿拉伯人和希臘羅馬人，對曼陀羅的藥性作用，都有一些經驗性的切實記述，如希臘軍醫佩達努思·迪奧斯科里德斯的《藥物學》中，說到將曼陀羅浸酒應用於「那些處在不眠之中和陷於劇痛中的人，以及那些在被切割或燒灼需要麻醉的人」[049]。

到了黑暗的中世紀，什麼都被罩上一層神祕的外衣。由於曼陀羅的形狀猶如一個人，於是就被看成是黑暗世界的精靈，具有某種神奇的力量。那時的人們相信，曼陀羅只能在月光底下，經適當的祈禱和禮儀之後，用繩子拴住，讓一隻黑犬拉住它拔起來。如果人親自去拔，曼陀羅會發出一聲尖叫，把那些來不及掩住耳朵的人震得死去或者發瘋。因此，對被視為神奇植物的曼陀羅一般都不由人自己去動手，而是訓練狗去拔，這點可見於中世紀的植物圖譜。

---

[048] 拙著《病魔退卻的歷程》（山東畫報出版社，2001年版）轉錄一節約9,000字敘述曼陀羅的故事。
[049] Ralph H. Major: A History of Medicine, P.176, Blackwell Scientific Publication, 1954.

曼陀羅花的毒與外國文學的譯介

　　德國的女神祕主義者聖希爾德加德（Saint Hildegard，1098–1179），出身貴族，自幼屢稱見異象，隨後進一所女隱修院；1136 年，任該隱修院副院長。十年後，即 1147 年，她率領幾名修士去萊茵河畔賓根（Bingen）地區附近另立隱修院，親自擔任院長。43 歲起，她將自己見異象的經驗告知她的告解司鐸，並得一位修士協助，將這些經驗記述下來。這部取名《異象》（*Subtleties*）的書，共敘述了 26 次異象的情景，內容包括異象和預言等方面。在《異象》中的一章〈形形色色的造物異象〉（*Subtleties of Diverse Creature*）的「前言」中，聖希爾德加德說：有些草木魔鬼是受不了的，但另有一些，魔鬼不但喜愛，還肯與它接近，例如曼陀羅，「魔王對它比對別的藥草更直接賦於它力量，因此，人可以從那裡獲得激發，實現他的願望，不管這願望是好是壞。」[050]

　　聖希爾德加德教導說，曼陀羅被安全地從地下拔出來後，立即要日日夜夜將它置於泉水中「淨化」，然後把它人形的根縛在人的胸臍之間三天三夜，再將它分成兩半，縛在人的左右兩隻大腿上三天三夜，最後將左邊的那一半搗碎，搭配樟腦吃下，這樣便能實現自己的願望。如果人感到心情憂鬱或悲傷，可以在曼陀羅置於泉水中「淨化」之後，即將它放在床頭，使它與人一起，被人的體溫暖和起來，這時，就祈禱說：「用大地的泥土毫不費力地造人的上帝啊，現在讓我置身於大地之旁，為的是使我的肉體，感受到你創造時那樣的平靜。」據聖希爾德加德所說，曼陀羅只能作用於良好的願望，如用它來誘發愛情、促使生育等目的，如果「將它用於妖術和怪異的目的，就不再會有功效」。

　　其實，曼陀羅是有毒的。李時珍在《本草綱目》中已經指出過它「有

---

[050] 轉引自 Lynn Thorndike:.A History of Magic and Experimental Science,. P.135–142, 597–607, New York, 1929，下同。

毒」。西藥中的抗膽鹼藥阿托平和東莨菪鹼等，都是從曼陀羅等植物中提取出來的。在中世紀，基督教的禁慾主義箝制青年男女壓抑天性中的性慾求。為獲得心理上的滿足，她們暗地裡會用摻有曼陀羅汁液的藥膏塗在自己生殖器的黏膜上。曼陀羅的麻醉作用，使她們產生性幻覺，覺得自己彷彿已經處在飛翔的狀態，誇耀說自己能臨風飛行，甚至在受到審訊時也承認自己是一個能夠飛行的女巫，結果被作為女巫送上了火刑柱。

魯迅說他愛攻擊別國「撒提」的愛羅先珂，遠過於讚美本國「撒提」的泰戈爾，實際上是透過此一比較，表達了他對文藝作品美學價值的看法。

羅賓德拉納特·泰戈爾（1864-1941）是印度近代著名作家、詩人、社會運動家。他的大量著作（包括 50 多部詩集、12 部中長篇小說和 100 多篇短篇小說）抒發了下層人民的苦難生活，揭露了封建制度和殖民主義的罪惡，許多作品，尤其是詩歌，其清新的情調和民族風格，在藝術上達到十分完美的境界，1913 年獲諾貝爾文學獎。但魯迅說他「讚美本國的『撒提』」，卻有些不準確。泰戈爾大概沒有讚美過「娑提」，相反，反對封建禮教和種姓制度正是他創作的兩大重要主題，對慘無人道的「娑提」，他就曾在作品中提出強烈的控訴。泰戈爾的詩篇〈丈夫的重獲〉，懷著理想主義，感人地表現了宗教改革家杜爾西達斯從火葬場救下了一位準備殉葬的寡婦。在短篇小說〈莫哈瑪婭〉[051] 中，泰戈爾描寫了出身名門、父親早逝的美麗少女莫哈瑪婭愛著青年拉吉波洛瓊，但是由於對方門第卑微，「愛情是一回事，而結婚又是另一回事」。最後在她哥哥的命令下，於一天夜裡，「在附近兩處火葬堆微弱火光照耀下」，與一個垂死的老婆羅門舉行了婚禮。第二天黃昏，這位剛成為寡婦的少女，為了

---

[051] 泰戈爾：《飢餓的石頭》（倪培耕等譯），第 133–141 頁，灕江出版社，1983 年版。

曼陀羅花的毒與外國文學的譯介

焚身殉夫，被捆住手腳，放到火堆上，並按儀式，在規定的時間點起了火。泰戈爾寫道：「讀者千萬不要認為，這個故事是極其不真實和不可能的。在寡婦焚身殉夫習俗盛行的年代，據說經常發生這樣的事。」只是同情「娑提」罹難者的泰戈爾沒有讓他的主角被燒死在火堆上，當火苗竄上來的時候，霎時狂風大作、暴雨滂沱。作家借深深愛著莫哈瑪婭的男主角的感受寫道：在這一刻，「他感到整個自然界都在替她發洩某種不滿，他自己想竭力去做而做不到的事情，大自然和蒼天大地聯合起來，竟然替他做到了。」於是，主持火葬的人都急忙躲開了。大雨把火焰熄滅，捆綁莫哈瑪婭的繩子被燒成了灰燼之後，莫哈瑪婭的兩手可以活動了。她忍著燒傷的劇痛逃了回來，與自己所愛的人見了面。雖然故事的結局仍然是悲劇性的，不過泰戈爾對「娑提」寡婦殉葬制度的態度，還是能夠明白地看出來。這種深惡痛絕的態度在其長篇小說《戈拉》和劇作《犧牲》中也有所表現。泰戈爾思想上的主要弱點，是他前期創作中的某些宗教神祕主義色彩，他把表現與神的交流、揭示所謂不生不滅、無差別相之最高境界「梵」的世界，當成是藝術追求的最終目標。顯然，這種傾向在作品中的任何表現，不論在藝術上是多麼的完美，都會像美麗的曼陀羅華一樣，對讀者來說全是有毒害的。

魯迅大概不知在哪一篇文章中，看到有泰戈爾「讚美撒提」之說，而泰戈爾創作了那麼多作品，魯迅自然也很難全都讀過，未能對此說法加以驗證，以致出現如此偏頗的認知，這也不是無法理解的。但仍是可以清楚明白魯迅表達有關文藝作品審美標準的意見。

還在日本學醫的時候，魯迅就抱持一種希望：「以為文藝是可以轉移性情，改造社會的。」[052] 魯迅的這一看法至少說明他已經超越和打破了

---

[052] 魯迅：《譯文序跋集・《域外小說集》序》。

中國歷來「以小說為『閒書』」[053]的舊觀念。基於這一出發點，為適應當時中國的時代要求——青年們「都引那叫喊和反抗的作者為同情」，魯迅在譯介外國文學的時候，著重19世紀東歐、北歐「被壓迫的民族中的作者的作品」[054]。他翻譯愛羅先珂的作品，也是出於當時中國的需求，為「傳播被虐待者苦痛的呼聲和激發國人對於強權者的憎惡和憤怒」[055]。至於以後一系列外國文學的翻譯紹介行動，就更不必說了，把它比作普羅米修斯偷天火給人類，「運輸精神的糧食」[056]。

　　魯迅對譯介外國文學的這一看法，與他對創作必須「為人生」、而且要改良這人生的看法，都表明魯迅對文藝之社會功能的總認知。因此也就不難理解，他為什麼要「愛這攻擊別國的『撒提』之幼稚的俄國盲人埃羅先珂」，遠過於讚美本國的「撒提」泰戈爾。如果泰戈爾真是這樣的話，不管他是印度的詩聖，或者受過諾貝爾獎都一樣，雖然對泰戈爾這方面的資料有些不準確。整體而言，魯迅對泰戈爾還是懷有敬意的。1927年2月在香港的一次演講中，魯迅抨擊了國內統治者竭力提倡封建文化、愚弄人們，以致「我們受了損害，受了侮辱，總是不能說出應說的話」，成了「無聲的中國」。而，魯迅連繫同是東方弱小國家的類似情況說：「我們試想現在沒有聲音的民族是那幾種民族。我們可聽到埃及人的聲音？可聽到安南（即今天的越南——引者），北韓的聲音？印度除了泰戈爾，別的聲音可還有？」[057]肯定了泰戈爾的作品反映印度的現實、表達出社會良知的巨大價值。

---

[053]　魯迅：《南腔北調集·《豎琴》前記》。
[054]　魯迅：《南腔北調集·我怎樣做起小說來》。
[055]　魯迅：《墳·雜憶》。
[056]　魯迅：《准風月談·由聾而啞》。
[057]　魯迅：《三閒集·無聲的中國》。

✖✖✖ 曼陀羅花的毒與外國文學的譯介

西方的醫學與日本的「明治維新」

　　……而且從譯出的歷史上,又知道了日本維新是大半發端於西方醫學的事實。
　　因為這些幼稚的知識,後來便使我的學籍列在日本一個鄉間的醫學專門學校了。

——《吶喊·自序》

西方的醫學與日本的「明治維新」

魯迅小的時候,有幾年,家裡厄運連連。

先是祖父周福清,因犯「科場案」,替他人向主考官行賄而被判「斬監候」,雖然最後沒有被處死,還是在監獄裡被關押了九個年頭。這個小康之家從此便敗落下去,於是,親戚、本家的勢利臉孔跟著也顯露了出來。特別是在少年魯迅(豫才)被送往外婆家避難期間,竟被看作是「乞食者」,讓他深深感到人情的淡薄和冷酷。

後來是父親周伯宜的病。起初因猛烈吐血,認為是「肺癰」,也就是肺結核;後來見腿腳紅腫,便被當作「臌脹病」來醫治。第一個請來診治的馮醫生說話顛三倒四,來過兩次之後便不再請他了。隨後請來「名醫」姚芝先。這位名醫,不但診金特高,處方也異常特別,光是所謂的「藥引」,什麼冬天的蘆葦、經霜三年的甘蔗,至少也得尋覓兩、三天。這樣醫了兩年,父親的病仍未見好,反而加重了。名醫聲稱他所有的學問都用盡了,便另薦一位名醫何廉臣。何廉臣的診金也特高,用藥也特別,「一張藥方上,總兼有一種特別的丸散和一種奇特的藥引……最平常的是『蟋蟀一對』,旁註小字道:『要原配,即本在一窠中者』」[058]。還有「平地木十株」,又另加「敗鼓皮丸」,即用打破的舊鼓皮做的,這是緣於中醫傳統的「醫者,意也」之說。「醫者,意也」的原意本是要求醫生診治病人時須專心致意、細加考慮,然後做出精確的診斷。有些庸醫卻對它做了牽強附會又帶迷信色彩的解釋,如認為可用黃色的植物來醫治黃疸病,用紅色的植物來醫治血疾,用與「臌脹」諧音的皮鼓來醫治臌脹病。這樣的醫法,自然不可能有正向療效。名醫卻自有退路,他把自己醫不了病歸因於是病人本身的「命」,是他所無能為力的。何廉臣解釋說:不妨「可以請人看一看,可有什麼冤愆……。醫能醫病,不能醫命,對不

---

[058] 魯迅:《朝花夕拾·父親的病》。

對？自然，這也許是前世的事……」[059]

祖父的犯案和父親的病故使魯迅家庭「墜入困頓」的時候，也正是中國的封建社會陷入解體的時期。家境的衰落帶給魯迅的感受與時代的變遷正相吻合。這促使魯迅邁上「走異路，逃異地」、叛逆士大夫階級的道路：「去尋求別樣的人們」。

先是在1898年5月到南京投考江南水師學堂；次年2月改入江南陸師附設的礦務鐵路學堂，並於1901年12或1902年1月畢業。在南京的近四年間，中國經歷了怵目驚心的劇變：「戊戌變法」徹底失敗，「八國聯軍」侵華，掠奪財物、踐踏中國主權，清政府於1901年9月跟他們簽訂了喪權辱國的《辛丑條約》。深重的國難激勵著魯迅的愛國心，激勵他要尋求救國的真理，尋求新的知識。正好這時，政府要求各省選派學生出國留學，學習外國可取的學問和技術。於是，獲「第一等」畢業文憑的魯迅便得到兩江總督劉坤一的保送，於1902年4月進入東京的弘文學院學習。本來，按這位總督的設想，是讓礦務鐵路學堂的學生在弘文學院補習之後，進東京帝國大學工科所屬的採礦冶金科，繼續攻讀他們在南京所學的專業。但是當時，要進像帝國大學這種著名的工科學校，競爭激烈。為防止中國留學生爭佔日本人的名額，日本當局對中國留學生投考主要工科大學設定了不少限制，使他們只好另找出路。有鑑於此，弘文學院的教師江口建議魯迅改為學醫，說日本的醫學水準較高，與德國不相上下，比英美法都好；另外，日本醫科學校的數量也比工科多，容易考取。江口還說：「貴國科技正在青黃不接時期，你們能早一天學成歸國，正有銷路。」魯迅雖然接受江口學醫的建議，但他的動機主要倒不是考慮就業的方便，而是如他和同學說的：「做醫生不是為了賺錢，清政

---

[059] 魯迅：《朝花夕拾‧父親的病》。

✕✕✕ 西方的醫學與日本的「明治維新」

府以民脂民膏給我們出國留學，我們應報答勞苦大眾。」[060] 魯迅當時就希望將來能實現這「美滿的夢」：「預備卒業回來，救治像我父親似的被誤的病人的疾苦，戰爭時候便去當軍醫，一面又促進了國人對維新的信仰。」終於在1904年9月進了仙台醫學專科學校，立志學醫。

「維新」一詞，原意是反舊倡新，通常泛指「變舊法」、行新政，特指是日本的「明治維新」。

「明治維新」是日本歷史上明治天皇（1867-1912在位）時代的一次政治革命，它推翻了德川幕府（1603-1867），使大政歸還天皇，促進日本的現代化和西方化。

德川幕府認為外國思想的滲入和外來的軍事干涉對日本穩定的政治局面是極大的威脅，因此三次頒布排外法令，迫害來日本的大部分基督教徒，將外國傳教士驅逐出境。在頒布這些法令的同時，德川幕府還正式採取鎖國政策，從1633年起，禁止日本國民出國旅行或從國外返回，與外國的接觸僅限於少數北韓人與少數的中國和荷蘭商人，他們被允許透過長崎港口有少量貿易往來。

明治維新的領導人以「富國強兵」為口號，主要目標是實現工業化。為了滿足現代化的需求，在「文明、開化」的旗幟下，他們在政治上廢藩置縣、摧毀所有的封建政權；在經濟上「殖產興業」，發展近代工業，承認土地私有；在軍事上改革封建軍制，成立新的常備軍；在思想上大力吸收西方的文化和社會風俗習慣，特別派遣留學生到歐美國家，學習科學、技術，並仿效西方建立完整的學校教育體系。如此這般，到了20世紀初，明治維新的目標基本達到，日本已在現代工業國的道路上前進，

---

[060] 陳友雄：〈淺談魯迅在日本時期的二三事〉，轉引自程麻：《魯迅留學日本史》，第97頁，陝西人民出版社，1985年版。

並在對華（1894-1895）、對俄（1904-1905）的兩次戰爭中贏得了勝利，第一次作為主要強國出現在國際舞臺。

本來，也就是在「明治維新」之前，日本和中國的處境是差不多的。兩國的封建制度都衰朽不堪，統治者都長期推廣閉關鎖國政策，由此產生的社會停滯與落後，使兩國幾乎同時遭受西方的侵略，處於捱打的地位。但是明治維新之後，兩國的情形就很不同了，一個重要的原因就是兩國在對待國外的先進經驗和科學技術的態度截然不同。當時有一位叫密傑的英國人，曾就他自己與兩國官吏、商人和知識分子的接觸，對此做過比較客觀的對比。這位英國人在他 1900 年出版的《一個英國人在中國》一書中，說他看到的中國人都「思考模糊，行動遲緩」，對外國文化「漠不關心且感覺遲鈍，並因自尊心而養成輕蔑心理」。而日本人則「敏銳，有聰明的求知欲」。對此，當代日本早稻田大學的學者實藤惠秀有較具體的說明。

實藤惠秀說，中國是個文化悠久的國家。當中國強盛之時，西洋人因仰慕中國文化，不遠千里而來，「而中國則以撫慰朝貢國的態度來看待他們」，根本想不到可以向他們學習什麼。16、17 世紀，利瑪竇、龍華民、南懷仁等來中國的那段時期，「僅屬『著名』的教士便有九十二人……他們用漢文介紹西洋知識的著作竟達二百十一種之多。」康熙皇帝在 1720 年頒布禁教命令以後，百餘年間，教士不能再在中國活動了。直到 19 世紀，基督教教士復來中國。英國的馬禮遜不但用中文翻譯了《聖經》，而且在 1815 年發行漢文刊物《察世俗每月統記傳》，但不能在中國內地出版。1877 年，各教會合辦的「益智會」發行教科書 412 部 80 冊；韋廉臣為了向中國人民普及西洋知識，出版了 250 部漢文專書和譯本……實藤惠秀總結說：「總之，16 世紀以來，傳教士雖然不斷引進近

西方的醫學與日本的「明治維新」

代西方文化,但是,當時的中國人卻無接受之意。傳教士煞費苦心用漢文寫成的東西,大多數中國人亦不加理睬。」隨後,實藤惠秀在介紹了日本的情況之後,得出進一步的結論:「西洋人出版各種洋書的漢譯本,目的是向中國人灌輸近代文化。但是,新文化的種子在中國被埋葬了,到了日本才發芽、開花。」[061]

魯迅「從譯出的歷史上」看到「明治維新」對日本由弱轉強所起的作用,並認為這「明治維新」是「大半發端於西方醫學」,極大地激勵他學習醫學的熱情。

當然,明治時代向西方學習,具有多樣形式,他們「大量延聘外國的專家學者、派遣留學生、派遣政府官員到西方各國考察、透過社會菁英對社會大眾進行啟蒙教育等方法,全力引進西方文明」[062],並不僅僅限於外出學習;且學習的學科和技術,也不只是醫學,除醫學外,還有土木、機械、電信、建築、化學、冶金、礦山、產業、化學、炮術、造船、航海、外語,幾乎無所不包。魯迅因為父親的死,又親歷姚芝先、何廉臣這類醫生對父親的誤診,切膚之痛引起他對中國傳統醫學的誤解、對醫學的無奈,才產生這一特殊感受。事實是:當時的日本政府不論是延聘專家或派遣留學生,對於向西方學習醫學,確實下了很大的決心,行動也很積極。結果,西方醫學對日本醫學的發展,進而影響到維新改革,作用也十分明顯。

早在16世紀,隨著1542年葡萄牙的入侵,歐洲的醫學就開始緩慢地滲入日本。在此之前,日本的醫生主要是以「漢方」——中醫來作為

---

[061] 實藤惠秀:《中國人留學日本史》(譚汝謙、林啟彥譯),第2–5頁,生活、讀書、新知三聯書店,1983年版。
[062] 呂理州:《明治維新 日本近代史上最為驚心動魄的一頁》,第177頁,海南出版社,2007年版。

醫治疾病的依據。

耶穌會傳教士、西班牙的聖方濟·沙勿略（Francisco de Xavier，1506–1552）是西方第一個到日本的醫生。沙勿略獲當時控制九州島最南部地區的武士島津家屬的允許，於1549年到達日本，在西部從事傳教的同時，兼做一些護理病人的工作。限於程度，沙勿略不能行醫，只能做做護理。但是路易斯·德·阿爾梅達（Luis de Almeida，1525–1583）則不同，德·阿爾梅達是葡萄牙的耶穌會牧師，曾學過醫，是一名外科醫生。德·阿爾梅達在1555年到達日本，在日本建立了西式醫院，治療麻風、梅毒，規勸日本人皈依基督教。他通常都在戶外為患者治病，原因是戶外光線明亮，更重要的是可以破除日本人對他的誤解，因為當時都傳說，西方人是要借治病之名，喝日本人的血、吃日本人的肉。

50多年後，日本和荷蘭於1608年建立了正式外交關係。從此，在江戶時代或稱「德川時代」（1603–1867）的250多年間，在日本各商埠派駐有100名荷蘭醫生，幫助日本的醫生和醫學生學習歐洲醫學。

嵐山甫庵（1633–1693）從28歲起，在對外開放的長崎港向荷蘭醫生學了6年的外科醫學，寫出《蕃國治方類聚》6卷。山脇東洋（Touyou Yamawaki，1705–1762）對中醫的解剖學產生懷疑，就找了一部1641年在荷蘭出版的解剖學教科書，其作者是出生於德國帕多瓦的解剖學和外科學教授約翰·韋斯林（Johann Vesling，1598–1649）。山脇東洋不懂荷蘭文，但是韋斯林的這部著作還是幫助了他，讓他受到啟示，去觀察和研究死刑犯的屍體，並結合自己的解剖實踐，在1759年出版了自己的解剖學著作《藏志》，被認為是日本實驗醫學的先驅。

在吸收西學上，德川幕府的第八代將軍德川吉宗（1684–1751）功不可沒。

西方的醫學與日本的「明治維新」

　　德川吉宗是日本最偉大的統治者之一。在 1716 年接任將軍後，他大力實行改革，裁減世襲官員，加強行政管理，制定教育計畫，反對貪汙腐化。將軍本身好學、思想開放，他命人製作大地球儀，從荷蘭進口望遠鏡，還讓侍醫抄集救急良方，刊行《普救類方》，勸種藥用植物，並在白山（江戶）設立醫院。在這個時期，成批的醫師、本草家前去江戶造訪荷蘭人，努力吸取國外的新知識，取得良好的效果。幕府醫官野呂元丈（1693–1761）在 40 年間寫出了《荷蘭本草和解》12 卷。杉田玄白（1733–1817）年輕時一心希望吸取日本、中國、荷蘭醫學中的精華，發展現代的日本醫學，並著有《養生七不可》和《狂醫之舞》。後來，他讀了荷蘭約翰·庫魯莫斯（Johann Adam Kulmus）1731 年版的插圖本解剖教科書的荷蘭文譯本；又認真觀察了一個 1771 年被處死分割了的罪犯的屍體，對教科書中的準確描述，感到十分驚奇。於是他和前田良澤一起，花了 4 年時間翻譯此書，於安永三年，即 1774 年出版了《解體新書》一書。

　　本來，日本的外科醫生只會縫合傷口、切開膿腫。是華岡青洲（1760–1835）發展了日本的外科學。華岡 23 歲來到京都，學習日本的醫學和荷蘭的外科學。他雖然不懂荷蘭語，但他把中國的和荷蘭的醫學結合起來，創造出「華岡外科」，成為當時著名的漢醫學家。他還做乳房癌、壞疽、痔瘡、脫肛的手術，並出版了一本著作，該著作實際上是他的學生根據他教課時記錄的筆記而成的。

　　在長期的行醫過程中，華岡青洲發現一種叫「歐陽牛草」的草藥具有麻醉作用，便根據中國神醫華佗的「麻沸散」，經 20 年研究，開發出麻醉劑「通仙散」，其主要成分是北韓的西安牛華和烏頭。在這 20 年裡，他讓他的母親和妻子做人體藥物實驗。可惜他母親未及他成功就去世了，他妻子也因接受實驗而不幸喪失視力。

華岡青洲應用麻醉的第一例乳房癌手術對象是為一位 60 歲的婦女，這位婦女的幾個姐妹都死於此病，她毫不猶豫地要求為她動手術。手術於 1804 年 10 月 13 日進行，結果讓她多活了 4 個月，最後在 1805 年 2 月 26 日去世。世界上第一例麻醉手術，是美國的威廉‧莫頓等人於 1846 年在麻薩諸塞州全科醫院應用乙醚麻醉完成的，因此華岡青洲的手術比莫頓等人早 42 年。這一發明之所以沒有被世人所知曉，是因為日本的鎖國政策，以及華岡青洲想要保守他發明的祕密之故。

第一個在日本教授西方醫學的歐洲人是德國的西博爾德。

菲力浦‧馮‧西博爾德（Philipp Franz Balthasar von Siebold，1796–1866）出身於烏茲堡的醫學世家，他的祖父、父親和叔叔都是醫學教授。菲力浦最初在烏茲堡大學學醫，深受解剖學和生理學教授伊格納茲‧多林格的影響；多林格是最早把醫學作為自然科學來理解和看待的教授之一。1820 年，西博爾德獲醫學博士學位後，前往海丁斯菲爾德行醫；後受一位親友之請，於 1822 年 6 月 19 日任荷蘭軍醫。

1823 年 6 月 28 日，馮‧西博爾德受荷屬東印度公司指派，作為一名高級專科醫生和科學家前往日本長崎西面的出島，於同年 8 月 11 日抵達。

西博爾德在日本共待了六年，雖因蒐集了許多日本的動植物標本，特別是嚴禁外國人擁有的日本國地圖，被懷疑是俄國的間諜，在監獄待了一年多，最後被驅逐出日本。但還是為日本做了很多事。他給病人放血治病，接種牛痘預防天花，行白內障手術、虹膜切除術，特別是創辦一間為學生提供系統醫學教育的學校，學生們在學校裡學習荷蘭語，學習他如何進行臨床診治。

西博爾德的教學，讓他的門下相繼出現了一些有實力的醫師，如高野長英（1804–1850）在1832年出版了日本第一部生理學著作《醫原樞要》，首次在日本介紹歐洲的生理學知識。西博爾德的功績使日本的醫學達到劃時代的發展，因而當他於70歲高齡在慕尼黑去世後，他在日本的學生和朋友們在長崎為他建立了一座紀念碑，稱頌他：「是人之偉大業績，乃吾國吾民之最高精髓，並為歐洲各國所熟諳，其英名將永垂不朽。」[063]

另一個來日本教授醫學的是荷蘭軍醫龐貝·范·米爾德沃德（Johannes Lijdius Catharinus Pompe van Meerdervoort，1829–1908）。

龐貝·范·米爾德沃德出身於貴族家庭，父親是一名軍官。龐貝在荷蘭中部烏特勒支的軍醫院學醫，於1849年獲得軍醫的身分。他先是去日本旅行，從1857年到1873年都待在出島，後受德川幕府的邀請，去教育和訓練日本的醫生。

范·米爾德沃德接受邀請後，便立即做好準備在出島的官邸幫十多個學生授課。學生中只有松本良順一人是正規的醫學生，其餘都是業餘愛好者。後來，隨著人數的增長，日本政府接受他的建議，創辦了一所醫學院和日本第一家西式醫院「長崎養生所」。這座醫學院就是今日「長崎醫科大學」的前身，當時，范·米爾德沃德在這裡共教出350名外科醫生，發了133份醫師證書。

范·米爾德沃德的教學類似於現代教學，他用法國解剖學家路易·阿左瓦（Louis Thomas Jérôme Auzoux，1797–1880）製作的紙型（Papier Mâché）人體模型來教導學生，同時他還親自進行解剖，一邊對人體的各

---

[063] Ilza Veith: Physician Travelers in Japan，JAMA，April 12，1965。

個部位作詳細說明。由於當時在日本，原則上是不容許解剖的，更不能容忍一個外國人來解剖日本人的屍體。因此，范·米爾德沃德是在150名士兵的保護之下進行這一解剖演示課程的。

1858年，日本全國霍亂流行，僅是江戶，即今日的東京，就死了26萬人。范·米爾德沃德根據來自爪哇的資訊，在長崎採取了預防措施，讓政府下令不吃日本人普遍偏好的生食和冷飲，發揮一定程度的作用。

范·米爾德沃德在日本待了五年後，於1862年回國。1863年，幕府首次派了六人去荷蘭的萊頓學習醫學，其中包括後來成為將軍侍醫、大日本帝國陸軍軍醫總監的松本良順。

范·米爾德沃德回國後，荷蘭政府派烏特勒支軍醫大學的教授安東尼·博杜安（Anthonius Bauduin，1822–1885）來接替他的位置15年。同時，英國也派威廉·威利斯（William Willis，1837–1894）來幫助明治政府。如此這般，從接受西方醫學的整個過程看來，「很清楚，西方的醫學，尤其是外科，在日本是要優越於傳統中國漢醫的。新政府在選擇威利斯的英國醫學和博杜安的荷蘭醫學時曾有過猶豫。最後，政府接受了荷蘭大使圭多·弗貝克（Guido Verbeck，1830–1898）的意見，於1869年決定採用德國醫學。從那時起，日本的醫學主要受德國醫學的影響，一直到第二次世界大戰。」[064]

這段時間裡，在歐洲醫學家的幫助下，日本也產生了幾位世界一流的醫學家，如曾在德國細菌學家羅伯特·柯霍的實驗室從事研究的北里柴三郎（1852–1931），和法國的亞歷山大·耶爾森同時發現鼠疫桿菌，並開拓了血清學這一新的領域；曾與德國化學家保羅·埃爾利希合作，

---

[064] Izumi Y, Isozumi K: Modern Japanese medical history and the European influence; Keio. J. Mrd, 2001 Jun; 50(2):91–9.

西方的醫學與日本的「明治維新」

發明了錐蟲病化學療法的志賀潔（1883-1971），他因發現痢疾桿菌，而獲得以他的姓氏「志賀氏菌」命名的榮譽。還有曾在賓夕法尼亞大學和洛克斐勒從事研究工作的野口英世（1876-1928），成功培養出了梅毒螺旋體，等等。

西方醫學在日本的傳播，儘管不時遭到困難和阻礙，甚至有些人為了學習和應用而犧牲了自己的生命。但是愈接近封建時代的末期，日本封建制度的奄奄待斃和西方列強加諸於日本的壓力，更促使日本的廣大人民，尤其是知識分子，渴望祖國從封建桎梏下解放出來，實現社會進步和國家獨立、富強。立志向西方學習，在當時的日本，已經成為一種風氣，如上海廣智書店 1902 年出版的《日本維新三十年史》中所記述的：「試取當時報章而讀之，滿紙都是西人有言，泰西如是而已矣。於是流風廣播，天下靡然，舉國上下，若飲狂泉，欲將一切文物，盡變於西風而後已⋯⋯」於是，「隨著蘭學（指透過荷蘭傳入的西方科學文化知識──引者）的這樣發展，」日本現代著名的哲學家永田廣志寫道：

新的部門也逐漸移入。宇田川榕庵以《菩多尼訶經》一書介紹了（瑞典植物分類學家）林奈的植物學，以《舍密開宗》一書介紹了化學；在物理學領域出現了清地林宗的《氣海觀瀾》；帆足萬里的《窮理通》等。

特別是和外國的接觸日趨頻繁，國防問題成了燃眉之急的課題之後，軍事學開始被活躍地移入，則是這個時代的特點。天寶年間出現了高島秋帆這樣的洋式戰術家。天寶十四年，因自造雷汞爆炸而死去的尾張的吉雄常三寫有《粉炮考》一書。緊接天寶之後的弘化年間，轉入逃亡生活的高野長英的譯作，特別是他的《三兵答古知兒》在關心軍事學的士人中間受到重視；嘉永年間，佐久間象山作為軍事學家嶄露頭角。他就學於曾接受高島秋帆傳授的江川坦庵，後來又利用荷蘭軍事書籍反覆鑽

研，主要以炮術聞名。西博爾德的門下，和佐久間象山同樣就學於江川坦庵的大塚同庵，對炮術造詣很深，譯了《遠西炮術略》一書。可是不能忽視的是，不論高野長英或佐久間象山，他們都不單單是軍事學家，對『物產學』方面也非常關心，從這種觀點出發，學習了有實用價值的各種自然科學。

更重要的是，由於西方醫學和其他科學的傳播，像「一滴油滴入廣大池水而布滿全池」，其重要性就在於永田廣志所指出的，這種「以醫學、本草學、天文學等的發展為先導而培養起來的科學精神……透過吸收西方的自然科學，開始成長壯大起來了」。「明治的新文化是上述那些洋學家活動的延續和進一步活躍的產物。」[065]

中國的情況也類似。先進的中國人都相信，「要救國，只有維新，要維新，只有學外國。」魯迅正是看到西方的醫學和其他科學和日本的社會改革之間的良性循環，並對中日兩國的社會政治、經濟情況進行具體的比較和分析之後，才決心進仙台醫學專科學校、立志學醫的。但是在細菌學課上麻木的國人「鑑賞示眾」的畫面，徹底打破了他醫學救國的夢想：「從那回以後，我便覺得醫學並非一件緊要事……所以我的第一要著，是在改變他們的精神。」後來，魯迅在《集外集拾遺補編·題贈馮蕙熹》和《且介亭雜文·拿破崙和隋那》都批評了這種幼稚的想法，悲痛地提出，「殺人者在毀滅世界，救人者在修補它」，但是像英國的醫生愛德華·詹納（1749-1822），雖然他發明的牛痘「在世界上真不知救活了多少孩子」，結果，長大後還不是「給英雄做炮灰」？所以魯迅覺得：「殺人有將，救人為醫。殺了大半，救其子遺。小補之哉，嗚呼噫嘻！」可嘆，可嘆！

---

[065] 永田廣志：《日本哲學思想史》（版本圖書館編譯室譯），第 254–255、277 頁，商務印書館，1978 年版。

西方的醫學與日本的「明治維新」

藝術與瘋狂

　　詩歌不能憑仗了哲學和智力來認識，所以感情已經冰結的思想家，即對於詩人往往有謬誤的判斷和隔膜的揶揄。……近來的科學者雖然對於文藝稍稍加以重視了，但如義大利的倫勃羅梭一流總想在大藝術中發現瘋狂，奧國的佛羅特一流專一用解剖刀來分割文藝，冷靜到入了迷，至於不覺得自己的過度的穿鑿附會者……

　　　　　　　　　　　　——《集外集拾遺·詩歌之敵》

魯迅雖然總是自謙，說他「不懂」詩，其實他對詩歌有很高的鑑賞力，有精確的評價標準。在〈詩歌之敵〉中，魯迅相信：「詩歌是本以發抒自己的熱情的」，即是原於表達感情的需求，也就是〈毛詩序〉所說的「情動於中而形於言」。但是在他看來，這「情」並不是濫情，在創作詩歌的時候，還得有所抑制。所以一方面，他覺得，不論是「穿鑿附會」、「冷靜到入了迷」，還是感情衝動到「瘋狂」的地步，都與詩歌格格不入。對於詩的姐妹，即其他的藝術，也是一樣的道理。基於這樣的認知，讓魯迅對倫勃羅梭這種相信可以「在大藝術中發見瘋狂」的藝術觀，不以為然。

倫勃羅梭，如今通譯龍勃羅梭，全名切薩雷·龍勃羅梭（Cesare Lombroso，1835–1909），是義大利的犯罪學家和醫生，為義大利實證主義犯罪學派（Italian School of Positivism Criminology）的創始人，被一些犯罪學家稱為「犯罪學之父」。以往，中國沿襲蘇聯的觀點，一直把他視為一個反動的學者，以致中國人對龍勃羅梭的學說一無所知。改革開放之後，2000 年，中國法制出版社出版了黃風直接從原文翻譯的龍勃羅梭代表作《犯罪人格》一書，書前有司法部預防犯罪研究所研究員吳宗憲撰寫的長達數萬字的論文，對他的理論做了深入的分析，認為這對「幫助中國讀者了解這位著名學者，是很有意義的。」

《犯罪人格》是龍勃羅梭的代表作，最初出版於 1876 年，計 252 頁。後來到第 5 版增補為一部長達 1,200 多頁的鉅著。龍勃羅梭拒絕接受古典犯罪學派的觀點，認為犯罪是人性的性格特徵。他應用面相、優生、精神病和社會達爾文主義，建立「犯罪人類學」的理論，堅信犯罪是遺傳的，認為從「先天犯罪者」身上可以找到解剖學、生理學、心理學方面的徵兆，如頭蓋骨、骨架或神經系統上的特徵；說這些特徵的結合，決定

了犯罪者的類型。

與此有關的是,龍勃羅梭認為,人的天賦才能也是遺傳的。

龍勃羅梭從進維也納大學和帕維亞大學學習起,就對病理學產生濃厚的興趣;後來在帕維亞大學任講師和精神病學教授,在都靈大學先後任法醫和衛生學教授、精神病學教授和犯罪人類學教授,最後又在義大利北部的佩薩羅任精神病院院長,畢生都孜孜不倦地研究精神病學和犯罪學,發表和出版了大量有關精神病和犯罪方面的著作。

龍勃羅梭在1888年出版了他的《有關精神病患的天才》(*L'uomo di genio in rapporto alla psichiatria*),英文版譯為《天才人物》(The Man of Genius)。在這本書中,龍勃羅梭主要是要論證,藝術天才是遺傳性精神錯亂的表現形式。為了支持這一論斷,他收集了大量的「精神病藝術」,並在1880年寫了一篇有關這個問題的專題論文,文中歸納出13種典型「精神錯亂的藝術」。在如今看來,他的這一觀點已經非常陳舊,但是影響還是很大,例如德國精神病醫師漢斯・普林茨霍恩(Hans Prinzhorn,1886-1933)從1919年開始,從歐洲各不同名稱的精神病醫院蒐集大量精神病患的油畫、水彩和雕刻作品,並從其中選出一些有相當水準的作品,於1921年先是在德國法蘭克福展覽館的齊格勒小陳列室(Zinglers Kabinett)展出,隨後又轉展至漢諾威的一家畫廊;展後編成《精神病患藝術作品選》(*Bildnerei der Geisteskranken*)一書,於1922年出版。展覽和作品的出版,一時間在歐洲大陸產生很大的影響。普林茨霍恩還列出了德國雕塑家卡爾・勃蘭德爾(Karl Brendel,1871-1925)和德國畫家奧古斯特・克羅茲(August Klotz,1864-?)等十位精神分裂的藝術大師。

在《天才人物》中,龍勃羅梭於諸多領域,探究了數以百計有文獻記

載的天才人物，不但考察了天才的特徵，還研究了天才的成因，列述氣象、氣候、種族、遺傳和疾病等各種因素對天才成長的影響，其基本論點是認為瘋狂是天才人物的主要特徵，他被認為是19世紀中最先檢驗天才與瘋狂關聯的學者。

《天才人物》從歷史上亞里斯多德、柏拉圖、德謨克利特、帕斯卡爾、狄德羅和許多現代著作家對於天才的論述，肯定「極端聰明的人都是極端瘋狂的」[066]。龍勃羅梭肯定：「事實是，有眾多的天才人物在他們一生的某個時期，都是妄想幻覺者或者精神錯亂者，或者像（義大利哲學家）維柯那樣偉大的、一生都在發狂的人，還有多少大思想家，他們的一生都表明他們是偏執狂或妄想狂。」[067] 龍勃羅梭舉出不下一百來個例子，說明許多名人，幾乎都是狂人，或者至少在某一個時期是狂人，其中我們較為熟悉的有凱撒、拿破崙、彼得大帝、莫里哀、斯惠夫脫、福樓拜、杜斯妥也夫斯基等，據說都患有運動型癲癇和病理性躁狂症。在作家中，龍勃羅梭說，法國的高蹈派、象徵派、頹廢派詩人，差不多全是精神病患；在音樂家中，莫札特、舒曼、貝多芬、韓德爾、格魯克等也都是狂人。有人說像數學家這麼冷靜的人，不會成為狂人，但阿基米德、牛頓、帕斯卡爾就都是精神錯亂患者。

在書中，龍勃羅梭舉了許多精神病患天才的例子，如16世紀的宗教改革家馬丁·路德27歲起就有眩暈以及頭痛、耳鳴等神經病症狀；38歲時，多半由於極端孤獨的幽居而出現幻覺。19世紀法國實證主義哲學家奧古斯特·孔德曾經請過一位著名的精神病醫生為他看診十年。著名的後期印象派代表、19世紀的法國畫家保羅·塞尚是死在瘋人院的。18世

---

[066] Cesare Lombroso: The Man of Genius, P.3, The Walter Scott Publishing, CO, LTD, 1917.
[067] Cesare Lombroso: The Man of Genius, P.66, The Walter Scott Publishing, CO, LTD, 1917.

紀法國的啟蒙思想家尚-雅克・盧梭說自己的想像力，從來沒有像在患病時那麼振奮。19 世紀德國作曲家羅伯特・舒曼 23 歲時罹患憂鬱症，多年裡，一直都害怕被送進精神病院，最後死於慢性腦萎縮。19 世紀著名的法國詩人夏爾・波特萊爾出生在一個狂人和壞人的家庭，童年時就罹患偏執狂，他性格古怪，把自己的頭髮染成綠色，夏天穿冬天的服裝，在愛情上也表現出病態的審美和熱情，等等。

　　基於所舉的這些病例，龍勃羅梭在全書最後的結論中說：「因此，天才人物的生理學與瘋子的病理學之間，有太多的一致之處，事實上甚至具有連續性。」[068] 這樣的結論，龍勃羅梭在書中提了不止一次。龍勃羅梭分析說，這是因為瘋狂的人「最根本、最普遍具有的性格特徵」，就是他的心靈內涵與往昔的生活情況、文化情境發生衝突，無法協調，他們崇尚特異，而富於創新，思想上有著更為廣闊的聯想和更為活躍的想像，洋溢著一般的邏輯常理和普通知識範圍所無法束縛的想像力，但是其「受瘋狂刺激的腦子，卻能夠捕捉事物中最突出重點」[069]，這就讓狂人改變成為天才。

　　為了證明這種解釋，龍勃羅梭引用了一些著作家的記述作為旁證，例如：有人說他曾見到過，由於瘋狂，「一個無知無識的農夫會寫出拉丁文的詩句；另一個會突然以他從未學過、而且康復之後就再也認不得一字一詞的某種語言的慣用語法來說話；一個婦女會唱出她全然不知的拉丁文讚美歌和詩篇；一個頭部負傷的兒童能夠以德語構思三段論法，而在他不再患病之時，便連一句最簡單的德語都不會說了。」[070] 他還說到，有人認識一位患有精神病的紳士，在正常情況下，他連簡單的加法

---

[068] Cesare Lombroso: The Man of Genius, P.359, The Walter Scott Publishing, CO, LTD, 1917.
[069] Cesare Lombroso: The Man of Genius, P.170-171, The Walter Scott Publishing, CO, LTD, 1917.
[070] Cesare Lombroso: The Man of Genius, P.162, The Walter Scott Publishing, CO, LTD, 1917.

都不會做,但在精神分裂發作時,卻成了一位卓越的數學家。同樣地,一個婦女在精神病院裡創作出一首首詩篇,等到治好病回到家,仍舊恢復成一個平淡無奇的家庭主婦,等等。

龍勃羅梭相信,疾病,主要是精神病,尤其是精神分裂,會對天才的形成具有主要作用。在《天才人物》中,有一章的標題就叫〈疾病對天才的作用〉。他不同意古羅馬詩人尤維納利斯如今已經成為格言的詩句 Mens sana in corpore sano (「健康的精神寓於健康的軀體」),而堅信「強而有力的精神都與虛弱多病的身體關聯」。他說:「常常是頭部損傷和急性病症這類經常引發瘋狂的疾病,把一個十分平凡的人轉變成天才人物」,例如「巴斯德最偉大的發現就是在中風之後完成」[071]。他還舉了很多類似的事例,叔本華是一個典型。

被稱為「悲觀主義哲學家」的阿圖爾・叔本華(1788–1860)是19世紀的著名哲學家,他的思想透過尼采,在一定程度上影響了生機論、生命哲學、存在主義哲學和人類學的觀念和方法。龍勃羅梭認為他從青年時代起就患有憂鬱症,可謂是瘋狂的天才最完美的典型。龍勃羅梭描述叔本華的妄想狂症狀說:「他總是住在低層,以防發生火災;他不放心讓理髮師為他理髮;他把金幣藏到墨水瓶裡,把信壓在床單下。他害怕拿起剃刀;害怕不屬於他自己的杯子會傳染某種疾病……」說他「向我們表現出是一個十足的瘋狂天才。」他聲稱,叔本華的一位傳記作者證明說:「堅信『天才和瘋狂相互為鄰』的叔本華本人,也並不反對龍勃羅梭把他列入天才與瘋癲者之列。」

龍勃羅梭還喜歡談天才人物的病態表現。他說波特萊爾的病態熱情,不但表現在他愛的總是讓他人感到毛骨悚然的女性侏儒或巨人,他

---

[071] Cesare Lombroso: The Man of Genius, P.152、321, The Walter Scott Publishing, CO, LTD, 1917.

對一個非常美麗的女子所表達的要求，就是把他自己懸掛到天花板上，美味的是可以吻她的腳，而「吻她這赤裸的腳」，則是作為性行為的同義語寫在他的詩篇中。還有杜斯妥也夫斯基，龍勃羅梭認為，杜斯妥也夫斯基的精神病態不但在日常生活中，在他的創作也表現得非常明顯：「杜斯妥也夫斯基在《群魔》和《白痴》中頻繁地描寫了半瘋狂、尤其是瘋狂的性格，在《罪與罰》中則是描寫精神錯亂。」像這種「杜斯妥也夫斯基式」的說明，用魯迅的話來說，就是「醫學者往往用病態來解釋杜斯妥也夫斯基的作品」[072] 的典型。

在《天才人物》中，龍勃羅梭還特別引用了一些統計資料，以佐證天才與瘋狂的關係。除了他人收集的以外，龍勃羅梭本人曾收藏 186 冊瘋人所寫的著作，其中有關人物敘述的 51 冊、醫學著作 36 冊、研究《聖經》中「哀歌」的 25 冊、戲劇和宗教方面的各 7 冊、詩歌方面的 6 冊、有關天文學、物理學、政治和政治經濟學的各 4 冊、鄉村內容的 3 冊、關於獸醫的、文學的和數學的各 2 冊，還有 1 冊文法與 1 冊辭典。

魯迅說：「記得 Lombroso 所做的一本書 —— 大約是《天才和狂人》，……後面，就附有許多瘋子的作品。」[073] 指的即是在這部《天才人物》的最後，有一個「附錄」，在〈詩與狂人〉的標題下所附的「瘋子的作品」。在這些作品中，有一封被監禁在聖安妮精神病院的藥劑師於 1880 年 2 月 26 日寫給某位夫人的詩體信；此人還寫有一首論述戲劇表演的長詩。龍勃羅梭將這首詩十行「優雅的跋詞」摘錄在自己這部鉅著的後面；另有一個瘋子，他相信自己已經變成一頭獸了，想要到各處原野上去吃草，把他所見到的每一匹馬或驢，都當成是自己的同伴。他寫了一首諷

---

[072] 魯迅：《且介亭雜文二集・陀思妥耶夫斯基的事》。
[073] 魯迅：《三閒集・匪筆三篇》。

刺長詩，龍勃羅梭錄下其中的 12 行；還有一首長達 38 行的詩，是由一個「同一天裡玄冰先是企圖自殺，後又要去殺他母親」的瘋子寫的；又有一首詩，僅 6 行，但龍勃羅梭認為它「出色地表達了這位憂鬱症病人的孤獨悲傷」；還有一首也被龍勃羅梭認為表現了「微妙的敏感和實情」。最後是一首兩段八節的小詩，龍勃羅梭推舉它「是瘋子詩篇傑作」[074]。

魯迅認為，像龍勃羅梭等「科學底的人們」對於社會科學問題，認知上有其片面性和局限性。他認為，這些人論詩時，「對於詩人往往有謬誤的判斷和隔膜的揶揄」，原因是他們只在自己自然科學的某一個方面，「精細地鑽研著一點悠閒的視野，便絕不能和博大的詩人的感得全人間世，而同時有領會天國之極樂和地獄之大苦惱的精神相通。」魯迅認為，龍勃羅梭從精神病學的角度，把詩人、作家、藝術家甚至許多其他領域著名的傑出人物，都看作是瘋子，「在大藝術中發現瘋狂」，是在是太「過度的穿鑿附會」了。

到底天才是否與瘋狂有關，歷來就有不同的看法，不過如今，多數學者相信精神病患未必都是天才，但是天才人物往往都帶有一點精神病態或說帶有一點瘋狂[075]。

魯迅對龍勃羅梭的批評，意在否定龍勃羅梭的天才觀。在魯迅看來，所謂「天才」，也許有一定的天賦，但他不認為不需努力，「天才」便會獲得成功。他曾說過：「即使天才，在生下來的時候的第一聲啼哭，也和平常的兒童的一樣，絕不會就是一首好詩。」[076] 龍勃羅梭把杜斯妥也夫斯基恭為天才之列，魯迅表示，他就不相信這位小說家的《罪與罰》是

---

[074] Cesare Lombroso: The Man of Genius, Appendix, The Walter Scott Publishing, CO, LTD, 1917.
[075] 本文作者著有《天才就是瘋子》一書，對這些問題做過詳細介紹。此書 2002 年由湖南人民出版社出版，後稍作修訂，易名《天才還是瘋子》，於 2007 年由復旦大學出版社再版。
[076] 魯迅：《墳・未有天才之前》。

一個天才人物在喝咖啡、吸菸卷之後寫出來的。至於被一些人視為富有天才的他本人，他說，他自己的文章，也是「擠」出來的，「和什麼高超的『煙士披離純』（inspiration，靈感 —— 引者）呀，『創作感興』呀之類不大有關係」[077]。

實際上，也只有在科學發展到今天的地步，對天才和精神病之間，尤其是與躁狂憂鬱症或精神分裂症之間的關係進行研究，才可能有一些進展。本文作者在《天才還是瘋子》中曾經提到：

美國耶魯大學藝術學院的藝術家兼小說家 D·雅布羅·赫什曼（D. Jablow Hershman）和耶魯－紐哈芬醫院的精神病學家朱利安·利布（Julian Lieb）在出版於 1988 年的專著《天才的奧祕：早課憂鬱症和創造性生活》（*The Key to Genius: Manic-Depression and the Creative Life*）中總結浪漫主義的天才觀是「沒有躁狂憂鬱症那無窮的無法忍受的情感力量，就不會有天才」。[078]

可以被視為有關這個問題的最新成功研究之一。在魯迅那個時代，對於兩者之間的關係，是難以想像的。那個時候，看到的就只有對龍勃羅梭理論的批評甚至諷刺，如郭沫若在寫於 1924 年 19 月的《天才與教育》譯文中，就強調教育對於發展天賦的作用，認為光靠天賦是絕不可能成為天才的：「我們不能和龍卜羅梭（Lombroso）表贊同，說他（指天才 —— 引者）便是狂人。」[079] 而郁達夫，更在小說《二詩人》中以調侃的態度寫到那位神經質的詩人何馬，說郎不嚕囌（即龍勃羅梭）著有《天才和吃飯》，竟認為「吃飯吃得響不響，就是有沒有天才的區別」。[080] 不

---

[077] 魯迅：《華蓋集·並非閒話（三）》。
[078] 余鳳高：《天才還是瘋子》，第 96 頁，復旦大學出版社再版，2007 年版。
[079] 郭沫若：《文藝論集》，第 68 頁，人民文學出版社，1919 年版。
[080]《郁達夫文集》第 2 卷，第 107 頁，花城出版社，1982 年版。

但對龍勃羅梭的理論做了有趣的批評,連他的名字和理論著作的名稱,都給以諷刺和挖苦。時代的限制竟有如此差異!

傳統中醫：寶藏與胡話

　　做《內經》的不知道究竟是誰。對於人的肌肉，他確是看過，但似乎單是剝了皮略略一觀，沒有細考校，所以亂成一團，說是凡有肌肉都發源於手指和足趾。宋的《洗冤錄》說人骨，竟至於謂男女骨數不同：老仵作之談，也有不少胡說。然而前者還是醫家的寶典，後者還是檢驗的南針……

——《華蓋集·忽然想到（一）》

中醫藥學是中華民族傳統文化的瑰寶。它承載了中國古代人民幾千年來與疾病對抗的經驗，記錄了歷代名醫的業績，在生理、病理和治療方面均有偉大的發現和創造；在方法上以整體觀為主導思想，講究辨證論治，發展出自己特有的體系。這是一個偉大的寶藏，如今已經引起很多外國醫學家的重視和學習研究。就以解剖學的發展來說，早在兩漢之前，中國就有解剖了。《內經》所載：「若夫八尺之士，皮肉在此，外可度量切循而得之，其屍可解剖而視之……」被認為是「解剖」一詞最早的記載。西漢末年，王莽奪取漢朝皇帝的政權時，東郡太守翟義和他外甥陳豐起義討伐王莽，兵敗後被王莽「磔屍陳市」；隨翟義起兵的人，也被王莽殺戮。《漢書‧王莽傳》載：「莽誅翟義之徒，使太醫尚方與巧屠共刳剝之。度量五臟，以竹筵導其脈，知所終始，云可以治病。」從科學角度看，雖是極不人道的「活體解剖」，仍可以被看作是中國解剖史上精采的一頁，還特別說到「可以治病」。這樣做，主要自然是報復政敵，但也表明還帶有醫學目的。只可惜，解剖並經醫生檢視過之後，「曾否繪圖不可知，縱使繪過，現在已佚，徒令『古已有之』而已」。

這些不過是零星記載了中國古代的一些醫學事蹟罷了。實際上，在古代的中國，醫學的發展已經達到相當高的水準，中國現存醫書中最早的典籍《皇帝內經》和宋朝的《洗冤集錄》可作代表。

《皇帝內經》簡稱《內經》，為兩千年前中醫理論的集大成者。主要內容出自戰國時代；秦漢以來，時有補充，將其彙編成書。因此，此書實際上並非一時、一地、一人所作，而是在一段相當長的時期內、由不同地區的眾多醫家編纂修訂而成。冠以「皇帝」，僅是託名而已。

《內經》分「素問」和「靈樞」兩部分，分別經唐代太僕令王冰整理編訂補註，宋代的醫家林億等校正，並經南宋的醫家史崧重新整理校勘而

保存流傳至今。

《內經》的內容博大而精深，其基本精神包括整體觀念、陰陽五行、藏象經絡、病因病機、診法治則、預防養生和運氣學說等方面。「整體觀念」強調人體本身是一個整體，人體的各個部位與它的整體結構，彼此之間是相互連繫的。「陰陽五行」是要闡明事物之間的對立統一關係。「藏象經絡」主要研究人體內五臟六腑、十二經脈等生理功能、病理改變及其相互關係。「病因病機」闡述了各種致病因素作用於人體後，是否發病以及疾病發生和變化的內在原理。「診法治則」說的是醫生探究疾病的基本方法，其中主要的「望」、「聞」、「問」、「切」四法，是後世中醫傳統診斷法「四診」的淵源。還有「預防養生」系統地闡述了中醫的「養生」學說，是養生防病經驗的總結。「運氣學說」研究了自然界的氣候環境對人體生理及病理的影響，據此知道人們如何趨吉避凶。

《洗冤集錄》簡稱《洗冤錄》，正式書名叫《宋提刑洗冤集錄》，也是一部偉大的著作。作者是宋代偉大的法醫學家宋慈（1186-1249）[081]。

宋慈幼年就讀於朱熹弟子吳稚的門下，朱學的「格物致知」給予他不少正面的影響，使他比較注重實事求是的學風和方法。他 20 歲入太學，鑽研百家學說。嘉定十年（1217）中進士；從理宗寶慶二年（1226）開始，他先後歷任贛州信奉縣主簿、長汀縣知縣、樞密使兼督荊襄江淮和通判等職。

嘉熙三年（1239），宋慈升任廣東提點刑獄吏。到任後，他發現地方官吏「多不奉法，有留獄數年未詳復者」，積案甚多。即認真閱卷，親自審訊，並給下屬官吏、衙門清理積案的期限，八個月內就取得了良好效

---

[081] 魯迅：《墳・論照相之類》。有關宋慈的生平，參考了高隨捷、祝林森為《宋慈集錄 譯著》所作的〈前言〉和宋慈於此書所作的〈序〉；上海古籍出版社，2008 年版。

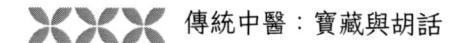

果。時人稱頌他「雪冤禁暴，治政清平」。

嘉熙四年（1240），宋慈奉調任江西提點刑獄，兼知贛州；一年後，充大使行府參議官等職。淳祐七年（1247），宋慈轉任湖南提點刑獄官，還兼任另外幾項職務。兩年後去世，享年64歲。宋理宗親自為其書寫墓門，憑弔宋慈功績卓著的一生。

宋慈長期擔任提點刑獄之官，處理案件既多，態度又認真謹慎。他意識到辦案的重要性，尤其是關係到嫌疑人生命的大案件。他在〈洗冤集錄序〉中的第一句話就是：「獄事莫重於大辟，大辟莫重於初情，初情莫重於檢驗。」因此，他辦案總是「審之又審，不敢萌一毫慢易心。若灼然知其為其欺，則亟與駁下；或疑信未決，必反覆深思，唯恐率然而行，死者虛被澇瀝。」他從自己所經手的案件發現，辦案之所以出現差錯，往往「多起於發端之差、定驗之誤」。在痛感這些差錯造成的惡果之後，宋慈深刻意識到有必要將自己的知識和經驗總結出來；並參考已經失傳的《內恕錄》和南宋醫家鄭克的《折獄龜鑑》等相關著作，「示我同寅，使得參驗互考，如醫師討論古法，脈絡表裡，先已洞澈，一旦按此以施針砭，發無不中，則其洗冤澤物，當與起死回生同一功用矣。」相信這樣有助於他們處理案件時減少差錯，不冤枉好人。於是，宋慈從淳祐五年（1245）起開始撰寫《洗冤集錄》，於兩年後完成，在湖南縣治雕版刊行。

此前，歐洲人在論及應用醫學知識來解決法律問題的「法醫學」時，都認為，雖然早在1000多年前，在法律訴訟案件中，就已有採用醫學證言的記載，但首次系統性介紹法醫學的是義大利的醫生福圖納托・費德利斯（Fortunato Fidelis，1550–1630）。

有關費德利斯的傳記資料非常缺乏，對他的家庭、親屬和文化背景

及他研究的對象都不甚了解。只知道他在義大利西西里島區的巴勒莫大學學醫，在西西里行醫，其中可能大部分時間是在巴勒莫，很有名氣。他受人懷念的主要原因就是他的法醫學著作《醫生的報告》(De relationibus medicorum libri quatuor)。對於此書的出版時間，有說是1602年，另又說是1674年出版於萊比錫。總之，不論出於何時，都要比1247出版的《洗冤集錄》至少遲350年，且《洗冤集錄》的內容也十分充實。早在清代同治六年(1862)，《洗冤集錄》就首先被荷蘭人翻譯成荷蘭文傳入西方。西元1908年，此書又被荷蘭文轉譯為法文。此後又陸續被翻譯為英、德、日、俄、韓等多種語言出版，影響世界各國法醫學的發展。

《洗冤集錄》共五卷，五十三目。卷一在「條令」目下輯有宋代歷年來公布的有關屍體檢驗的法律條文29則；另外是總說檢驗時需要注意的問題。其餘的52目並不那麼有序，綜合起來，大致可以分為三個方面：一是檢驗官應有的態度和原則，二是各種屍傷的檢驗和區分方法，三是保辜(保護受害人)和各種救急的處理。

《洗冤集錄》一書的學術成就主要在下列諸多方面都有一定的貢獻：屍斑的發生和分布，屍體腐爛的表現及受影響的條件，屍體現象與死後經過的時間關係，棺內分娩的發現，縊死的繩套分類，縊溝處的特徵及影響的條件，自縊、勒死與偽造自縊的鑑別，溺死與外物壓塞口鼻致死的區別，窒息性玫瑰齒的發現，生前和死後骨折的鑑別，各種刃傷的損害特徵，自殺、他殺的鑑別，致命傷的確定，焚死與焚屍的區別，各種死亡的現場勘驗方法。凡此種種，均是宋慈親自透過經驗證明為行之有效的。此外，在第52目「救死方」中，宋慈還搜集了水溺、喝死、凍死、殺傷及胎動等搶救辦法和單方數十則。

只是由於時代、歷史條件以及科學技術的限制，還有全國性案件交

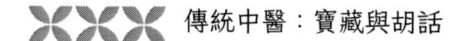

流的貧乏，不論在《內經》或《洗冤集錄》中都存在片面和不確切的認知，如魯迅提到的，在《內經・素問・五臟生成篇》中就有「諸筋者，皆屬於節」的「亂說」。

對「諸筋者，皆屬於節」一句，清代醫家，自稱是東漢名醫張仲景後裔的張隱庵注釋說：「節，骨節也。筋生於骨，連繫與骨節之間」。這裡的筋是指肌肉，節是指骨骼，所以這句話的意思就是如魯迅所轉述的：「凡有肌肉都發源於手指和足趾。」

《洗冤集錄》同樣「也有不少胡說」，如該書卷三目17「說人骨」一節，不確切的說法更多。魯迅特別提到該目的「胡說」，是相當有眼光的。

在《洗冤集錄》「說人骨」一節中，宋慈先是這樣寫道：「人有三百六十五節，按一年三百六十五日。」

人體上的「骨」，通常都是指「硬骨」。科學的解剖學查明，人一般有骨206塊，古今、中外、男女都無不同；因此稱「有三百六十五節」，與實際不符。至於還說這三百六十五節是與「一年三百六十五日」相對應，是受中國古代陰陽五行說的影響，認為人體是整個大宇宙的縮影，按周天三百六十五度，附會出人體骨節是365個的數目。

宋慈接著說：「男子骨白，婦女骨黑」；並解釋說「女人生前出血如河水，故骨黑。如被毒藥骨黑，須仔細詳定。」實際上，不論男女，只要屬同年齡層，骨頭的顏色都呈淡黃色或灰白色。要說中毒，除了長期的鉛中毒者，其骨骼的顏色只是加深呈灰黑色外，其他中毒者的骨骼顏色是不會有更大的變化。

隨後在說到「髑髏骨」，也就是顱骨時，宋慈說：「男子自頂及耳並腦後共八片，蔡州人有九片⋯⋯婦女只六片⋯⋯」顱骨是圍成外腔的硬

骨，解剖學證明，總計為前上額骨等共八塊，各民族男女都一樣，不會有的人多、有的人少。在宋慈看來，婦女好像總是比男子低一等……另外還有幾處類似的差錯。

宋慈在書中詳細介紹了所謂「檢滴骨親法」的做法，也就是通常所說的「滴血認親」：「檢滴骨親法，謂如：某甲是夫或母，有骸骨在，某乙來認親生男或女，何以驗之？試令某乙就身刺一兩點血，滴骸骨上，是親生則血沁入骨內，否則不入。俗云『滴骨親』，蓋謂此也。」

現代科學查明，只有從血型，尤其是DNA，才能準確查明親屬關係，宋慈所謂的「檢滴骨親法」也是不科學的。

除這些外，個別地方還有一些迷信的說法，如卷三目21「溺死」說：「若生前溺水屍首，男僕臥，女仰臥。」卷四目41「虎咬死」中說：「虎咬人，月初咬頭頸，月中咬腹部，月盡要兩腳。貓兒咬鼠亦然。」把男女的死狀和陰陽上下相對應，把食肉動物撕咬人的頭腳和時段的頭腳相對應，都是不科學的。

雖然上述一切都是錯誤的，但考慮到在當時的時代和科學條件下，也並不奇怪，歐洲也有類似的情況。

古羅馬醫學家帕格曼的蓋倫（Galen of Pergamon，129-199），其醫學、生理學的基礎是他的「元氣」學說。他認為人體各部分都神祕地貫注著不同種類的「元氣」，它們在血液循環中發揮作用。他解釋說，人攝取的食物經過消化之後，從腸子裡一直進入靜脈血管，再經血管來到脈管系統中最重要的器官肝臟，在肝臟內變成血液，並和富有營養的「天然元氣」相混合。而後，一部分血液經過靜脈管流入身體各部，並從同一條通道回到心臟。其餘的血液，則經過心瓣膜中一條不可見的細管，由

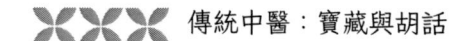

心臟的右邊流到左邊，在那裡與肺吸入進來的空氣相混合。藉由心臟的熱力，血液帶上了「生命元氣」，隨後，這種較高級的的血液又透過脈管在身體的各部漲落，使全身的各種器官能夠發揮它們的生活功能。到了大腦之後，這種活力血液便生出「動物元氣」。動物元氣是純粹的，不和血液混合，它能沿著神經流動，促使實行運動和人體各種高級功能。

事實是，血液循環包括體循環和肺循環兩個完整的循環。左右兩心室節律性地收縮和舒張，使心臟產生幫浦似的作用。體循環是動脈系統以相當高的壓力將血液自左心室輸送到全身的器官組織，又稱大循環；接受大循環血液的肺循環是低壓循環，指的是右側肺動脈、肺微血管和肺靜脈的小循環。由此可知，蓋倫對血液循環的解釋距離真理很遠很遠，也是不折不扣的「胡說」，因為心瓣膜中根本不存在蓋倫所說的一條不可見的細管。

造成蓋倫這一「胡說」的是他研究的對象主要是解剖動物，尤其是猴科，並據此來推論人體的構造。但是他這一錯誤的生理學一直被看成是萬古不變的真理，作為醫學生的教科書，影響歐洲的生理學和醫學一千多年。直到西班牙醫生米凱爾‧塞爾維特（Miguel Serveto y Reves，1511–1553）付出生命的代價，發現血液的肺循環，和英國醫生威廉‧哈維（William Harvey，1578–1657）發現血液的體循環，才弄清人體的整個血液循環。

雖然如此，醫學史家還是肯定蓋倫的貢獻，認為他是歷史上一位重要性僅次於希波克拉底的醫學家，他在醫學和生物學上有許多新的發現：他對動物的骨骼、肌肉作過細緻的觀察，還描述了心瓣膜，區分了動靜脈，把希臘的解剖知識加以系統化。

同樣地，儘管有如此的「胡說」，《內經》和《洗冤集錄》仍不失為一部偉大的著作。魯迅說：「直到今天，前者（指《內經》）還是醫家的寶典，後者（指《洗冤集錄》）還是檢驗的南針：這可以算是天下的奇事之一。」其實，這很正常，沒有什麼可奇怪的。魯迅是因為帶著情緒，才以這樣揶揄的口氣說話。

　　對於中國傳統醫學，魯迅曾多次表示充分的理解和尊重。就在1933年，魯迅至少有三篇雜文涉及到對中國傳統醫學的肯定。在〈華德焚書異同論〉中，他為秦始皇辯解時說，這位始皇帝雖然因「焚書坑儒」而遭人詬病，但他的燒書是為了統一思想，何況他還「沒有燒掉農書和醫書」。在〈我的種痘〉中，魯迅不但介紹了中國傳統的三種種痘法，還饒有趣味地描述了自己小時接受種痘的情形。在〈經驗〉一文中，魯迅更稱讚明代醫學家李時珍撰寫的《本草綱目》「含有豐富的寶藏」，如對於大部分藥品的功用，因「由歷史的經驗，這才能夠知道到這程度，尤其驚人的是關於毒藥的敘述」[082]……

　　無疑，「大半是因為他們（像姚芝先、何廉臣等「名醫」）耽誤了我的父親的病的緣故，但怕也很夾些切膚之痛的自己的私怨」[083]；加上「對於被騙的病人和他的家屬的同情」[084]，使魯迅對中醫和中醫學著作，抱著極其謹慎的態度，結合自己的經驗來思考和理解，一一加以檢驗。檢驗之後，魯迅也發現其中有一些不切實際，甚至是迷信的東西，除上述《華蓋集・忽然想到（一）》，魯迅曾說他「曾看過」明代醫家寧一玉所著按解剖部位來敘述其所屬器官臟腑的著作《析骨分經》，但「多是胡說」；甚至批評明代大醫學家李時珍的《本草綱目》中也相信「月經精液可以延

---

[082] 魯迅：《南腔北調集・經驗》。
[083] 魯迅：《墳・從鬍鬚到牙齒》。
[084] 魯迅：《吶喊・自序》。

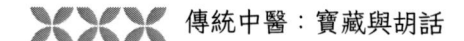

年，毛髮爪甲可以補血，大小便可以醫許多病」[085]。此外，他還在小說〈藥〉中描寫華老栓讓兒子吃人血饅頭來治他的肺病，也是因為受到類似迷信的思想影響。可見魯迅對傳統醫學中可能損害人民身體健康的迷信和胡說，是感到何等沉痛啊。

---

[085] 魯迅：《墳·論照相之類》。

「精神分析」與人的「外套」

　　便是外國人的尊重一切女性的事，倘使好講冷話的人說起來，也許是意在一個女性。然而汙衊若干女性的事，有時也就可以說是意在一個女性。偏執的弗羅特先生宣傳了「精神分析」之後，許多正人君子的外套都被撕碎了。

──《華蓋集·「碰壁」之餘》

❌❌❌ 「精神分析」與人的「外套」

　　1924年的「女師大事件」以及隨後學生們參加的幾場運動，是中國現代史上的大事。

　　女師大，全名「國立北京女子師範大學」，由前清的「京師女子師範學堂」改組而成。1924年秋，有三名學生因交通阻礙未能及時趕上規定的開學時間，被半年前上任的新校長楊蔭榆強制命令退學，激起學生們的強烈憤慨。1925年1月，學生們發表宣言，並派代表赴教育部要求撤換楊蔭榆。但是司法總長章士釗以剛兼任的教育總長的身分，聲言要「整頓學風」，為楊蔭榆撐腰。

　　5月7日是「國恥紀念日」。十年前，1915年的這一天，日本帝國主義向袁世凱政府提出最後通牒，限令在48小時內接受旨在滅亡中國的「二十一條」。每年的這一天，各地民眾和學生都要舉行遊行、演講等活動，以示不忘國恥。現在，1925年的「五七」國恥日又到了。京師員警廳害怕學生們上街遊行，於是致函教育部，請其預防和禁止。教育部接函後，下令對各校學生的遊行結隊「予以防範，嚴加禁止」。

　　這天早晨，京中各大中學校正準備去天安門舉行紀念會，不料各校門外都有軍警把守，嚴禁學生外出；與之講理，也說服不了軍警。雙方對峙到中午，最後學生們衝破軍警阻攔，三五成群向天安門走去。可是天安門早就被武裝員警占據。學生們無處舉行集會，分頭轉往他處；後獲馮玉祥部下駐守在景山的國民軍同意，約2,000名學生蜂擁入內，高呼「打倒軍閥」、「打倒帝國主義」等口號，至下午四時。散會後，有人提議赴教育總長章士釗宅質問禁止學生舉行紀念會的理由。但看門者拒絕接納，且旋即鎖閉大門。見此情景，5月8日的《晨報》以「昨日學界之國恥紀念」為題報導說：「學生憤激，有一二激烈者，奮勇當先，竟破門而入，群眾吶喊隨其後，然其時章適外出，學生尋之不得，放逸巡欲

出。而是時突有軍警多人，風馳電掣而來。既至，一部分留守戶外，實施包圍，一部分即入門搜尋學生。當時宅內秩序大亂。」在這場反暴力鎮壓的搏鬥中，手無寸鐵的學生，受重傷者七人，輕傷十人，還有十八名學生被捕。

在此之前，與楊蔭榆的矛盾，迫使學生們發起一場「驅羊（楊）運動」，不承認楊蔭榆為校長。於是，楊蔭榆於5月7日召開會議，威逼學生承認錯誤，否則即以搗亂國恥紀念會論處。但楊蔭榆一登上主席臺，即被學生們轟走。兩天後，楊蔭榆與一些人謀劃後，貼出告示，開除學生自治會六名幹部，更使矛盾進一步激化。

看到這一切，魯迅感到自己不能不公開站出來，撰文表示對青年學生的支持。

事情發生之後，魯迅立即在5月10寫道：「我還記得中國的女人是怎樣被壓制，有時簡直並羊而不如。現在託了洋鬼子的福，似乎有些解放了。但她一得到可以逞威的地位如校長之類，不就僱傭了『掠袖擦掌』的打手似的男人，來威嚇毫無武力的同性的學生們嗎？不是利用了外面正有別的學潮的時候，和一些狐群狗黨趁勢來開除她私意所不喜的學生們麼？而幾個在『男尊女卑』的社會生長的男人們，此刻卻在異性的飯碗化身的面前搖尾，簡直並羊而不如。」[086]

說得夠明白的，魯迅在這裡抨擊的就是女師大校長楊蔭榆。但是楊蔭榆也不是孤身一人，她背後自有人為她撐腰、幫她打氣、替她說話，如章士釗「整頓學風」，如陳西瀅的「臭毛廁」，如李仲揆的「觀劇」，把這場抗爭「比作戲場」，「是何等地逍遙自在」！真所謂「世界上實在又

---

[086] 轉引自白吉庵：《章士釗傳》，第203頁，作家出版社，2004年版。

✕✕✕ 「精神分析」與人的「外套」

有……各式各樣的眼睛」。但是這些人總是要擺出一副「正人君子」的模樣，以「正人君子的外套」來遮蓋自己真實的內心世界。但是，魯迅說，自從「弗羅特先生宣傳了『精神分析』之後，許多正人君子的外套都被撕碎了」。現在魯迅就要用弗羅特先生的「精神分析」理論，來分析這些人的真實心理，撕下他們的遮掩內心的「外套」。

弗羅特，即奧地利醫生和心理學家西格蒙特‧佛洛伊德（Sigmund Freud, 1856-1939）是奧地利的神經科醫生、心理學家，「精神分析」理論的創始人。精神分析是有關人類心靈的學說，也是減輕精神疾病痛苦的治療方法以及解釋社會文化的一種觀點，可謂博大精深。

佛洛伊德畢業於文科中學，在一次朗誦會上，聽了德國大詩人歌德論自然的文章，深受鼓舞，可能因此激發他要以醫學為業。1882年進維也納總醫院後，得到兩位精神病學家的教導，在1885年完成對腦髓的研究。同年去巴黎著名的薩爾佩特里埃爾診所，在神經病學家讓-馬丁‧夏爾科指導下工作。夏爾科證明歇斯底里的病因是精神狀態的力量，而不是神經，由此受到啟示的佛洛伊德在1886年2月回維也納時，心中已醞釀著他的國民性心理療法。他和維也納醫生約瑟夫‧布羅伊爾的合作，兩人在1893年對歇斯底里得出這樣的結論：

「……似乎可以在普通歇斯底里和創傷性神經病二者的病理發生之間建立一種類比，從而使我們有理由來擴展創傷性歇斯底里這一概念。在創傷性神經病中，發揮作用的病因不是那種微不足道的身體損傷，而是恐懼的影響……任何一種引起不愉快情感的經驗如：恐懼、焦慮、羞愧或身體上的疼痛，都可起這種心理創傷的作用……」[087]

---

[087] 布洛伊爾、佛洛伊德：〈關於歇斯底里的研究　論歇斯底里形象的心理機制：緒言〉（張達祖譯），《西方心理學家文選》，第381頁，人民教育出版社，1983年版。

布羅伊爾不像夏爾科，以催眠來「治療」歇斯底里，而是以口頭談話使症狀得到某些緩解，被稱為「掃煙囪療法」。後受其他方面的影響和自己的臨床經驗，他發展出了「自由聯想」技巧，鼓勵病人把心中浮現的、任何隨便的聯想都說出來，目的是為了揭示精神區域裡尚未表達出的內容，佛洛伊德按照當時的傳統把這一精神區域叫做「無意識」。因為這些內容和意識中的思想相矛盾，在正常情況下它是被掩蔽、被遺忘，或不容易反映到意識中的。更重要的是，佛洛伊德認為精神官能症的病因也來自性感（或稱性驅力）和反抗性感的精神防禦之間的對抗，認為精神官能症可以被理解為願望和防禦之間的不自覺妥協。

對於佛洛伊德的「精神分析」學說，魯迅曾經有所關注，並有比較深入地了解。1924年，魯迅在譯畢日本文藝批評家廚川白村的《苦悶的象徵》之後一個月，在其所寫的譯文「引言」中介紹作者的文藝觀點時提到，他是根據法國哲學家亨利·柏格森一派的哲學，以運行不息的生命力為人類生活的根本，「又以弗羅德一流的科學，尋出生命力的根底來，即用以解釋文藝——尤其是文學」；並指出佛洛伊德的理論基礎就在於「歸生命力的根底與性慾」。

對佛洛伊德這一觀點，魯迅自己在創作中也進行了嘗試赫爾檢驗。

在1922年創作歷史小說〈不周山〉——後來改名為〈補天〉時，魯迅的「原意是在描寫性的發動和創造，以至衰亡的」（魯迅：《南腔北調集·我怎麼做起小說來》）。只是，儘管當時佛洛伊德的學說成了世界性的潮流，魯迅也沒有無視於中國的實際情況。在這篇小說裡，魯迅先是表現女媧在性本能被壓抑的「懊惱」、「不足」和「無聊」中透過創造獲得「迸散」之後所感受到的「未曾有的勇往和愉快」。創作期間，魯迅在報上見「一位道學的批評家」，也就是胡夢華在《時事新報·學燈》上攻擊汪靜

××× 「精神分析」與人的「外套」

之的愛情詩〈蕙的風〉是「墮落輕薄」的作品，有「不道德的嫌疑」。於是就在作品的後半篇，特地創造了一個古衣冠的小丈夫，「跑到女媧的兩腿之間」，道貌岸然地指責女媧「裸裎淫佚」、「失德蔑禮敗度，禽獸行」云云，對此類封建衛道士滑稽且偽善的嘴臉做了辛辣的諷刺。（魯迅：《南腔北調集・我怎麼做起小說來》）。後來，魯迅又在〈肥皂〉等小說中，藉助於人物潛意識活動的描述，揭露了人物被掩蓋的心理。

〈肥皂〉中的道具「肥皂」，光滑堅緻，散發出一陣似橄欖非橄欖的、說不清的香味，在四銘的意識中，就成了他對女丐性慾望的替代物；出於對女丐的性慾念，他才在店中挑定象徵年輕女子的葵綠色肥皂買了下來，回家要他妻子就用這塊肥皂時，在他潛意識的幻想中，她便是那年輕的女丐。本來他轉述光棍說女丐的話：「不要看得這貨色髒。你只要去買兩塊肥皂來，咯支咯支遍身洗一洗，好得很哩！」就是一種意淫，是對自己被壓抑性意識的發洩。而等他這下意識的願望被他妻子識破，他的性格就轉向暴戾：怒得可觀，盡發脾氣。

對於女師大事件，魯迅是同情和支持受欺凌的弱者——學生的，楊蔭榆、章士釗則是另一種態度，另外如李仲揆（即李四光）教授和陳源（也就是陳西瀅），「都不將學校看作學校」，竟逍遙自在地把這場導致十多位學生受傷、十多位學生被捕的抗爭看成是「臭毛廁」和「戲場」，他們到底站在那一邊，是不能看出的。但這些人，個個都「用了公理正義的美名，正人君子的徽號，溫良敦厚的假臉，流言公論的武器，吞吐曲折的文字，行私利己，使無力無筆的弱者不得喘息。」（魯迅：《華蓋集續集・我還不能「帶住」》）好！佛洛伊德的「精神分析」正好可以用來撕碎這些正人君子的外套：凡「戴著假面，以導師自居的，就得叫他除下來，否則，便將它撕下來，互相撕下來。撕得鮮血淋漓，臭架子打得粉

碎……」（魯迅：《華蓋集續集‧我還不能「帶住」》）魯迅提出佛洛伊德的理論，讓人了解，原來人的意識中都有隱蔽的一面，再將在女師大事件中那些人表面說的話和實際的行動一對照，於是那些人被紳士服層層包裹起來的「醜」也就暴露無遺了。其中以佛洛伊德的理論揭露楊蔭榆的心理，尤其精采。

楊蔭榆出生於江蘇無錫的書香門第。早年不幸的婚姻使她致力於學術，終生不再成家。1907年，她獲公費去日本東京高等師範學校留學，回國後受聘江蘇省立第二師範學校教務主任。1918年，楊蔭榆再次出國，入美國哥倫比亞大學，獲教育學碩士學位。回國後先是在上海任教，1924年受北洋政府教育部之召，任女師大校長。

出身書香家庭，受過歐洲先進的教育思想薰陶，又有教學經驗，加上獨身無家庭兒女的牽累，應是最合適的辦學人選。但是魯迅藉助佛洛伊德的理論進行「精神分析」，像這樣的女性，也有十分不利於教育青年、尤其是教育青年女子的一面。性格決定行為，情感常常會讓人做出違反理性的、有時連自己也沒有意識到的事。這是最帶有根本性的。

就在女師大事件之後不久撰寫的〈寡婦主義〉一文中，魯迅暗指楊蔭榆和女師大的舍監秦竹平一類女性說，社會上往往誤以為像這類女性最宜從事女子教育這一神聖事業，便漫然加以信任託付，但是「從此而青年女子之遭災，就遠在於往日導學先生之下之上了」。為什麼呢？

魯迅分析說，任何人都不能說可以沒有愛情，而愛情，它雖是人先天的本性，若是沒有刺激和運用，就不會發達。對於女子來說，是在有了丈夫，有了情人，要了兒女之後，愛情真正覺醒，否則，除非個別慾望已經轉向、思想已經透澈者外，她們的愛情都「潛藏著，或者竟會萎

×××　「精神分析」與人的「外套」

　　落，甚且至於變態」。尤其是「不得已而過著獨身生活者……精神上常不免發生變化，有著執拗猜疑陰險的性質者居多」，此類人「生性既不合自然，心狀也就大變，覺得世事都無味，人情都可憎，看見有些天真歡樂的人，便生恨惡。尤其是因為壓抑性慾之故，所以於別人的性底事件就敏感，多疑；欣羨，因而妒忌。」此類人，始終會用「她多年練就的眼光，觀察一切：見一封信，疑心是情書了；聞一聲笑，以為是懷春了；只要男人來訪，就是情夫；為什麼上公園呢，總該是赴密約。被學生反對，專一運用這種策略的時候不待言，雖在平時，也不免如此」。（魯迅：《墳・寡婦主義》）

　　魯迅就以佛洛伊德的「精神分析」，如此深刻地剖析了此類寡婦或擬寡婦的變態心理，與「寡婦主義教育」的危害。魯迅特別以「精神分析」中潛意識理論解釋此類人的心理，指出她們「為社會所逼迫，表面上固不能不裝作純潔，但內心卻終於逃不掉本能之力的牽掣，不由自主地蠢動著缺憾之感的」，實乃是「勢所必至的事」（魯迅：《墳・寡婦主義》），她在學校管理上實行封建家長式獨裁的粗暴手段，限制學生思想和行動的自由，有時可能也違反她本人的理性。但不能認為楊蔭榆就是一個十十足足的壞人，她在抗日戰爭中不畏艱險、挺身而出保護自己的同胞，大義凜然地斥責敵酋，最終命喪敵寇之手的英勇行為，一直為後人所記住。

白血球與社會批評、文明批評

　　我以為凡對於時弊的攻擊，文字須與時弊同時滅亡，因為這正如白血輪之釀成瘡痍一般，倘非自身也被排除，則當它的生命的存留中，也即證明著病菌尚在。

——《熱風・題記》

XXX 白血球與社會批評、文明批評

1925 年 4 月 28 日，魯迅在給景宋（即許廣平）的信中感嘆：「中國現今文壇（？）的狀況，實在不佳⋯⋯最缺少的是『文明批評』和『社會批評』，我之⋯⋯起鬨，大半也就為得想引出些新的這樣的批評者來⋯⋯繼續撕去舊社會的假面。」[088]

任何一個社會，在發展中總是會產生這樣那樣的毛病，需要予以清醒地指出，幫助社會克服這些毛病，繼續健康地發展，向著更高階段的文明前進。所以批評是社會文明程度的重要象徵，可以說，沒有批評，社會就無文明可言。魯迅便是抱著揭露社會病苦、引起療救注意的態度，創作小說和雜文，進行社會批評、文明批評。為此，他甚至甘願像「白血輪」攻擊病菌那樣，對時弊做不屈、甚至忘我的抗爭，即使犧牲自己也在所不惜。

魯迅借用「白血輪」不惜自我犧牲攻擊病菌的特性，來比喻社會批評和文明批評，十分恰當，也十分生動。

「白血輪」，如今通譯為「白血球」，發現這種細胞攻擊病菌的特性，是醫學史上一件有趣的事。

伊利亞・伊里奇・梅契尼可夫（Илья Ильич Мечников，1845–1916，另有以英語 Mechnikov 譯為梅奇尼科夫）生於烏克蘭哈爾科夫附近一個小村子的猶太人家庭，父親伊利亞・伊萬諾維奇是警衛隊的軍官。

梅契尼可夫 17 歲進哈爾科夫大學，以兩年的時間完成四年的學業，畢業後去德國留學，先是在北海德意志灣的黑爾戈蘭（Helgoland）研究海洋動物。然後去基森大學、哥廷根大學和慕尼黑科學院，獲動物學博士學位。他於 1867 年回到俄國，在新創辦的「新俄羅斯帝國大學」

---

[088]《魯迅景宋通信集 《兩地書》的原信》，第 83 頁，海南人民出版社，1984 年版。

（Императорский Университет Новороссии），即現今的「敖德薩大學」擔任講師，後得到聖彼得堡大學的任命。1870年回敖德薩，成為動物學和比較解剖學的客座教授。

梅契尼可夫對微生物，特別是對人體所具有的免疫系統，一直懷有濃厚的興趣。1882年，與敖德薩大學當局有所爭執而辭職後，他帶著於1875年結婚的奧爾迦·別羅科普託娃（Ольга Белокопытова，在第一個妻子柳德米拉病逝之後再婚）以及奧爾迦的一大群弟妹，去了義大利西西里島的墨西拿（Messina）。這裡的科學研究條件雖然遠不如敖德薩大學，他還是興趣盎然地在起居室裡建起私人實驗室。在這裡，他為可以越過迷人海面遠眺藍色的卡拉布里亞（Calabria）海岸，而感到興奮不已。

還不到20歲的時候，梅契尼可夫就下決心將來要成為一名研究家，這個決心他始終不曾忘記。此刻，儘管他常給孩子們講童話故事，但不時還要興趣盎然地對著奧爾迦侃侃而談生物學理論。

梅契尼可夫是閒不住的。後來，他開始研究海星和海綿的消化系統了。很久以前，他已經窺探出這種動物透明的體內有一些奇怪的細胞，它們是動物身體的一部分，但又是自由自在的，會透過軀體從一個地方移動到另一個地方。它們就是「遊走細胞」，以流動的方式行動，像是變形蟲一樣。梅契尼可夫對自己發現這種細胞的過程，曾做過詳細的描述：

我正從促使我從大學辭職的那事件的震撼中平靜下來，而狂熱地沉迷於深究那墨西拿海峽的壯麗景色。

一天，全家都到馬戲團去看幾隻技藝非凡的猴子去了，我獨自留下來。用顯微鏡觀察一隻透明的海星幼體裡遊走細胞的活動情況。這時，一個新的想法驀地閃過我的腦際，它使我覺得，類似的細胞可能會對身體防禦入侵者有作用。我對這個玩意兒有異乎尋常的興趣，感到十分興

白血球與社會批評、文明批評

奮,以致在房內大踏步地來回走動起來,甚至跑到海濱區釐清釐清我的想法。

我對自己說,如果我的推測沒有錯,那麼有一絲碎片落到一隻沒有血管和神經系統的海星幼體裡,很快就會被遊走細胞包圍起來,好像一絲碎片刺入人的手指、不久就可以看到四面有膿那樣。

我們的寓所旁有一個小花園,以前我們曾在這裡用一顆小小的灌木為孩子們製作過「聖誕樹」,我從那裡摘來幾枚玫瑰的刺,立刻把它刺進一隻像水一樣透明美麗的海星體內。

那天晚上我過於興奮,無法入睡,只是期待我的實驗的結果。第二天清早,我弄清楚了,事情完全成功。

後來梅契尼可夫果然看到:「在這小小的透明體裡面,有一大群遊走細胞聚集在被刺進去的(玫瑰刺)周圍……」[089]

這一發現讓梅契尼可夫興奮無比,覺得自己就是一位病理學家了。他覺得,「用不著再要什麼,他就肯定了自己已經有了對疾病的所有免疫的解釋。當天下午他急忙出去,向正好也在墨西拿這個義大利港市的歐洲名教授們說明他的卓見。『這就是動物承受得住微生物攻擊的原因,』他說,……連最有名的科學界教皇的教授(德國的魯道夫·)菲爾紹也相信了!」[090]

梅契尼可夫根據希臘文中意思是「吃或吞」的「phagein」一詞,幫這種白血球取名為「吞噬細胞」(phagocytes)。後來,他再次驗證了這一吞噬作用:「他研究一隻水蚤可能有的某種疾病」:「這種小動物與海星一樣,

---

[089] Don Herbert & Fulvio Bardossi : Secret in White Cell, P.40–42, 215, Harper & Row, Publisher, Newyork, Evanston, London, 1963.

[090] (美)保羅·德·克魯伊夫:《微生物獵人傳》(余年譯),第 202–204 頁,科學普及出版社,1982 年版。

混身透明,他可以用透鏡看到它們體內發生的事情」。

他觀察水蚤的無目的的日常生活,而突然之間,他經透鏡看到了有一隻竟吞下一種惡性酵母尖利如針的芽孢。這些針進了微細的食管,它們的尖頭穿過水蚤的胃壁,滑入這個小動物的體內。然後……梅契尼可夫看見水蚤的遊走細胞,就是它的吞噬細胞,流向這些有害的針,團團圍住它們,溶解它們,消化它們……

……梅契尼可夫……深信他的理論是絕對正確且具決定性……就寫了一篇學術論文:

「水蚤由於它的吞噬細胞而獲得免疫,是自然免疫的一例……因為遊走細胞倘不在酵母芽孢侵入體內時將其吞下,酵母就會發芽……分泌毒素,這不僅迫使吞噬細胞後退,而且完全溶解它們,使它們死亡。」[091]

梅契尼可夫因發現這一「吞噬作用」,和德國細菌學家保羅·埃爾利希(Paul Ehrlich)後來對人體自身免疫作用的研究,兩人共享 1908 年的諾貝爾生理或醫學獎。

白血球在動物和人的血循環和組織中,數以百萬計,它們在身體組織內行使的功能,是吞噬異物和產生抗體,以幫助身體防禦感染。當病菌等異物侵入人體時,對於身體由此而發生的變化,白血球非常敏感:這時,病菌等異物對於血管腔中的白血球呈現出化學吸引性,被稱作「白血球的趨向性」。於是,白血球便聚集到血管壁上,一個個伸出絲狀的突起,並漸漸構成「偽足」,穿過微血管壁。慢慢地,這「偽足」逐漸伸長且變得粗大。大約幾分鐘後,白血球便都脫離血管壁,游向感染部位;隨後,它們將病菌包圍起來,使病灶與周圍組織隔開,將病菌或異

---

[091] (美)保羅·德·克魯伊夫:《微生物獵人傳》(余年譯),第 202–204 頁,科學普及出版社,1982 年版。

××× 白血球與社會批評、文明批評

物攝取自己體內。接著，白血球的溶酶體系統合成多種水解酶物質，將被吞噬的物質分解，有時也會使組織連同侵入的病原體一起溶解，形成潰瘍和膿腫……

在魯迅之前，中國已有人注意到白血球吞噬病菌這一生理知識了。魯迅的老師章太炎就曾經談到白血球吞噬病菌的作用。

雖然魯迅評價他的老師章太炎（1869-1936）：「先生的業績，留在革命史上的，實在比在學術史上還要大。」[092] 但實際上太炎先生的學術成就十分輝煌，作為「清學正統派的殿軍」，他所受的訓練主要是傳統的樸學，是著名的經學大師，一位成就卓著的中醫文獻學家。但他對當時歐洲的自然科學、社會科學也有深入的研究。

早在 1899 年，章太炎就在他寫的論文《儒術真論》裡，附了一篇題為〈菌說〉的文章。在這篇文章裡，章太炎說自己讀了一冊由名叫禮敦根的人講述的書《人與微生物爭戰論》，明白了人之所以患病，往往都是由於微生物侵入的緣故。他引述德國細菌學家告格，也就是羅伯特・柯霍發現「尾點微生物」和「土巴苦里尼」的例子，說明傳染病是由相應的致病菌引起的。尾點微生物即柯霍所稱的「霍亂逗號」，也就是霍亂的致病菌霍亂桿菌；土巴苦里尼是 tuberculin 一詞的音譯，意思是「結核桿菌」，為結核病的致病菌。在〈菌說〉中，章太炎先生這樣描述白血球吞噬致病菌的過程：

> 動植皆有知，而人之胚珠血輪又有知。其胚珠時出遊蕩，他發小分支，如掌生指，常出收定質微點，以入胚珠之中，為其食物。如微生動物已種一病，則胚珠必收之。再種之，則有無數白色血輪，行至種病之處，圍其微生物，或噬蝕以殺之。是則物能蠱人，而人之胚珠血輪又能蠱物……

---

[092] 魯迅：《且介亭雜文末編・關於太炎先生二三事》。

對白血球吞噬致病菌的原理，解釋得大致正確，且形象生動。

章太炎先生寫《儒術真論》和〈菌說〉意在以近代的自然科學知識來解釋自然現象，力圖以唯物主義的原理來批判宗教有神論，批判封建的「儒術」。稍後，胡適在他影響極大的〈易卜生主義〉一文中也以白血球對人身作用的原理，來解釋社會中新與舊的抗爭。他寫道：

……社會更加是時刻變遷的，所以不能指定哪一種方法是救世的良藥，十年前用補藥，十年後或者須用瀉藥了；十年前用良藥，十年後或者須用熱藥了。況且各地的社會國家都不相同，適用於日本的藥，未必完全適用於中國；適用於德國的藥，未必適用於美國。只有康有為那種「聖人」，還想用他們的「戊戌政變」來救戊午的中國。只有辜鴻銘那班怪物，還想用二千年前的「尊王大人」來施行於二十世紀的中國。（挪威劇作家亨里克·）易卜生是聰明人，他知道世上沒有「包治百病」的仙方，也沒有「施諸四海而皆準，推之百世而不悖」的真理。因此他對於社會的種種罪惡汙穢，只開脈案，只說病狀，卻不肯下藥。但他雖不肯下藥。卻到處告訴我們一個保衛社會健康的衛生良法。他彷彿說道：「人的身體全靠血裡面有無數量的白血輪時時刻刻與人身的病菌開戰，把一切病菌撲滅乾淨，方才可使身體健全，精神充足。社會國家的健康也全靠社會中有許多永不知足，永不滿意，時刻與罪惡分子、齷齪分子宣戰的白血輪，方才有改良進步的希望。我們若要保衛社會的健康，便要使社會裡時時刻刻有斯鐸曼醫生一般的白血輪分子。但使社會常有這種白血輪精神，社會決沒有不改良進步的道理。[093]

斯鐸曼，即易卜生1881年創作的社會問題劇《人民公敵》中的主角——溫泉浴場醫官湯莫斯·史塔克曼，他發現浴場的水源被汙染了，不顧包括他市長兄弟在內的惡勢力的阻擾和暴力打擊，絕不低頭，堅決

---

[093] 胡適：〈易卜生主義〉，《新青年》（1918年）4卷6號。

不屈地向他們抗爭。

　　雖然魯迅在 1933 年曾經借用蘇俄批評家米哈伊爾·尤里耶維奇·列維佐夫（Михаил Юльевич Левидов）對易卜生和英國劇作家蕭伯納所作的比較，說蕭伯納是一個「偉大的感嘆號」，而易卜生則是一個「偉大的疑問號」，然後指出易卜生作品的局限性是在於，「雖然也揭發一點隱蔽，但並不加上結論」[094]。但是在「五四」反封建的時期，魯迅無疑覺得易卜生的態度是當時的時代所需要的，因而對他特別賞識和稱道。他稱讚易卜生是一位「偶像破壞的大人物」，甚至稱：「與其崇拜孔丘、關羽，還不如崇拜達爾文、易卜生」[095]；並讚賞易卜生「大呼猛進，將礙腳的舊軌道不論整條或碎片，一掃而空」[096]。1828 年 8 月，魯迅在談到《新青年》的那一期「易卜生號」時還說，主要是「因為 Ibsen（易卜生）勇於攻擊社會，勇於獨戰多數」，所以當時大家選出他、出版這一期專號來介紹他是「確當的」[097]。

　　當年的魯迅和當年的胡適，對易卜生的看法是如此一致，兩人也同樣以白血球的功能來比喻社會批評和文明批評的作用，可謂是文壇的一段佳話。

　　易卜生尖銳地揭露了腐朽社會的本質，並為近代戲劇開關一個新紀元，有如魯迅寫作雜文攻擊時弊，並創造出雜文的獨特風格。只是到了後期，易卜生作品中的戰鬥精神有所減弱。而魯迅，儘管長期患病在身，仍不停止工作，仍像白血球吞噬病菌那樣，不停與惡勢力對抗。

　　細胞學和細菌學研究顯示，白血球或說吞噬細胞在吞噬病菌後，便

---

[094] 魯迅：《南腔北調集·「論語一年」》。
[095] 魯迅：《熱風·隨感錄四十六》。
[096] 魯迅：《墳·再論雷峰塔的倒掉》。
[097] 魯迅：《集外集·《奔流》編校後記（三）》。

將病菌和其他異物包裹在圍成一層膜的液泡內，直至它本身一一變質。在這段時間裡，病菌中的毒素就不能危害白血球，也不能為害身體。白血球變質是由於它在吞噬病菌時遭受病菌毒素侵害而死亡，形成稠厚、不透明的黃白色液態物質，即魯迅所說的「釀成瘡癤」，也就是通常所稱的「膿」。當想到這膿原來就是在與病菌英勇抗爭中犧牲了的白血球，人們不免懷有崇敬之心，因而在閱讀19世紀細菌學時代的一些文獻時，不時會看到「Respectable pus」（可敬的膿）這樣的詞語，來表示對它的崇敬之意。

　　魯迅把自己創作雜文比作白血輪──白血球或吞噬細胞，意義深刻。吞噬細胞和病菌是一對你死我活的矛盾。魯迅指出，在吞噬細胞的生命仍舊「存留」的時候，「也即證明著病菌尚在」，因為社會的「病菌」──時弊存在，才需要揭露這時弊的雜文；在時弊不復存在之後，也就不再需要雜文來揭露了。八年之後，魯迅在談到諷刺的作用時，又再一次重申他的這一觀點：因為「諷刺的是社會，社會不變，這諷刺就跟著存在」[098]。因此，不需要雜文和諷刺的時代，就只有社會上時弊已經不再存在或者已經被消除的時代，那時，雜文將與時弊一同消亡。

---

[098] 魯迅：《偽自由書·從諷刺到幽默》。

XXX 白血球與社會批評、文明批評

人體的衰老與社會的退化

　　衰老的國度……正如人體一樣，年事老了，廢料愈積愈多，組織間又沉積下礦質，使組織變硬，易就於滅亡。一面，則原是養衛人體的遊走細胞（Wanderzelle）漸次變性，只顧自己，只要組織間有小洞，它便鑽，蠶食各組織，使組織耗損，易就於滅亡。俄國有名的醫學者梅契尼珂夫（Elias Metschnikov）特地給他別立了一個名目：大嚼細胞（Fresserzelle）。據說，必須撲滅了這些，人體才免於老衰；要撲滅這些，則需每日服用一種酸性劑。他自己就實行著。

　　　　　　　　　　——《華蓋集・十四年的「讀經」》

人體的衰老與社會的退化

　　一個人，隨著年齡的增長，漸漸地明顯會出現衰老的特徵：皮膚皺紋增多、頭髮變白和脫落、血管硬化、肌肉萎縮，身體的一切功能都一點一點衰退，如視覺、聽覺、記憶力等等全都大大減弱。另外，如呼吸氧氣的肺，一生中不可避免地吸入了很多塵埃，使它的功能大受影響，而骨骼組織也由於鈣、磷酸鹽大量沉積，肌肉和神經細胞由於新陳代謝的「渣滓」積聚，結構都「廢料愈積愈多，組織間又沉積下礦（物）質」，加上許多其他因素的影響，使體內的組織細胞不斷被消耗掉，終致人體衰老及至死亡。

　　顯然，衰老和死亡都是人體的自然發展規律，是人體不可逆的量變和質變。但是生的美好作為人的最高享受，使幾乎所有的人都不願衰老，更不願意死。於是，長壽或說長生不老便成為人類受到的一切誘惑中最大的誘惑了。

　　有史以來，人類就為希望自己長生不死作過種種嘗試和努力，如古埃及人的摧吐和導汗，古代中國人喝女人的奶，古羅馬和中世紀人主張與少女和兒童交誼，或用兒童的血沐浴或輸入老人體內；還有中國道家的煉丹術和歐洲鍊金術士的「金丹」或「賢者之石」等等。雖然這些都不能奏效，但是希望實現這一夢想的嘗試仍然持續不斷，特別是近代以來，其中有一些還特別著名，引起世界性的轟動，如法國生理學家夏爾·布朗-塞加爾（Charles-Edouard Brown-Séquard，1817–1894）在72歲時做的一個自體實驗。

　　布朗-塞加爾將狗、兔子的生殖腺摘下來，趁鮮活的時候，摻入少量的水，將它搗碎，濾出液汁。隨後用一立方公分的提取液對自己的大腿做皮下注射；好多天都這樣，每24小時一次。因為注射後出現劇烈疼痛，所以後來他改變製作方法，加入經過煮沸的海水，對自己做腹部皮下注

射。1889 年 6 月 1 日，也有說是 5 月 31 日，在巴黎科學院生理學學會舉行的每週例會上，布朗-塞加爾以〈皮下注射新鮮豚鼠和狗睪丸提取液對人的作用〉為題，報告了他這自體實驗的效果，說自己近十一、二年裡，精力已經大大不濟。但在注射了這提取液以後的第二天，特別是第三天，「一切都不一樣了。我最少也恢復到了我多年前才有的那一股精力」。

「我現在能夠不必使勁，也不必有意想這樣，就能幾乎是跑步上下樓梯，像我六十年前的時候那樣。我用測力器（量力器）測過，我的肌力無疑是增強了……我的消化和渣滓排泄的情況也有相當程度的改善，雖然我每天進食的數量和成分都沒有改變。腦力勞動，現在對我來說，比過去的幾年間要輕鬆得多了。我在這方面已經補回了我全部的損失。

「我好像又重新感覺到我的一部分青春。」

「我像四十歲時那樣年輕……」[099]

布朗-塞加爾的實驗不光引起了廣大民眾極為廣泛的興趣，連這方面的相關專家也都被吸引過來了。兩個月裡，他就接到一百多封信，祝賀他的成功，並請求能得到他的器官提取液樣品；還有更多的人嚷著希望為他們施行這一奇蹟般的療法。1890 年，已經有 1,200 名內科醫師給他們的病人使用了這一「長生」療法。三年多之後，全世界有數千人接受了這睪丸提取液的注射療法。在美國，這種「長生」藥物甚至登了廣告，上面印有布朗-塞加爾的名字，以表明其權威性。雖然起初也有人質疑，但沒有人相信，而只看準報上鼓吹的文字，說什麼此種療法讓「無力行走者和跛足者手杖和枴杖，聾者和盲者恢復了知覺」，甚至說對某些一直被認為是不治之症的疾病都具有療效。

---

[099] Г. Гохлернер: Из истории эидокринёлогии, Наука и жизнь, 1964, 4.

事情真的是這樣嗎？醫學史家們相信，一切都不過是布朗-塞加爾的自我感覺。事實的確也是好景不長，不到幾個月，布朗-塞加爾仍然跟以前一樣，這種「長生藥劑」不再「有效」，他反而衰老得更快。這是因為睪丸浸膏之類做法，雖然也可以作為滋補的藥劑，或者暫時能夠振奮一下老年人的身體，但終究不能解決延長生命的問題。五年後，1894年1月，在一次靜脈炎發作之後，76歲的布朗-塞加爾於4月1日去世。

另一個試圖研究長生的著名人物是俄國的微生物學家伊利亞·梅契尼可夫（Илья Ильич Мечников，1845–1916）。

梅契尼可夫的性格有些奇特。相愛十年的妻子柳德米拉在1873年4月20日死於肺病，加上別的一些煩惱，使他覺得活著沒有意思，企圖吞服嗎啡自殺；只因劑量過大，全被嘔吐了出來，才沒有死。兩年後與年輕漂亮的奧爾迦結婚，「從此之後，梅契尼可夫的生活風平浪靜多了，他不太想到自殺」，而開始科學研究工作，並研究吞噬細胞，進而思考「人的命運」，探究「怎樣長生」[100]。1906年起，他就著重於研究產生乳酸的細菌，認為這種細菌可使人長生。

三年前，1903年，梅契尼可夫曾在他的著作《人的本性》中宣稱，每個人都應有「活的權利」。但是和其他的任何生物一樣，人最終又都會死。那麼，怎樣才可以使人盡可能活得更長一些，他相信「只有科學才能解決人類存在的這項任務」。對於這項人們追求了幾千年、無疑是異常艱難任務的前景，梅契尼可夫是抱持樂觀態度的，因此他研究後完成的著作，就取名為《延續生命：樂觀主義的研究》（*The Prolongation of Life: Optimistic Studies*，1908）。

---

[100]（美）保羅·德·克魯伊夫：《微生物獵人傳》（余年譯），第199頁，215頁，科學普及出版社，1982年版。

在《延續生命：樂觀主義的研究》中，梅契尼可夫在引證大量新聞和歷史記載的同時，以自己和同事的實驗研究，認定人類和動物的大腸是有害無益的存在，因為腸內的細菌會透過血液循環遍布整個身體，引起慢性中毒，導致人和動物的「自然死亡」，所以他認定是「腸內腐敗作用會促使短命」。

在這個結論之後，梅契尼可夫提出他的解決辦法，就是「乳酸對於腸內腐敗作用的遏制」。

乳酸是一種有機化合物，它廣泛存在於動物的血液和肌肉中，為優酪乳、乳酪等發酵了的奶製品中最普通的酸性成分。優酪乳、乳酪的發酵正是由於乳酸菌在發揮作用。

在《延續生命：樂觀主義的研究》中，梅契尼可夫一方面舉傳統的例子，如牛乳、胡瓜等動物性食物和植物性食物「因其自身發生酸類」，才得以避免腐敗而儲存；他又舉多位學者的實驗，如一位柯恆德博士（Dr. Cohendy）「在某二十五日吃的，多為一般複雜的食品，已證明其腸內的腐敗作用甚盛」；但「在服用了乳酸桿菌之後，腸內的腐敗作用銳減。在停止服用後，此種銳減現象能延遲七星期之久」；認為這就「證明輸入乳酸桿菌於腸內，確實能遏制腐敗作用的發生」。他又另舉瑞士洛桑的康博教授的助教坡空博士（Dr. Pochon）所作的相同實驗：「他服下純粹培養乳酸桿狀細菌的乳皮，歷數星期。結果對於腸內的腐敗的作用，亦有明確的改善。藉由分析尿液，可知其中所含的吲哚（indol）及酚（phenol）均顯然較少。因由尿中此種物質的多寡，可推知腸內腐敗作用的強弱。」於是，梅契尼可夫得出結論：

我們人類早衰，或老年多病，實係由於組織中毒，而大部分毒素，

係來自有無數細菌存在的大腸中,若能制止腸內腐敗作用的發生的原因,必能同時延長我們人類的生命。若想改善我們人類老境;尤以酸乳為主要食品的種族,其中長壽者極為普遍等事實,亦可證明此類理論的可能性。[101]

　　梅契尼可夫也堅信自己這一長壽理論是正確的,並身體力行。多年來,他一直服用酸乳,「為每日飲食中正常的食品。初服的是乳酸酵母,用煮沸牛乳所製成的酸乳。繼而乃變更調製的方法,最後乃採用純粹培養乳酸菌,自覺結果甚佳。」(4)

　　梅契尼可夫的理論影響了很多人。

　　日本京都大學醫學院微生物實驗室的代田稔(1899–1982)意識到,人的腸道裡既存在有害的細菌,也存在有利的細菌,如一種叫 Lactobacillus casei 的乳酸菌,就是有利於人體健康的細菌。從梅契尼可夫理論獲得啟發,他成為世界上第一個成功培育出這種乳酸菌的人,並以他名字命名,此乳酸菌能夠消滅腸內有害的細菌,利於人體健康成長。隨後,代田稔又和他的支持者們一起,以這種乳酸菌生產出一種飲料,於 1935 年推向市場。

　　對於梅契尼可夫的理論,魯迅早在 1911 年 1 月 2 日致許壽裳的信中就曾提到說:據他所知,當時梅契尼可夫的《人的本性》,已有日文譯本。其內容魯迅可能已有所了解。六年後,1917 年 3 月 13 日出版的第 14 卷第 2 號的《東方雜誌》上,曾刊登一篇題為〈病理學家麥幾尼夸夫之生平〉的文章。想必魯迅是很關心《東方雜誌》的,他自己也曾有作品在這本雜誌上發表。這篇〈病理學家麥幾尼夸夫之生平〉的文章詳細介紹了

---

[101] (俄)麥奇尼可夫:《長生論》(佘小宋譯),第 185—219 頁,商務印書館,1998 年版。

麥幾尼夸夫，即梅契尼可夫的「長壽法」，魯迅很可能看過。

〈病理學家麥幾尼夸夫之生平〉裡敘述了梅契尼可夫一個有趣的習慣。

一天，有位學者去拜訪梅契尼可夫，當時梅契尼可夫在巴黎「巴斯德研究所」從事研究工作。時間正好是中午，因為法國人用午餐都是很準時的，所以當時實驗室裡除了梅契尼可夫，沒有別人。來訪者見梅契尼可夫正危坐執小罐。就汽油燈而煮之。目不旁瞬。若甚注意者。意其為試驗也。乃有人曰。麥君乃忘午餐而實驗乎。孳孳如此。然則此試驗之富有趣味，可以知矣。麥聞言莞然曰。否。君且候之。且言且以一玻璃管入小罐中調之。乃以罐偏示訪者。曰。諸君視之。是固余試驗品之一也。眾覺罐中芬芳沁鼻。諦視之。則為切片之香蕉。加以牛油之混合物。麥而取而大啖之曰。美哉此試驗品也。訪者均大笑。而是即為麥之午餐。麥氏非主張減食者。故其食酸牛乳。多多益善。有謂氏為恃酸牛乳以生者。其實非過也……

文章還說到：

……按麥氏主張。則所謂老者。乃人體之一種病。而人體織質漸壞之所致。苟能儲存其織質。免去其損壞。則人雖壽至期頤。亦依然青年耳……而後知夫老者。非不可免之事。人有不察。乃以為數十年之後。老態之來。為當然之事。而不知有法以避之也。避之之道奈何。最要之條件曰。不食未煮之物。與常服科學製造之酸牛乳。蓋不食生物。則微生物鮮有入腹。而酸牛乳中自然另有一種微生物。能滅絕人體中一切有毒之黴菌也。絕其源。滅其類。斯人體平安。織質無自壞。老亦無自來矣。

……氏之長壽法。依其發明之學說而實行者。已歷十八年。常日飲酸牛乳。不食未煮之物。彼謂人消化機關中之有機體，乃極與人有害者。所以促人之老。減人之壽。無非由此。而常人猶誤以為無害。此大

謬也。氏十八年來。棄絕生物。即各類水果。未煮熟者。咸不入口。而酸牛乳則日飲甚多。據氏之意。以為此法當自幼實行之。則其壽命之長。當有倍蓰於現代者。氏雖死於七十一歲。然其治事之精力。常若二十許人。毫無衰老龍鍾之象。此亦可以證氏之學說不誤也。

自然，梅契尼可夫也不可能因為實行了他的長生法而長生不老，最後於1916年7月15日死於心臟衰竭。看來，延緩和防止早衰，最好的辦法仍然是正常的生活。德國大詩人約翰·沃爾夫岡·歌德在他的偉大鉅著《浮士德》中生動地批判了鍊金術士們「異想天開」的尋思：把自己關在黑丹房裡，根據無窮無盡的配方，把相剋者混在一起。他把紅獅（紅色氧化汞），那個大膽的求婚者，跟百合（白色鹽酸鎂）在溫水中交配，然後燒以烈火，將它們二者從一間洞房（曲頸瓶）逼到另一個室內（接受器）。於是，多彩的年輕女王（賢者之石）就在玻璃器中生成，丹藥已經煉成。當然，這種所謂的「賢者之石」或者「長生不老藥」依然救不了任何人的命。而真正現實中延緩衰老的辦法，歌德借魔鬼梅菲斯特之口說：

使你返老還童，自有天然良方：／不過是記載在另一本書裡，／而且那是奇妙的一章。

不要醫生，也不要魔術：／你可立即前往田間，／開始耕耘，開始挖土，／要把你的身心關在／極狹隘的範圍裡面，／吃的東西非常簡單，／跟家畜同過家畜生活，自收之田／由自己施肥，別認為有失身分；／這是最好的良方，定然／使你八十歲還保持青春！[102]

這比任何「返老還童」的藥物都更為有效。人類只有透過遺傳，在下一代的身上，使自己獲得「永生」。

魯迅除了向許壽裳說到梅契尼可夫的《人的本性》外，還在1925年

---

[102] 歌德：《浮士德》（錢春綺譯），第93頁。上海譯文出版社，2011年版。

的 11 月，兩次提到這位微生物學家：一次是當月的 3 日，他在《熱風・題記》中說到他的吞噬細胞理論；半個月後，18 日，他又在〈十四年的「讀經」〉這篇雜文中說起他的人體衰老和長壽理論。值得重視的是魯迅對梅契尼可夫理論的關注，並不在於這理論本身，如吞噬細胞如何有助於人體防止疾病，飲酸乳如何有助於人防老長壽。棄醫從文的魯迅覺得救治人的精神遠比救治人的肉體重要，要不然，那些被救治的人結果還不是當「看客」就是當「炮灰」。作為一位以社會批評和文明批評為己任的作家，魯迅在梅契尼可夫的理論中看到的是，可以用他的這一理論作為自己雜文說理的論據，借用這位學者發現吞噬細胞吞噬病菌的原理，來比喻文字抨擊時弊的作用，以有關人體衰老的理論來比喻國家的衰老和衰亡。

　　舊中國在封建制度統治了幾千年之後，已經成為一個「衰老的國家」：社會有如「一間鐵屋子」[103]，要將許多「體質和精神都已硬化了人民」[104]悶死在裡面。封建舊禮教、舊文化使國家像一個病態僵化、即將進入墳墓的人，「大部分的組織被太多的古習慣教養得硬化了」。魯迅特別指出，這些「古老東西的可怕就正在這裡」，「因為這是『軟刀子』」，使人「總是覺不出這致死的毛病」[105]。

　　對於一個這樣「衰老的國家」，有人主張「讀經」。這有用嗎？讀經，那就是「尊孔、崇儒、專經、復古」。「衰老的國家」就是因為大部分的組織「被太多的古習慣教養得硬化了，不再能夠轉移，來適應新環境」。如今卻還要復古，不是太荒謬嗎？事實是，《論語》、《易經》算是「經」中之經典吧？但魯迅說，「可曾用《論語》感化過德國兵，用《易經》咒翻了

---

[103] 魯迅：《吶喊・自序》。
[104] 魯迅：《二心集・習慣與改革》。
[105] 魯迅：《集外集拾遺・老調子已經唱完》。

（敵國的）潛水艇那？」何況那些主張讀經的人明知道讀經不足以救國，他們主張讀經不過是「假借大義，竊取美名」罷了。

對於一個這樣「衰老的國家」，「唯一的療救」，魯迅認為，就應該像梅契尼可夫飲用酸乳來防止人體的衰老那樣，「是在另開藥方：酸性劑，或者簡直是強酸劑」。那就是改革，或者以強硬的辦法：摧毀這「鐵屋子」。

借用梅契尼可夫飲酸乳，不過是一個比喻，而比喻總是瘸腿的。如果追究說，梅契尼可夫飲酸乳是延緩身體的衰老，那莫非魯迅也是意在延緩這「衰老的國家」嗎？相信任何人都不會有這樣的誤解。

「精神分析」與國人的「心解」

　　狗們在大道上配合時，常有閒漢拿了木棍痛打，我曾見大勃呂該爾(P. Bruegeld. A)的一張銅版畫 Allegorie der Wollust 上，也畫著這回事，可見這樣的舉動，是中外古今一致的。自從那執拗的奧國學者弗羅特(S. Freud)提倡了精神分析說——Psychoanalysis，聽說章士釗先生譯作「心解」的，雖然簡古，可是實在難解得很——以來，我們的名人名教授也頗有隱隱約約，檢來應用的了，這些事便不免又要歸宿到性慾上去。

——《朝花夕拾·狗·貓·鼠》

✕✕✕ 「精神分析」與國人的「心解」

老彼得・勃呂該爾（Pieter Bruegel the Elder，約 1525-1569），如今常譯為「布勒哲爾」的，是 16 世紀最偉大的法蘭德斯畫家。法蘭德斯是西歐的一個歷史地名，泛指古代荷蘭南部地區，他就生在布雷達（Breda），位於今天的荷蘭，去世之地則是布魯塞爾。其畫作的特點是在描繪市鎮和鄉村的風景中，表現出人各式各樣的情緒，所以他往往被視為一位風俗畫家。他作品很多，著名的如〈農民婚禮〉、〈農民舞蹈〉、〈雪中獵人〉、〈收穫〉、〈盲人的寓言〉、〈乞丐〉與〈死神的勝利〉等。魯迅說到的 Allegorie der Wollust（《淫慾的諷喻》）可能不太著名，多部外文工具書，包括「百科辭典」之類，甚至法國藝術史家皮埃爾・庫蒂翁在有他的專節〈法蘭德斯和荷蘭的繪畫〉中都沒有說及，更沒能看到這幅作品。但從魯迅所說畫的是「狗們在大道上配合」，也算得上是一幅風俗畫，是針對人的赤裸地「淫慾的諷喻」。淫慾作為人的本能，它的衝動有時會到表現得不顧一切的地步，像古希臘的犬儒派哲學家，特別是到了後期，黑格爾說，他們的「犬儒主義的意義只不過是一種生活方式，而不是一種哲學」[106]。他們限制自己最小的自然需求，而「性」這一本能，讓犬儒派中的一對夫婦，「克拉特斯（Crates of Thebes，約西元前 365- 前 285）和希帕嘉（Hipparchia of Maroneia，約西元前 325），一個特拜地區的女犬儒派，曾經在公共場合上舉行性交。」[107]

性的慾望，作為人的本能需求，是無可指責的。早在 1919 年，魯迅就很開明地申言：一個人，他既是「生物的個體，總免不了老衰和死亡，為繼續生命起見，又有一種本能，便是性慾。因性慾才有性交，因有性交才發生苗裔，繼續了生命」[108]。本能的性慾，會直接影響人的某些行

---

[106] 黑格爾：《哲學史演講錄》第二卷（賀麟等譯），第 148 頁，商務印書館，1996 年版。
[107] 黑格爾：《哲學史演講錄》第二卷（賀麟等譯），第 150 頁，商務印書館，1996 年版。
[108] 魯迅：《墳・我們現在怎樣做父親》。

為，也是必然的。但是如果把這影響誇大到無限的地步，就讓人難以理解。而西格蒙特·佛洛伊德正是這樣看的。

作為從醫學研究開始轉向的心理學家，「佛洛伊德的主要成就在於對精神疾患提出一種系統性的心理學探討方法」[109]——心理學史家加德納·墨菲和約瑟夫·柯瓦奇對佛洛伊德歷史功績做了這樣的評價，當然，還可以說到潛意識的發現、對夢富有成效的研究，等等。但是他的泛性理論，常常遭到質疑。

1905年，佛洛伊德出版了他的《對性學說的三個貢獻》，通常稱之為《性學三論》。在書中，佛洛伊德推展「性」的概念，且超出了習慣用法，包括兒童最早年以後的全部性衝動。他詳細描述了各種由性產生的變異行為，認為性從生命的最小年齡，就急迫地要求滿足，其表現有極大的可塑性，並容易發育異常。佛洛伊德的結論是：

> 「性」的種種早期表現在人的發展中有著十分重要的作用……我們必須想到，凡是後來變成心理症患者或性變態的人，都對早期性印象有著持久的或敏感的反應……這種早期經驗的永續性有可能取決於造成心理症的不容忽視的精神因素：這種病人內心往往充滿過去記憶的片段，這些片段遠超過其最近的印象……由於文明與性的發展之間有著反比關係（我們現存的社會結構就是這種反比關係的結果——原文如此），兒童的性生活過程，對低階的社會文化形態並不重要，對高度發展的社會而言，確實一場重要的。[110]

性的重要性是如此之大，佛洛伊德甚至認為「我們的文明乃是建立於對（性）本能的壓抑上面」並堅信「那些天生的性顛倒者（或同性戀

---

[109] 加德納·墨菲、約瑟夫·柯瓦奇：《近代心理學歷史導引》（林方等譯），第372頁，商務印書館，1982年版。

[110] 佛洛伊德：〈性欲三論〉，《性愛與文明》（騰守堯譯），第131–132頁，1987年版。

✕✕✕ 「精神分析」與國人的「心解」

者——原文如此),往往因其性衝動能成功地昇華為『文明的』東西,而成為傑出的人物」[111]。

可以想像,佛洛伊德的此類觀點,在魯迅看來,不免會感到不易理解。他自己在創作〈不周山〉的時候,曾嘗試描寫女媧對性之「力比多」的壓抑和噴發,但是並沒有昇華出傑出的人物,相反地,出現在「女媧兩腿之間」的是一個古衣冠的小丈夫。

魯迅完全不贊成佛洛伊德把性看成是人生一切根柢的看法。

魯迅堅信:「食慾的根柢,實在比性慾還要深。」[112]

這已經得到最新科學研究的證明。美國心理學家、「人本主義心理學」的創始人之一亞伯拉罕·馬斯洛(1908-1970),深刻地揭示了每個人都有的「必須被滿足的需求層次」,其範圍是從基本的生理需求到愛、尊重,乃至自我實現。對他的這一理論,他的傳記作家引用他的論述說:「當沒有麵包時,人們只為麵包活著……那麼,當麵包充足時,人們頓頓飽餐,他們的慾望又會發生什麼變化呢?此時,其他更高級的需求會立即出現,這種需求(並非生理上的飢餓感——原文如此,下同)主宰了身體。當這種需求得到滿足時,另一種新的(更加高級的)需求又出現了,依此類推。我們說『人類基本需求構成一個相對優勢層次系統』,就是這個意思。」[113]

魯迅用人們常見的事實諷刺佛洛伊德的泛性理論說:

誠然,他也告訴過我們,女兒多愛父親,兒子多愛母親,即因異性

---

[111] 佛洛伊德:〈文明的性道德與現代人的不安〉,《性愛與文明》(滕守堯譯),第265、268頁,1987年版。

[112] 魯迅:《南腔北調集·聽說夢》。

[113] (美)愛德華·霍夫曼:《做人的權利:馬斯洛傳》(許金聲譯),第173頁,改革出版社,1998年版。

的緣故。然而嬰孩出生不多久，無論男女，就尖起嘴唇，將頭轉來轉去，莫非他想和異性接吻嗎？不，誰都知道，是要吃東西！[114]

北京的女師大事件，最初是由學生反對楊蔭榆而引起的，後來發展到直接反對支持楊蔭榆的北洋軍閥政府，尤其是擔任司法總長和教育總長的章士釗。章士釗因一味袒護楊蔭榆，甚至下令解散女師大，引起該校師生極大不滿，住宅也兩次遭到遊行群眾包圍和闖入。在學生運動和進步人士的反對下，章士釗請辭教育總長職，出版他的《甲寅》週刊，然後於1928年出國一年。

1928年5月，章士釗「一家抵達英國，在倫敦住了一段時間，並到比利時等地遊覽，最後定居在德國哥廷根。⋯⋯章士釗在德國一邊學習德文，一邊進行學術研究。他所選定的科目是佛洛伊德的性心理學⋯⋯」[115]

章士釗堅信佛洛伊德的理論「體大而思精」；而「心解」，即他對「精神分析」一詞的對譯，作為「飲食男女之學」，「乃通詮群己推見至隱必不可少之科」[116]。

懷著如此崇敬之心，章士釗在哥廷根近一年的時間裡，在研究和應用佛洛伊德的理論上取得不小的成績：他寫出兩篇論文〈五常論〉和〈也母考〉；又翻譯了佛洛伊德的《莿羅乙德敘傳》和語言學家師闗伯（Hans Sperber）的《情為語變之原論》；本來還想將佛洛伊德的《精神分析引論》也翻譯出來，並定譯名為《心解》或《解心術》，只是在與商務印書館的負責人王雲五聯繫後，被告知已請高覺敷先生在翻譯了，且高的譯本出

---

[114] 魯迅：《南腔北調集·聽說夢》。
[115] 白吉庵：《章士釗傳》，第265頁，作家出版社，2004年版。
[116] 章士釗：《莿羅乙德敘傳》"譯序"，商務印書館，1930年版。

×××「精神分析」與國人的「心解」

版後，章士釗大概也認可了，才沒有去翻譯。章士釗甚至直接寫信給佛洛伊德，要在中國「開闢心理分析這門學問」，得到佛洛伊德的回覆。

早在1913年第10卷11號的《東方雜誌》上，就曾有錢智修介紹佛洛伊德的〈夢之研究〉一文；該刊1920年17卷22號上，再次發表署名Y的〈佛洛特新心理學之一斑〉；隨後，1920年2卷5號《民鐸》雜誌上有張東蓀的〈論精神分析〉；1922年《心理》雜誌「創刊號」上有余天休的〈佛洛特之學說〉；其後，更有湯澄波的〈析心學論略〉（1923年20卷6號《東方雜誌》）、朱光潛的〈福魯德的隱意識說與心理分析〉（1921年18卷14號《東方雜誌》）、吳頌皋的〈精神分析的起源和派別〉（1923年20卷11號）等長篇文章。不過這些都只是對佛洛伊德理論的介紹，基本上是作者按照外國學者的文章改編而成的，並沒有自己的見解。章士釗也許算得上是最早將佛洛伊德的理論應用於實際的中國人，並得到佛洛伊德本人的讚賞。佛洛伊德在1929年5月27日給他的回信中寫道：

尊敬的教授先生：

無論你採用什麼方式完成你的設想，無論是在您的祖國——中國開闢心理分析這門學問，還是為我們的《意象》雜誌撰文，以貴國語言的資料來衡量我們關於古代表達方式的推測，我都非常滿意。我的講義裡引用的中國資料，出自大英百科（第11版）的一篇辭條。

順致崇高敬意

你的佛洛伊德

1929.5.27[117]

---

[117] 轉引自余鳳高《「心理分析」與真中國現代小說》，第36頁，中國社會科學出版社，1987年版。

佛洛伊德和師闕伯的著作對章士釗頗有啟示。他寫道：「愚近治茀羅乙德《心解》諸書，見其稱引語家師闕伯之說，謂各國文始，俱由情慾。大駭。亟考師氏何人？著述何種？以知師為今德意志科崙大學教授，討論語學原理之書，不下四五種。愚稍求而循誦之，又大悅服，嘆其說之無以易也。因思中土文化初程，例莫能外。且字屬象形，跡證鑿然。」[118]

對於師闕伯說的「各國文始，俱由情慾」，章士釗最初雖覺「大駭」，細想之後，顯然也有同感。他相信：「人類之始，所感不外於情，而尤以男女之慾為大原，其造字也，此之情若欲者，自不期凝結於內，以資互喻而裨實用；蓋當時互喻唯互喻此，實用唯實用此也。」[119] 他不但考證了漢字中的「也」、「母」兩字所含的「性」含意[120]，還以中國儒家倫理「三綱五常」中的仁、義、禮、智、信，確認此種含意。如「仁」，《說文》云：「親也，從人二。」他根據《說文》的解釋，認為「人類初期，未必視父母為情之最至」；而「天地之道，莫先乎男女。男女之親，應為首出。而兩性相偶，時為二人，故曰從人二。」對於「義」，他透過考證，認為「義」字，從「我」從「羊」，而「羊為女符」，其意即「女子從一而終」。同樣，他考證「禮」、「智」、「信」得出的結論，認為其意分別是「男女會合」、「交會對偶」和男女「邀約之口吻」[121]。

在翻譯佛洛伊德的《自傳》，即他譯為《茀羅乙德敘傳》這一書時，章士釗不但以中國人所熟知的史例和日常用語，創造出多個對譯名詞，如以「華胥狂」譯「妄想狂」，以「龜茲之道」譯「意識衝突的調和」，以

---

[118] 章士釗：〈五常解〉，《東方雜誌》第 26 卷 13 號。
[119] 章士釗：〈五常解〉，《東方雜誌》第 26 卷 13 號。
[120] 白吉庵：《章士釗傳》，第 265 頁，作家出版社，2004 年版。
[121] 章士釗：〈也母考〉，《東方雜誌》第 37 卷 3 號。

「苦肉虐」譯「受虐狂」等。他還以〈神女賦〉的故事為按語，來解釋透過「受撫其額」施行催眠術，使病人那被壓抑的、「既行忘卻」的潛意識獲得恢復的情景：

宋玉〈神女賦〉云：「見一婦人，狀甚奇異。寐而夢之，寤不自識。罔兮不樂，悵然失志，於是撫心定氣，復見所夢。」此楚王自撫其心，如術者之撫額，而不識之象，乃復見也。自施心解之術而不自知也。可見追憶忘事，本是可能。[122]

同時，章士釗還應用佛洛伊德潛意識理論，來批評他的論敵。在〈再答稚暉先生〉一文中，章士釗以著重號的語句寫道：「近茀羅乙德言心解者流。極重 Subsciensness（潛意識 —— 引者）之用。謂無人真正意志。每於無意識中發焉。而凡所發。則又在意識用事時正言否之。此人生一奇也。」指責吳稚暉「先生之為亦此」，「先生之論文亦然」[123]，都是如此地心口不一。

潘光旦（1899-1967）是一位社會學家，在性學研究上有很高的造詣，他翻譯英國著名性學權威哈夫洛克·靄理士的《性心理學》時，以多達十萬字的〈中國文獻與習慣中所流傳的關於性的見解與事例〉，來為靄理士的理論做佐證。

大約 1921 年或 1922 年在北京清華大學就讀期間，聽哈羅德·G·奎格利教授講授「現代西方文化」課程時，潘光旦就對課堂中所講的一些 20 世紀新思潮留下深刻的印象，如愛因斯坦的「相對論」，佛洛伊德的「精神分析」，桑塔亞那的「理性生活」，特別是「潘先生對佛洛伊德的『心理分析』（即『精神分析』 —— 引者），似有偏愛」，並由佛洛伊德而

---

[122]《茀羅乙德敘傳》（章士釗譯），第 23 頁。
[123] 章士釗：〈再答稚暉先生〉，《甲寅週刊》第 1 卷第 27 號，1926 年 1 月 16 日。

引起他對於靄理士和雍格（即曾與佛洛伊德合作的精神分析醫師卡爾‧榮格——引者）諸人的新理論，產生興趣」[124]。

一、二年之後，潘光旦「有機會初次和福洛依特（Sigmund Freud）的精神分析論和此論所內含的性發育論發生接觸」，讀了他的一冊《精神分析導論》，想到明代末葉一個叫馮小青的女子的生活情形，「經與福氏的學說一度對照之後，立時覺察她是所謂影戀（自戀的意思——引者）的絕妙例子」，於是寫出一篇讀書報告，後以〈馮小青考〉發表在《婦女雜誌》上[125]。1927年，潘光旦又特別對此文「加重釐訂，於其性心理變態，復作詳細之探討」[126]，新寫了「精神分析派之性發育觀」一章，全書的字數超過初稿的三、四倍。

潘光旦從人的生存本能和生殖本能出發，肯定佛洛伊德的精神分析學說，認為以性慾的壓抑、發洩和轉移來解釋人的活動，尤其是人的感情變化，「頗能自圓其說」。他強調說，從精神分析學說創立以後，除醫學外，「最先應用其學說而得比較圓滿之結果者為文學」，它關於「一切文化自性慾而來」的觀點，使「批評家得一新角度以做比較深刻之觀察和分析」，從而致「文藝之意義益見醇厚」[127]。

潘光旦自己就以佛洛伊德的這一理論來分析馮小青的病情。

潘光旦寫道：處女時代的馮小青，實在沒有什麼異乎常人的癖性。結婚後，丈夫是富家弟子，不知溫存體貼，使小青的性生活與性經驗受到重大的打擊，「欲性之流乃循發育之途徑而倒退，其最大部分至自我

---

[124] 姚崧齡：〈關於潘光旦先生的補充〉，臺灣《傳記文學》第39卷第6期，是對第1期〈追懷潘光旦先生〉一文的補正。
[125] 《婦女雜誌》：商務印書館出版發行。
[126] 潘光旦：〈譯序〉，《性心理學》，生活‧讀書‧新知三聯書店，1987年版。
[127] 潘光旦：〈《小青之分析》敘言〉，《小青之分析》，上海新月出版社，1927年版。

戀之段落而終止，嗣後環境愈劣，排遣無方，閉塞日甚，卒成影戀之變態。」潘光旦引清朝嘉慶舉人陳文述的《蘭因集》所錄支如增的〈小青傳〉中的描述，說小青平常之日，「時時喜與影語：斜陽花際，煙空水清，輒臨池自照，絮絮如問答；女奴窺之即止，但見眉痕慘然。」感到「時時」「絮絮」，說明其行為絕非偶然；又縱使是她唯一的伴侶女奴，亦甚顧忌，而且形容慘淡，可見是屬變態。潘光旦認為，這幾句話已充分表現了馮小青「顯然以影為有人格之對象」，可算是「為耐煞西施（希臘羅馬神話中美貌自戀的少年 Narcissus 的音譯——引者）而作之傳神筆墨」。潘光旦又分析小青的一首七言絕句：「新妝竟與畫圖爭，知在昭陽第幾名？瘦影自憐春水照，卿須憐我我憐卿。」斷言這是小青病後，不能「臨池自照」，因而以較輕便的鏡子作為通款曲的媒介，「與其戀愛對象」，即影中的自己「聚首」。潘光旦解釋說：

　　小青病，亦即其對象病；小青或不自覺其病，而唯其對象病，或知而不自悲；所可悲者，鏡中之人日即於支離憔悴耳。既悲則安可不啼；小青啼，而鏡中人亦啼，情感相生，啼乃彌甚；如此而欲涕泗之不滂沱，烏不得哉！……

　　經過如此的分析，潘光旦得出結論：「小青有影戀之性心理」。此外，潘光旦還舉例說明，小青尚有種種自大和猜疑的性格表現，這種「自大」、「自響」和猜疑，實在不是真的自大、自響和懼人損己，而是大其對象，響其對象懼人傷及其對象。最後，潘光旦在〈餘論〉中，從對馮小青的心理分析談起，透過詩詞中表現精神恍惚的統計資說明，歷代女子，尤其是知識分子中的女子，多體力柔弱，心理憂鬱，「其原因大都與性生理或性心理不能自然發展有密切關係」。

總結來說，在 1920、1930 年代，佛洛伊德在中國的哲學、心理學和文學創作、文學批評中，曾一度形成一股潮流。不少情況在魯迅 1926 年 2 月 21 日撰寫這篇〈狗·貓·鼠〉之後再見於報刊，但魯迅顯然早在這天之前，就聽說過他們如何「隱隱約約」地把佛洛伊德的理論檢來應用了。

「精神分析」與國人的「心解」

西醫與它在當年中國的命運

　　西方的醫學在中國還未萌芽,便已近於腐敗。我雖然只相信西醫,近來也頗有些望而卻步了。

　　　　　　　　　　　——《華蓋集續編·馬上日記》

西醫與它在當年中國的命運

　　魯迅在生活的前期，對中國傳統的醫學，也就是平常所說的「中醫」，看法有點偏頗，原因如他自己所言，產生這樣的一種反感，「大半是因為他們耽誤了我的父親的病的緣故罷，但怕也很挾帶些切膚之痛的自己的私怨」[128]；還有就是他「對於被騙的病人和他的家屬的同情」[129]。就是這種私怨，使魯迅那時比較感情用事，而對中國傳統醫學缺乏冷靜的思考，以致分不清中醫學中的主流和支流、精華和糟粕；對照西方醫學對於日本明治維新運動所發揮的正向作用，便籠統地西醫要比中醫優越。不過後來，魯迅改變了這一片面的、絕對化的看法。他讚揚「中國古法的種痘」，痘苗接種「沒有危險」，是中國中醫學上的傑出發明[130]；他肯定秦始皇「沒有燒掉農書和醫書」是一項歷史功績[131]；他謳歌《本草綱目》「含有豐富的寶藏」，是中醫藥學上的偉大成就[132]。而對自己生了病後是否要看西醫，有時也「總會有些躊躇。」這說明，到了某個階段以後，魯迅固然相信西醫，也肯定中醫科學的一面。他只是對所謂「本國的西醫」，也就是他認為進入中國之後已經變了色的「西醫」耿耿於懷，這是因為他從經驗中發現，「每一新制度、新學術、新名詞，傳入中國，便如落在黑色染缸，立刻烏黑一團，化為濟私助焰之具，科學，亦不過其一而已。」[133] 近代西方醫學，也遭到同樣的命運，剛傳入中國，「便已近於腐敗」。

　　由於對外貿易、交通運輸比過往發達，促進經濟文化交流，到元朝年代，就有外國醫學傳入，不過那時主要是印度、波斯等阿拉伯醫學。

---

[128] 魯迅：《墳・從鬍鬚到牙齒》。
[129] 魯迅：《吶喊・自序》
[130] 魯迅：《集外集拾遺補編・我的種痘》。
[131] 魯迅：《准風月談・華德焚書異同論》。
[132] 魯迅：《南腔北調集・經驗》。
[133] 魯迅：《花邊文學・偶感》。

西方的醫學，有弗蘭克·以賽亞（Frank Jsaiah）於 1272 年北京開了一家醫院。自 16 世紀起，由於歐洲在哲學、宗教、文化、科學等領域出現革新的風潮，歐洲的耶穌會士作為商業資本的先遣隊，來中國時，把包括醫學在內的科學文化知識也帶了進來，使西方的醫學在中國大為傳播。

明萬曆 46 年（1618 年），金尼閣（Nicolas Trigault，1577–1629）、鄧玉函（Jesuit Jean Terrenz，1576–1630）等 22 名傳教士自羅馬被派到中國時，帶來約 7 千部書籍，據說其中有近代解剖學的奠基者、比利時解剖學家安德烈亞斯·維薩留斯（Andreas Vesalius，1514–1564）的《人體構造》藝術第七卷；和近代外科學之父、法國醫師安布羅伊斯·帕雷（Ambroise Pare，1510–1590）全集等醫學著作。這些傳教士一般都只有在論述神學問題時，才間或談到一些醫學和生理學的知識。但是鄧玉函在與徐光啟、李之藻等人修定立法這一主要工作之餘，也譯述了《人體圖說》一書，成為最早傳入中國的人體解剖著作。另外還要提到傳教士卜彌格等的醫學翻譯，羅德先、羅懷中、韓國英等人的行醫活動，和艾儒略在《西方要紀》中、熊三拔在《泰西水法》中的醫藥介紹等。

19 世紀前後，歐洲資本主義大為發展。為了輸出商品，又有一批醫生和教士被派到中國，目的是透過醫治疾病和宗教宣傳，擴大在華的政治和經濟利益。英國東印度公司的船醫亞歷山大·皮爾遜於 1805–1806 年來澳門和廣州接種牛痘。1820 年，英國教士醫生 R·馬禮遜和東印度公司的外科醫生 T·利文斯頓首先在澳門開設診所。1834 年，美國也派來傳教醫師彼得·伯駕，並於次年在廣州開了眼科醫院。此事在一百多年之後，費正清教授還再次提起，引以為豪地說：「以十九世紀三十年代伯駕在廣州所設的著名眼科醫院為開端，美國傳教士在人數和才智方面

很快就超過英國傳教士，這比美國商人超過英國商人還早了幾十年。」[134]到了鴉片戰爭之後，隨著不平等條約的簽訂、中國門戶的開放，傳教士更是成批地被派來中國。他們在中國設診所、開醫院、創學校、辦雜誌。據統計，到1905年，全國的教會醫院竟達166所；1906年至1911年間，英美先後辦起北京的協和醫學堂、漢口的大同醫學堂、濟南的共和醫道學堂和福州的大同醫學堂。隨後，德國也在上海辦起同濟醫院附設同濟德文醫學校，在奉天辦起南滿醫學堂。這段時間，除了醫學教學及臨床推行創辦《西醫新報》、《博醫會報》等報刊外，也應該特別介紹他們出版的一些書籍。英國人B·霍布森即合信氏在廣東省譯《全體新論》、《內科新說》及《婦嬰新說》等書，是西洋醫學理論傳入中國的開端，在當時流傳很廣。魯迅在南京讀書時，就「看到些木板的《全體新論》和《化學衛生論》之類」[135]的書。美國的嘉約翰自1854年來到廣州後，創博濟醫局，廣招學生，又最先發行《西醫新報》；他還譯了《內科全書》、《內科闡微》、《西醫略釋》、《眼科撮要》、《婦科精蘊》、《皮膚新篇》與《衛生要旨》等十多種書。這些都有助於西方醫學在中國傳播，特別是，由於西醫外科、婦科、眼科手術方面的飛快發展，使許多中醫學無能為力的疾病，獲得迅速有效的治療，更讓西洋醫學在中國產生良好印象，使人們意識到學習西方醫學的重要性。廣東的黃寬是第一個自費去歐洲學醫的人，他先是在美國讀了四年文科大學，「1850年去蘇格蘭接受兩年的普通教育後，進入愛丁堡大學醫學系，後以極優秀的成績畢業。1856年黃寬回到中國，在廣州開業行醫，在那邊沿海一帶極受敬重……許多外國僑民推崇他為加爾各答以東才華出眾的醫師。」[136]隨後清朝政府也派

---

[134] 費正清：《美國與中國》（張理京譯），第249頁，商務印書館，1971年版。
[135] 魯迅：《吶喊·自序》。
[136] 約瑟夫·H·特韋契耳：《西學東漸》代跋，見容閎：《西學東漸記》，海南人民出版社，1981年版。

人出洋學醫，同時自己也辦起了醫學校。清朝末年，在所謂「洋務教育」的影響下，1881 年，天津辦起了醫學館，即後來的北洋醫學堂和海軍醫學堂；1902 年，在天津又辦了北洋軍醫學堂。辛亥革命以後，北京、杭州、江蘇、江西、湖北、河北、山西等地也先後創辦了醫學校。這些醫學校的畢業生，便也成了醫院或者私人診所的醫生。

西方醫學的傳入，使人們擴大了眼界，看到醫學的新作用。伯駕在廣州時曾利用新傳入的乙醚麻醉術施行外科麻醉，給人們留下極深的印象。西方醫學在解剖、消毒和麻醉以及心肺聽診等方面的技術，確實獨具中國傳統醫學所難以企及的先進性，但是在過往很長一段時間裡，都沒有被中國醫學所接受，這是為什麼？最大的障礙是中國長期以來的封建社會還未具備發展現代科學、現代醫學的土壤。

首先，封建社會的長期發展，在中國的統治階級和一般人的頭腦中，頑固地形成一種「天朝大國」的思想，這種思想一直不同程度地影響著近代和現代。當 1840、1850 年代同樣面臨被瓜分的危急局面時，日本透過「明治維新」的資產階級革命，「破除舊來之陋習」，「求知識於世界」，因而像魯迅說的，「在任何時候，都能適合於生存」[137]，並在不到半個世紀的時間內，變成東方最早的現代化資產階級國家。而傳統上，魯迅說，「中國人是向來排斥外人的」[138]，一貫妄自尊大、故步自封，「恥言西學」，不圖革新，終於淪於半封建半殖民地社會。魯迅曾經透過阿Q的愚昧、麻木和精神勝利法，深刻刻劃了封建社會「中國的人生」和「國民的魂靈」[139]。愚昧麻木的國民是想不到需要改變現狀的，不管它是多麼地不合理，精神勝利主義者既不會承認落後，更不可能想到改革。從

---

[137] 魯迅：《譯文序跋集·《出了象牙之塔》後記》。
[138] 魯迅：《集外集拾遺·老店子已經唱完》。
[139] 魯迅：《集外集·俄文譯本《阿Q正傳》序及著者自敘傳略》。

XXX 西醫與它在當年中國的命運

近代到現代，被魯迅稱為「合群的愛國的自大」，不同程度地滲透到人們的社會習慣和生活方式中，「把國裡的習慣制度抬得很高，讚美得了不得」[140]，墨守成規，不善於接受外來的新事物。因此，對於包括西方醫學在內的外國先進科學知識，就抱著一種不肯承認、甚至抵制的態度。魯迅就批判過中國一些盲目自大的「古今中外派」，他們堅信一切先進的「外國的東西，中國都已有過；某某科學，即某子所說的」[141]云云。對待西方的醫學，也有這樣的「古今中外派」。如有人就說，「西醫的解剖生理諸說，實際上都沒有超出《內經》的範圍」。在他看來，西醫說的心臟分左右心房和左右心室以及血液循環的理論，「即《內經》營衛交會於太陰肺及心主血脈之說也」。又說，西醫認為掌管知覺的不是心，乃是腦髓，則是由於西醫「不知髓實心主所用，而非腦髓所用也。蓋髓為水之精，得心火照腦髓之意。」[142]如此隨心所欲地牽強附會，只是表現了一些人的愚昧落後，出於可笑的封建保守意識，拒絕接受西方先進的醫學科學，是跟他們那尊經復古、保存國粹的頑固態度密切關聯的。如魯迅所舉的止牙痛之例，也能夠精確說明問題。

現代科學研究證明，多數的牙痛是由於先天性的牙本質發育不全、口腔衛生不良等因素引起的一種炎症，所以止痛的辦法就應該設法消除這種炎症。在1920、1930年代，應用磺胺類藥物和中醫的小蒸藥，都能緩解這種疼痛。但那時的一些中醫，卻不是從科學的態度出發，來查明牙痛的成因，吸收西醫藥物止痛的方法，而一味固守那本流通頗廣的《驗方新法》中一些反科學的做法。據《驗方新法》介紹，牙痛縱使「數日

---

[140] 魯迅：《熱風·隨感錄三十八》。
[141] 魯迅：《熱風·隨感錄三十八》。
[142] 唐宗海：《中西匯通醫經精義》，轉引自賈得道：《中國醫學史略》，第297頁，陝西人民出版社，1979年版。

痛甚,不能飲食,甚至寒熱交作,醫藥無效」,但只需「平日小便時,咬緊牙關,則永無此患。」[143] 使人感到何等可笑。若要藥物治療,這《新法》說,可用豬腰一對,煮粥進食;或鼠骨燒灰塗抹。如果是軟牙瘡,《新法》認為只要睡臥咬牙聲響,便可用睡席下的灰塵納入患者的口中就行,但必須嚴格注意納入時不可讓患者知曉。《新法》還像紹興名醫陳連河的「蟋蟀一對」、「要原配」,神祕地說豬腰作為藥物時「要一豬所生者」;而鼠頭骨,也特別指明「唯被貓咬傷,及齒不全者不用」。這種種「療法」都是屬於無知的引申和類比,帶有濃重的封建意識。所以魯迅說:「自從盤古開闢天地以來,中國就未曾發明過一週止痛的好方法……連消毒去腐的粗淺道理也不明白」[144]。

其次,中國的傳統醫學歷史悠久,理論上和實踐上都取得偉大的成就,在醫生和民眾中享有崇高的威望。不但在農村,即便在1920、30年代的都市,多數人歷來也都崇尚中醫。要認知在體系上與傳統中醫格格不入的西醫科學,需要較長的過程。而就西醫學本事來說,當時傳教士所介紹的,很多還只是零星的知識,常常缺乏系統性;而且在某些方面,例如介紹生理解剖學,有時也只是為了闡明「天主」的存在。所以應用西方醫學時,有時就會出錯、遭受指責,並被當作西醫不如中醫的例證看待。一個典型的例子是,魯迅在〈馬上日記〉中提到:「自從西醫割掉了梁啟超的一個腰子以後,責難之聲就風起雲湧了,連對於腰子不很有研究的文學家也都『仗義執言』。同時,『中醫了不得論』也就應運而起……」

一直以來,梁啟超的體質還算強健。但是1923年起發現小便帶血。

---

[143]《驗方新編》,上海鴻寶齋書局,1918年版。
[144] 魯迅:《墳‧從鬍鬚到牙齒》。

随后,病情一年年加重。1926 年,进北京一家德国医院检查,经化验,发现他的小便「先由紫红变粉红,再变为咖啡色和黄色,且带血腥味。医生怀疑是肾和膀胱有毛病,又反覆查验,但还是没有查出病因」。但是梁启超对自己的病不大重视。後经丁文江等友人苦口婆心的开导下,於同年 3 月住进北京协和医院。「医院派最好的大夫,用最先进的设备为梁检验,最後确定梁的右肾长了一个瘤子,应立即割去。16 日手术完毕,但仍旧便血。显然这个诊断是不准确的。」[145] 病情越来越严重,三年後,梁启超去世。

这所谓「不准确」是指将他的左肾割掉了,这事引发了一场中西医大讨论。陈西滢,即鲁迅所指的一位「对於腰子不很有研究的文学家」在他办的《现代评论》「闲话」上发表了一篇题为〈「尽信医不如无医」〉的文章,以讽刺挖苦的语气写道:

腹部剖开之後,医生们在(梁启超的)左肾上并没有发现肿物或何种毛病。你以为他们承认错了麽?不然,他们也相信自己的推断力不会错的,虽然事实给了他们一个相反的证明。他们还是把左肾割下了!可是梁先生的尿血症并没有好。他们忽然又发现毛病在牙内了,因此一连拔去七个牙。可是尿毒症仍然没有好。他们又说毛病在饮食,又把病人一连饿了好几天。可是他的尿毒症还是没有好!医生们於是说了,他们找不出原因来!他们又说了,这病是没有什麽要紧的!……[146]

徐志摩也写过一篇〈我们病了怎麽办?〉,一起对开刀的医生加以指责和嘲弄。作为对比,陈西滢在随後一期的「闲话」中声言:「我们朋友

---

[145] 李喜所、元青:《梁启超传》,第 547 页,人民出版社,2010 年版。
[146] 陈西滢:〈「尽信医不如无医」〉,《现代评论》,1926 年 5 月,3 卷 75 期,转引自《追忆梁启超》,第 305 页,生活·读书·新知三联书店,2009 年版。

裡面，曾經有過被西醫所認為毫無希望，而一經中醫醫治，不半月便霍然病癒的人，而且不止一二位」，以說明「中醫了不得」。

　　無疑，梁啟超的手術自然是一次事故。魯迅對西醫也不是沒有微言。他曾批評說：「西醫呢，有名的看資貴，事情忙，診視也潦草，無名的自然便宜些，然而我總還有些躊躇。」但不能據此就全盤否定整個西方醫學的先進性。使魯迅反感的是陳西瀅等人對新事物諷刺挖苦的這種態度；尤其對那些「中國的西醫」感到反感，認為這些人縱使學了先進西方醫學的一點皮毛，骨子裡仍舊忘不了封建主義的東西，他們是「皮毛改新，心思仍舊」[147]。

　　簡化地說中醫就比西醫好，或者西醫各方面都比中醫強，都不是實事求是的態度。正確的應該是中西醫結合，互相取長補短。魯迅只是哀嘆落在這些人的手裡，西方的醫學到了中國怎麼能不變質腐敗呢！

---

[147] 魯迅：《熱風・隨感錄四十三》。

西醫與它在當年中國的命運

飲食習慣與身心健康

也還是那一本《從小說看來的支那民族性》。……研究中國的外國人，想得太深，感得太敏，便常常得到這樣——比「支那人」更有性底敏感——的結論。

——《華蓋集續編·馬上支日記》

飲食習慣與身心健康

在現代的中國作家中，沒有人比魯迅對封建舊傳統、舊思想抨擊得更激烈的了。但是魯迅又是最熱愛自己的祖國的。他在作品中毫不留情地批評了國人的許多弱點，而且還「很希望中國的青年站出來，對於中國的社會，文明，都毫無忌憚地加以批評」[148]，意在促人醒悟，改良國民性，以改善人們的精神，改良社會，建立「中國歷史上未曾有過的第三樣時代」[149]。因此，他對於中國的未來，態度是積極的，而不是消極絕望。在看到國民「愚弱」的同時，他也看到「中國的脊梁」，看到「我們有並不失掉自信力的中國人在」[150]。他不能容忍對中國的肆意汙衊。

1926年，有個叫安岡秀夫的日本人出版了一本書：《從小說看來的支那民族性》。全書共十章，在第一章的〈總說〉之後，其餘九章分列九條民族性的特點：過度重視體面和儀容，安於命運，能忍耐，缺乏同情心而多殘忍，個人主義和自大主義，過度儉省和不正的貪財，拘泥虛禮又尚虛文，迷信深，耽享樂而淫風熾盛。

看作者如此總結和概括中國人的所謂民族性，無論從哪一條看，都好像中國人還沒有脫離原始的野蠻狀態，而會覺得完全是無中生有的誣衊和誹謗。

人的飲食習慣可能會對人的生理和心理健康產生一定的影響。如有一種叫「痛風」的病，傳統上認為是只有富人才會患的疾病，因為它是大吃大喝、經常飲酒、飲食中蛋白質含量過高造成的，所以它又被稱為「貴族病」(the patrician malady)。歐洲文藝復興時代，貴族中享樂風氣盛行，於是，他們患痛風的人也特別多，甚至有些整個家族都患此病。

---

[148] 魯迅：《華蓋集·題記》。
[149] 魯迅：《墳·燈下漫筆》。
[150] 魯迅：《且介亭雜文·中國人失掉自信力了嗎》。

最著名的如義大利資產階級家族麥地奇家族（Medici Family）早一代的喬凡尼·迪·比奇就患痛風。他的兒子科西莫·德·麥地奇（1389-1464）最初代表麥地奇銀行，後來管理羅馬教廷的財政，是當時最大的富豪。過度的奢華使科西莫的痛風病更為嚴重。當時一份資料說：「他（科西莫）自從患上嚴重的痛風後，就衰老得非常快，到了晚年，他已變得病弱無力……」科西莫的兒子皮耶羅·迪·科西莫·德·麥地奇（1416-1469）小時候起就患有痛風，幾次急性發作，直至去世都沒有痊癒，得到一個「痛風患者」（The Gouty）的外號。雖然皮耶羅得以成為1464年至1469年的佛羅倫斯的統治者，但嚴重的痛風讓他行走不便、久臥病榻，難以處理政務，以至於在父親去世時，有人密謀推翻其統治的緊要關頭，也只好躺在擔架上，親臨現場。最後，痛風竟使皮耶羅成為一個瘸子，除了舌頭，全身都不能活動[151]。再如神聖羅馬帝國皇帝查理五世（Charles V，1500-1558），是一個全球性的領袖，管轄著歐洲、非洲、亞洲以及被征服的墨西哥阿茲特克帝國和秘魯印加王國的版圖。雖然有這麼大的權力，但是在成年的大部分時間裡，他卻因「痛風」而不得不生活在十分有限的空間裡，必須由一把特製的椅子載運，才可以讓他那因痛風而腫大得無法支撐的左手靠在把手上。

另一種叫「維生素缺乏症」的疾病，無論缺乏哪一種維生素，都會罹患重病，甚至死亡。如魯迅提到的「探險北極的人，因為只吃罐頭食物，得不到新東西，常常要生壞血病」[152]，指的是因為長期吃不到新鮮的蔬菜和水果，而缺乏維生素C，染上壞血病：牙齦水腫、出血，牙齒鬆動，關節和下肢疼痛，皮膚和身體組織出血，等等。

---

[151]（美）保羅·斯特拉森：《美第奇家族：文藝復興的教父們》（馬永波等譯），第105-109頁，新星出版社，2007年版。
[152]《華蓋集續編·馬上支日記》。

飲食習慣與身心健康

早在 1550 年代至 1580 年代，英國曾先後派遣過三批探險隊，希望能找出一條東北航線，越過北冰洋到達東方的中國和印度。但都沒有成功，其中以休‧威洛比爵士（Sir Hugh Willoughby，？–1554）的探險隊損失最為慘重。他所率領的三艘海船，只有一艘返回英國，其餘兩艘礙於嚴寒和壞血病，63 名船員包括威洛比船長本人，都毫無例外地死亡。

1724 年 1 月，俄國的彼得大帝僱傭了在俄國任職 20 年的丹麥探險家維圖斯‧白令（Vitus Jonassen Bering，1681–1741），率領北方大探險隊去考察亞州和北美洲是否在陸上相連。做了幾年的準備之後，1728 年 7 月 13 日，白令從堪察加的西伯利亞半島出航，在 8 月穿過他所發現的白令海峽，進入北冰洋。但惡劣的氣候使他無法進行清晰的觀察。1741 年，奉安娜女皇之命，白令第二次率探險隊北上。返回時，同樣由於嚴寒和氣候的關係，船隻被迫停在堪察加半島以東的荒涼小島上過冬，這座由他發現的小島今日稱為白令島。在航行中，因為吃不到新鮮綠色蔬菜，很多人都患上壞血病。當時誤以為此病會傳染，便把所有病人都安排到底艙等死。白令在一天的航海日誌上寫道：「船上三分之一的船員都生了壞血病，此外淡水也不夠用。」另一天又寫到：「壞血病更為加劇了。8 月 10 日……船員中第一個死的是水手尼基塔‧舒馬金……海員們都因壞血病、飢餓、嚴寒和力所不及的工作」而被拖垮了。當把病人運送到岸上時，只有 10 個人能夠站立得起來。20 個人死了，其餘的全都罹患壞血病。白令自己也患有嚴重壞血病，連牙齒都脫落了，最後被抬上岸，一個月後病逝。[153]

另外，如缺乏維生素 B1，會引起營養失調，涉及神經和心臟損害，食慾不振、全身倦怠、四肢麻木無力。

---

[153] И.П.магидович: Очерки по История Географические Открытии, 406–409, Мосва, 1957.

那麼飲食習慣是否與「性」有關呢？宗教徒因為「禁慾」，所以堅持吃素。一位醫學史家稱，「素食主義，或叫畢達哥拉斯飲食在 18 世紀（的歐洲）開始流行。食肉被認為會引起和激發獸慾，素食主義則產生健康和貞操。」[154] 據說俄國大作家列夫·托爾斯泰也有這樣的看法。但這都只是一種推測，還不能說是科學的定論。而像安岡秀夫，說什麼「蝦也是與性慾有關係的」；且「筍……也正與蝦相同」，因為它「挺然翹然」像男根。一方面想像這類食物會引發性慾，反過來又憑這想像來推理，說中國的「好色的國民，便在尋求食物的原料時，也大概以所想像的性慾功效為目的。」這算什麼邏輯？令魯迅聽了「不能不失笑」。

把「挺然翹然」跟「性」搭上關係，無疑是受西格蒙德·佛洛伊德有關「性」理論的影響。佛洛伊德在其影響歷史的著作《釋夢》（《夢的解析》）中認為人們的夢境往往都是隱性的，需要做解釋才能弄清其真正的意義，夢境裡的諸多事物都具有象徵意義，如：

所有長形物體，如手杖、樹枝、雨傘等都可以象徵男性生殖器（其中雨傘張開可比作勃起 —— 原文如此）—— 同樣長而尖的武器如刀、劍、矛等亦如此……盒子、箱子、櫃子、小櫥櫃、烘爐代表子宮，以及中空物體、船、各種器皿亦如此 —— 夢中的房屋通常代表女人；如果進進出出的房門也在夢中得到表徵，那麼這一解釋便正確無誤。從這一點來看，關心房屋是開著還是鎖著，那是很好理解的。關於開鎖的鑰匙是什麼，自不待言。……所有的武器和工具，如犁、鎚子、來福槍、手槍、匕首、軍刀等無疑也都用作男性生殖器的象徵。同樣，夢中的風景，特別是含有橋梁或山巒覆以森林的風景，顯然可以看做是對生殖器官的描繪。馬西諾斯基發表了大量夢例，並配以夢者的圖畫作為說明。這些表面上畫出他們夢中風景和地點的圖，清楚地揭示了顯夢和隱夢之

---

[154] A.H.T.Robb-Smith: Doctor at Table, JAMA, April 2, 1973.

間的區別。這些圖畫,雖然乍看起來不過是一些地形平面圖,但仔細研究卻可發現,它們代表著人體、生殖器等。只有這樣,這些夢才是可理解的。[155]

佛洛伊德的「泛性」理論,把一切都歸於性的作用、一切都與性有關,讓人無法理解,並普遍受到質疑。魯迅是很嚴謹的。就「因為那一本《從小說看來的支那民族性》,因為那裡面講到中國的餚饌」,作者便把它看作是「好色國民」的證據,於是魯迅就認真地「查了查」幾部著名的中國傳統餚饌相關書籍。一對照,就會讓人覺得,安岡秀夫的此種觀點是何等無聊。

儒家的經典《禮記》、《內經》中記載了用八種烹調方法製作的食品:淳熬、淳母、炮、搗珍、漬、肝膋,即所謂大名鼎鼎的「八珍」,固然講究,但實在看不出什麼「淫風熾盛」。

唐朝的段成式著有《酉陽雜俎》,書中記述「安祿山恩寵莫比,錫齎無數」,所賜品目繁多,其中食品方面,有桑落酒、闊尾羊窟利、馬酪、野豬鮓、清酒、大錦、蘇造真符寶輿、餘甘煎、遼澤野雞、五術湯、金石凌湯等等[156],今日看來,竟不明為何物。但這些食品就能說明食者是「以所想像的性慾功效為目的」嗎?

唐朝楊曄的《膳夫經手錄》,篇幅極少,僅千餘字,它記載食品數種,如說鮒魚「極肥」、「羊有三種不可食」等[157],也根本說不上與安岡秀夫的觀點搭上關係。

元朝的忽思慧,又寫作和斯輝,在仁宗延祐年間曾任「飲膳大臣」。

---

[155] (奧)佛洛伊德:《釋夢》(呂俊等譯),第231–233頁,長春出版社,2004年版。
[156] 段成式:《酉陽雜俎》,作者所見無版權頁。
[157] 楊曄:《膳夫經手錄》,碧琳琅館叢書。

天曆三年，他「將累朝親侍進用奇珍異膳、湯膏煎造及諸家本草名醫方術並日所必用穀肉果菜，取其性味補益者，整合一書」，名《飲膳正要》。書中列舉多種「奇珍異膳」，但也很重視飲食的營養和藥用價值。例如指出用大麥仁和羊肉熬成的「大麥湯」，可以「溫中下氣，壯脾胃，止煩渴，去腹脹」；鹿頭湯可以「補益止煩渴，治腳膝疼痛」。書中特別列出「養生避忌」、「妊娠食忌」、「乳母食忌」等欄，其中雖不免有些封建迷信的說法，而告誡妊娠「不食邪味」，乳母若不謹慎飲食，會「使子受患」，都合乎醫學原理。作者還強調，必須「審其有補益助養之宜，新陳之異，溫涼寒熱之性，五味偏走之病」，「若貪爽口為忘避忌，則疾病潛生」[158]，更是與所謂的「淫風」、「性慾」等無干。

　　清朝著名詩人袁枚，說自己四十年年來，「每食於某氏而飽，必使家廚往彼灶執弟子之禮」，遂撰錄成選單四卷，以自己的名號名之，叫《隨緣選單》[159]。所列的選單，山珍海味，名目繁多，應有盡有：海鮮單中有燕窩、海參、魚翅、海蜒、蠣黃、烏魚蛋等九種，已可見非一般人所食用的海產。江鮮單中有鮋魚、鱘魚、斑魚、蝦蟹等六種；而邊魚、銀魚、台鯗等十七種又另列入「水族有鱗單」；生炒甲魚、醉蝦、蟹羹等二十八種列入「水族無鱗單」；豬肉的種種燒法，如乾鍋蒸肉、蓋碗裝肉、火燒煨肉、台鯗煨肉、芙蓉肉、荔枝肉以及六、七斤重的小豬等三十餘種，屬於「特性單」；鹿肉、鹿筋、全羊、牛肉等十餘種屬於「雜性單」。此外還有雞鬆、雞粥、生炮雞、蘑菇煨雞、鴿子等四十餘種「羽族單」；筍脯、蝦子魚等三十餘種「小選單」；鰻面、栗糕、蓮子等五十餘種「點心單」。尤其講究的是，《選單》中還有強調製作時許多不得不知

---

[158] 和斯輝：《飲膳正要》，無版權頁。
[159] 袁枚：《隨緣菜單》，嘉慶元年新鐫，蕭山倉房藏版。

道的「作料須知」、「洗刷須知」、「調劑須知」、「配得須知」、「火候須知」、「遲速須知」、「器具須知」等注意事項二十條「須知單」……真是講究得可以。很明顯，都是官員大家的餚饌。但是縱觀全書，從這些選單中的食品，也無法聯想到什麼「性慾功效」；好像他們的一切言行仍舊是講究發乎情、止於禮。魯迅以最糟的底線上說：「中國的闊人誠然很多淫昏，但還不至於將餚饌和壯陽藥並存」。看來，大概是安岡秀夫自己「更有性的敏感」，才如此推己及人吧。

整體而言，作為一種觀念形態，從某一個國家的小說中所描寫的內容，也許確實可以在某種程度上看出這個國家的民族性。但是要說從食物便可以肯定這個民族性，就非常難說了，因為富人和窮人吃的就不一樣：富人可以山珍海味、花天酒地，窮人們則只能嚼蔥蒜和雜合麵餅，或者用醋、辣椒、醃菜下飯，甚至只能舔黑鹽，有許多人還連黑鹽也舔不到。到底哪種算是中國菜？所以魯迅說：「我實在不知道怎樣的是中國菜。」在那篇總結中國歷史經驗的著名文章〈燈下漫筆〉中，魯迅曾從中國不同的人的飲食，「有燒烤，有翅席，有便飯，有西餐。但茅簷下也有淡飯，路旁也有殘羹，野上也有餓殍……」深刻地揭示出「所謂中國的文明者，其實不過是安排給闊人享用的人肉筵宴。所謂中國者，其實不過是安排這人肉筵宴的廚房。」在小說〈幸福的家庭〉中，魯迅還對所謂的「中國菜」開了個有趣的玩笑：在那位並不幸福的青年作家的家庭裡，「最進步，最好吃，最合乎衛生」的「中國菜」，從對話聽來，彷彿竟是「劈柴」。魯迅不願超然於現實去談什麼「中國菜」，同時也不允許毫無根據地對中國菜妄加誣衊。三個月後，在回憶當年南京江南水師學堂的「桅桿」時，魯迅說這桅桿之「可愛」處，是在於「可以近看獅子山，遠眺莫愁湖」，而「並非如『東鄰』的『支那通』所說，因為它『挺然翹然』，又是

什麼的象徵。」[160] 對安岡秀夫隱隱地做了一次諷刺。過了九年，在為日本朋友內山完造的《活中國的姿態》作序時，魯迅再次抨擊安岡秀夫竟可笑地把「連江蘇和浙江方面，大吃竹筍的事，也算作色情心理的表現的一個證據。」[161] 魯迅對這件事如此耿耿於懷，就是由於他對民族有偉大的愛。

---

[160] 魯迅：《朝花夕拾・瑣記》。
[161] 魯迅：《且介亭雜文二集・內山完造作《活中國的姿態》序》。

飲食習慣與身心健康

做夢與社會理想

……佛洛伊德以被壓抑為夢的根柢——人為什麼被壓抑的呢?這就和社會制度,習慣之類連線了起來,但是做夢不打緊,一說,一問,一分析,可就不妥當了。

——《南腔北調集·聽說夢》

××× 做夢與社會理想

《東方雜誌》是中國具有悠久傳統的大型綜合性刊物之一。它創辦於 1904 年，至 1948 年停刊，梁啟超、蔡元培、嚴復、陳獨秀、魯迅等都曾在該刊發表文章。

1932 年 11 月 1 日，當時全權主編該刊的胡愈之擬出一期特輯《新年的夢想》，在刊物上向全國各界知名人士發起「於一九三三年新年大家做一個好夢」的徵稿，請他們談「夢想中的未來中國」和「個人生活」。因為如當時《申報》「自由談」上一篇題為〈新年的新夢〉文章所言：「過去的一年，自然誰都不滿意，於是就在新年的開頭，每一個人又都做著新的滿意的好夢。」結果，《東方雜誌》收到了共計 142 人所寫的「夢想」，刊載在該刊 1933 年春節的第 30 卷第 1 期的專欄「新年的夢想」上。

《東方雜誌》在這期「夢想」專欄後寫的一篇「讀後感」中談了應徵的情況：說是共「發出通啟四百餘份。（答覆）共一百四十二人。職業：大學教授 38 人，編輯員及著作家 39，教育家 9，記者 12，官吏 12，藝術家 3，職員 4，學生 3，銀行家 2，實業家 3，律師 1，讀者 13，專譯 3。由此可以看出：應徵的以中等階級的自由職業者為最多，約占了全數的百分之九十……教授、編輯、作家、記者、教育家約占總數的百分之七十五。占中國人百分之九十以上的農民、工人及商店職員，應該不至於沒有幻想。可是現實對於他們的壓迫太大了啊，整天的體力的疲勞，使他們只能有夢魘，而不能有夢想。即使有一些夢想，他們也絕沒有用文字描寫的能力和閒暇。這實在可以算是最大的國恥啊。」

「讀後感」接著說，這 142 人的 244 個夢，是形形色色的：有甜夢，又有苦夢；有好夢，又有惡夢；有吉夢，又有噩夢；有奇夢，又有妖夢；有夜夢，又有白日夢。「近來有些批評家把文學分為『載道』的文學和『言志』的文學這兩類。我們的『夢』也可以同樣的方法來分類：就是

『載道』的夢,和『言志』的夢。」又說:「『載道』的夢只是異端,而『言志』的夢才是夢的『正宗』,因為我們相信『夢』是個人的,而不是社會的。依據佛洛伊德的解釋,夢只是白天受遏抑的意識,於睡眠,解放出來。……所以『夢』只是代表了意識的不公開的部分,在夢中說教,在夢中講道,在夢中貼標語,喊口號,這到底是不常有的夢,至少這是白日夢,而不是夜夢,多以不能算作夢的正宗。只有個人的夢,表現各人心底的祕密而不帶著社會作用的,那才是正宗的夢。」

夢的神奇讓古代的人普遍認為它是一種神示。現代生理學相信,夢是大腦皮質神經細胞活動的結果,任何一個夢境都可以追溯到心理的和現實的因素,其唯一的基礎就是刻印於腦神經細胞中的痕跡。19世紀法國醫師阿爾弗雷德・莫里(Alfred Maury,1817–1892)對3千多例夢的回憶敘述進行了縝密的研究之後指出:夢是睡覺時身體對感性知覺的一種誤解,如夜間出現噪雜聲音會使人夢到雷雨;同時他也相信「我們夢到的多是所見、所說、所願做的。」

在夢的研究史上,奧地利醫師和心理學家西格蒙特・佛洛伊德的《釋夢》一書,是這一題目最著名的專著。此書出版的時間是1899年,但印刷日期印作1900年,目的是強調其劃時代的意義。的確,如今《釋夢》已被公認是幾部屈指可數影響歷史的著作之一。

在《釋夢》中,佛洛伊德分析了自己的夢例和他臨床實踐中病人講述的夢例,從而得出結論,認為在精神活動中,夢具有主角的作用。他堅信,力比多(性能量)是一個不固定的、可塑的力量,它需要尋找一切可能的出口獲得釋放,才能得到快樂、防止痛苦,否則力比多這一性驅力的能量則會透過精神管道釋放。這就是說,佛洛伊德宣稱,讓人的願望在夢的潛意識中得到實現。佛洛伊德相信,所有的夢,即使是帶有焦慮

色彩的惡夢，也都是滿足願望的手段。他《釋夢》一書的第三章，標題就叫「夢是願望的滿足」，而且舉出許多事例都在說明夢「完全是有效的精神現象」，並在最後以幽默的語調下了這樣的結論：「從整體上看，有關夢的日常語言離不開表達願望的滿足。如果事實超出意料之外，我們會興奮地說：『這件事我連做夢都沒想到。』」[162]

「願望的滿足」是佛洛伊德「釋夢」的基本觀點。他曾以他自己親身經歷的夢境，說明這一點：

要證明夢常常是不加偽裝地表示一種願望的滿足並不困難……例如，我常常做一個夢，就好像一個實驗一樣。如果我晚上吃了鯷魚、橄欖或其他很鹹的食物，在夜裡我就會渴醒，但醒前往往有一個夢，而且內容相似：即我在喝水。我夢見我在開懷暢飲，那水的滋味甘甜無比如清泉一般。當我醒來時我將真的要喝水。這種關於止渴的夢是我在醒來之後意識到的，口渴便產生了要喝水的願望，而夢卻把這一願望表現為得到滿足了，在這個過程中，它在執行一種功能──這種功能是不難察覺到的。[163]

佛洛伊德非常重視他的這一觀點，在許多例證中他特別提到奧地利畫家莫里茨・施溫德（Moritz Ludwig von Schwind，1804–1871）1836年的畫作〈囚犯的夢〉，他不但在《釋夢》中，將這幅畫重印在扉頁，十多年後，在他對自己此前的理論帶有總結性的《精神分析引論》中再次說道：

我想在這裡請你們參考慕尼黑的沙克畫廊中施溫德繪畫的複製品，並請你們注意畫家很明確地知道夢可因強而有力的情景而引起。畫名

---

[162]（奧）佛洛伊德：《釋夢》（呂俊等譯），第93、99頁，長春出版社，2004年版。
[163]（奧）佛洛伊德：《釋夢》（呂俊等譯），第94頁，長春出版社，2004年版。

〈囚犯的夢〉，夢的主題當然就是囚犯越獄。囚犯想從窗口逃出，因為陽光由窗口入室，將他從睡眠中喚醒。重疊而立的妖神無疑代表著他攀援上窗所應繼續站立的位置；假使我未誤解或附會，則站在頂端而靠近窗口的妖神（即囚犯希望取得的位置——原文如此）的面貌恰好和夢者的面貌相似。[164]

不過佛洛伊德指出，夢也是人精神內部和諸般禁忌之間衝突妥協的結果，常以扭曲的形式體驗被禁止的願望；所以，作為願望的滿足，它往往並不那麼的直白，而會以所謂「偽飾」的形式出現。因此，既有「顯夢」，也有「隱夢」，即有「顯意」（manifest content）的夢，和「隱意」（latent content）的夢。願望在夢中實現這種「顯夢」相當容易理解，可是相反地，夢中出現夢者所不願意的、甚至十分反感或可怕的情景，即所謂「焦慮的夢」（anxiety dreams），怎麼理解呢？對這個問題，佛洛伊德先以一句反問來作答：「但是是什麼引起這個夢？」然後解釋說：

……在夢中產生的這種不愉快情緒，並不證明這樣的夢就沒有願望的存在。每個人都有不願意讓別人知道、甚至連自己都不願意承認的願望。……我們有理由下結論說，這些夢是偽裝的，而且偽裝得難以辨認，這正是由於對夢的主題以及由此而產生的願望，存在一種強烈的反感，很想把它壓抑下去。[165]

他的意思是：這樣的夢是夢者希冀在他的生活中不要發生這樣的事，所以仍舊表現了夢者滿足其願望。

夢的真諦就是「願望的滿足」，看來確是這麼回事。發表在《東方雜誌》上的142人所寫的「夢想」，不管是真正的夢境還是白日夢中的所思

---

[164] (奧) 佛洛伊德：《精神分析引論》（高覺敷譯），第100頁，商務印書館，1984年版。
[165] (奧) 佛洛伊德：《釋夢》（呂俊等譯），第108、115頁，長春出版社，2004年版。

所想，無疑都是他們「願望的滿足」。從發表在上面的夢境來看，希望實現「大同世界」是很多人的夢想。如國民黨中央監察委員柳亞子說：「我夢想中的未來世界是一個社會主義的大同世界」，這裡「沒有鐵血，⋯⋯沒有監獄，⋯⋯一切平等，一切自由」，希望「打破一切民族和階級的區別，全世界成功為一個大聯邦」。作家郁達夫和謝冰瑩同樣都希望「將來的中國，可以沒有階級，沒有爭奪，沒有物質的壓迫⋯⋯」，是一個「沒有民族，沒有階級區別的大同世界」。另外還有很多人也都有類似的希望，像復旦大學教授謝六逸夢想中的「沒有階級，不分彼此」的中國，光華書局編輯顧鳳城夢想中的「沒有階級，沒有種族，自由平等的大同社會」等等。原因正如胡愈之在「通啟」中說的，「在這昏黑的年頭，莫說東北三千萬人民，在帝國主義的槍刺下活受罪，便是我們的整個國家、整個民族也都淪陷在苦海之中」，都盼著結束此種局面，人人平等、世界大同便是他們急於祈求滿足的願望。

　　如果說這所謂「大同世界」的夢境或願望，聽起來還顯得有些籠統，或說有點空洞，那麼有些人就相當認真地把他的夢境和願望說得很具體了。生於1840年的著名教育家、復旦大學的創始人馬相伯先生當時已有九十三、四歲了，仍然非常關心中國的未來。他的夢想是希望「未來的中國，既非蘇俄式的一黨專政，亦非美國式的兩黨更替，乃民治的國家，法治的國家」，要能「保障人民應有的天賦人權：即身體自由權，財產所有權，居住權，營業權，言論出版集會權，並信仰『無邪術害人』的宗教等權」。國民政府南京教育廳科長、曾翻譯出版過美國斯達奇 (D. Starch) 所著《教育心理的實驗》一書的戴應觀的夢想具體到「幾十年後的中國，完成孫中山先生的建國方略，鐵路、公路、航海、航空、教育、科學都有巨大的發展」。暨南大學教授張相時的夢想和願望更加詳盡，希

望在50年之後,「到1983年,中國民族在內憂外患重重壓迫下苦戰惡鬥了50年而建立了一個理想的——真正平等的、和平的新國家。2032年,完成了偉大的清水工程,全國大小江河的水都清了。應徵人時年138歲,住在喜馬拉雅山附近的長江源頭,應友人之邀,出山觀光,駕小艇順江而下,沿途所見,果然水天一色,清漪可愛」,等等,可謂是「美麗新世界」的夢。

當然,也有並不怎麼美好的、甚至是非常不好的惡夢。作家老舍說:「我對中國將來的希望不大,在夢裡也不常見到玫瑰色的國家。」作家巴金甚至說:「在現在的這種環境中,……只能夠使我做噩夢……那一切所謂中國的古舊文化遮住了我的眼睛,使我看不見中國的未來,有一個時期使我甚至相信中國是沒有未來的。」開明書店編譯所所長夏丏尊有更加可怕的幾個夢,說是「夢見中國國人用的都是外國貨,本國工廠煙囪裡不放煙」,「夢見中國日日有內戰」,「夢見中國監獄裡充滿了犯人」,「夢見中國到處都是匪」……這大概就是佛洛伊德所說的「對夢的主題以及由此而產生的願望,存在一種強烈的反感,很想把它壓抑下去」的意思。

只是由於許多夢境或者是白日夢,都表現出對當時現實的不滿,有些甚至就直接針對國民黨政府強烈抨擊,如北大教授李宗武的願望是「中國的軍人不要只能內戰,不能抗外」;「軍事當局不要只知剿共,不知禦侮」;上海市政府參議武育干的願望是:將來的「中華民國是一個真正名符其實的『民』國,不是實際上的什麼『軍』國,『匪』國,『官』國,『X』國」。這些犯忌的言論無疑讓主編這期特輯的胡愈之面臨一次大冒險,即可能會使《東方雜誌》被不讓有言論自由的國民黨政府封查。結果雖然沒有遭到封查,也導致了胡愈之與出版人、商務印書館總經理王雲

五之間的關係破裂。因為當時王雲五請胡愈之主編《東方雜誌》時，雙方談妥的條件類似於今日的「承包制」，即胡愈之從王雲五那裡「每月領一筆錢，在外面租一個辦公的地方，編輯人員和作者稿費都由胡承包，稿件取捨也由主編負責，不必經過總經理」。但是在胡愈之出了《新年的夢想》這個徵稿的題目後，胡愈之在 1982 年回憶說：

發表（了）不滿意國民黨的文章，有些國民黨人也寫（了）不滿意的文章。王雲五看了這個特輯，很生氣，對我說，你這些東西不得了呀，商務印書館要封門的呀！你能不能少發這些東西？我說，不行，編輯權在我，不在你。他說，那就只好取消合約了。那時我性子急，就說，你取消就取消。這樣合約就取消了。[166]

生於 1896 年的胡愈之當時的確「性子急」了一些。事後也有許多人批評他，不必那麼急躁就取消合約，《東方雜誌》是一本大刊物，實際上少發幾篇那樣的文章，也能產生影響的。五十年後再談起這件事時，胡愈之也覺得當時放棄了這個陣地是很可惜的，陳原記得，他甚至說：「魯迅也跟他說，本來可以連夢想這樣的特輯也不必做 —— 魯迅自己就沒有給特輯寫稿」[167]。

魯迅對批判和打擊封建和一切逆時代潮流勢力的態度是堅決的，但也非常注意抗爭的策略。他曾說過：

對於社會的戰鬥，我是並不挺身而出的，我不勸別人犧牲什麼之類者就為此。歐戰的時候，最重「壕塹戰」，戰士伏在壕中，有時吸菸，也唱歌，打紙牌，喝酒，也在壕內開美術展覽會，但有時忽向敵人開他幾槍。中國多暗箭，挺身而出的勇士容易喪命，這種戰法是必要的罷。

---

[166] 陳原：《回憶胡愈之》，第 145–146 頁，生活讀書新知三聯書店，1994 年版。
[167] 陳原：《回憶胡愈之》，第 146 頁，生活讀書新知三聯書店，1994 年版。

但恐怕也有時會遭到非短兵相接不可的，這時候，沒有法子，就短兵相接。[168]

鲁迅認為可以不必做夢想這樣的特輯，不必挺身而出，是因為他覺得這會讓《東方雜誌》冒被封殺的危險。不過當事情已經發生，特輯已經出版之後，他則完全站在出版方和作者這一邊，寫文章給予支持，把他們的心意以及未盡之言說了出來，尖銳地揭露出當時的社會現實。

鲁迅說，《東方雜誌》刊載142人的說夢，「文章是醒著的時候寫的，問題又近於『心理測驗』，遂致對答者不能不做出各各適宜於目下自己的職業、地位、身分的夢來」，夢「大家有飯吃」呀，夢「無階級社會」呀，夢「大同世界」呀，固然反映了他們對「將來的好社會」的嚮往。但是，他挖苦說：「佛洛伊特恐怕是有幾文錢，吃得飽飽的罷，所以沒有感到吃飯之難，只注意性慾。」實際上，「食慾的根柢，實在比性慾還要深」[169]，作為精神現象，無論是睡眠中的夢境或是平日所思的「白日夢」，首先都是在物質和現實的基礎上產生的。如果脫離當前「白色恐怖、轟炸、虐殺、鼻子裡灌辣椒水、電刑……」的社會現實，不去「夢見建設這樣社會以前的階級鬥爭……好社會是不會來的，無論怎樣寫得光明，終究是一個夢，空頭的夢，說了出來，也無非教人都進這空頭的夢境裡面去」。

---

[168] 鲁迅：1925.03.11，致許廣平信。
[169] 關於佛洛德的泛性理論，本書的〈「精神分析」與國人的「心解」〉一節有所介紹。

做夢與社會理想

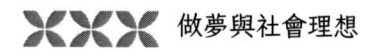

《本草綱目》裡的經驗與實踐者的偉大犧牲

　　古人所傳授下來的經驗，有些實在是極可寶貴的，因為它曾經費去許多犧牲，而留給後人很大的益處。

　　偶然翻翻《本草綱目》，不禁想起這一點。這一部書，是很普通的書，但裡面卻含有豐富的寶藏。自然，捕風捉影的記載，也是在所難免的，然而大部分的藥品的功用，卻由歷久的經驗，這才能夠知道得這程度，而尤其驚人的是關於毒藥的敘述。……而且這書中的所記，又不獨是中國的，還有阿拉伯人的經驗，有印度人的經驗，則先前所用的犧牲之大，更可想而知了。

——《南腔北調集·經驗》

××× 《本草綱目》裡的經驗與實踐者的偉大犧牲

一提經驗，可能立刻就會想到，古希臘哲學家亞里斯多德的一段文字：

除了人之外，動物都憑表象與記憶而生活，只有少數有連繫的經驗；但是，人類的生活還憑技術和推理。人們從記憶產生出經驗；因為對同樣事物的多次記憶，最後產生出關於某一單個經驗的能力。經驗似乎極其像科學與技藝，其實，人們是透過經驗而獲得科學與記憶的。……就從事活動來說，經驗似乎並不亞於技藝，而且有經驗的人比起那些有理論而無經驗的人更能獲得成功。[170]

簡要而明晰地指出了經驗的產生及其兩面性，闡明了經驗的可貴，也指出了經驗的局限性。

是的，經驗主要來自於刺激感官的東西，總是得有一些、甚至一系列經歷的累積，雖然也常兼有內省或反省的心裡狀態，也就是所謂的「內部感覺」；道德、宗教、審美之類主要憑先驗悟性的，怕是不能包括在內，雖然這方面一直存在著爭議。需要注意的是，經驗的累積在面對某種特殊的客觀環境時，有時會付出一定的代價，甚至犧牲的代價。

古人在尋求藥物上「費去許多犧牲」的事，在中國，最早且最為人所知的莫過於「神農嘗百草」的傳說。神農氏（又稱炎帝）出生於新石器時代，《淮南子·脩務訓》記載「古者民茹草飲水，採樹木之實，食蠃蚌之肉，時多疾病毒傷之害。於是神農乃始教民播種五穀，相土地宜燥溼肥饒高下，嘗百草之滋味，水泉之甘苦，令民知所避就。當此之時，一日而遇七十毒。……由此醫方興焉。」《史記補·三皇本紀》也說：「神農氏……始嘗百草，始有醫藥。」說他「一日而遇七十毒」，而竟不死，因而後人懷疑「神農」可能是許多「嘗百草」的先人的整體代表。魯迅認為

---

[170] 亞里斯多德：《形而上學》（李真譯），第15頁，世紀出版集團、上海人民出版社，2005年版。

這是因為「我們一向喜歡恭維古聖人，以為藥物是由一個神農獨自嘗出來的」。「由此醫方興焉」一句真是說得太對了，因為它說明，就是這樣一點點經驗的累積，而「獲得科學與記憶」，形成醫藥學的。當然，實際上，在獲取經驗的冒險中，是不可能沒有慘重代價甚至犧牲的。在清朝散文家薛福成（1838-1894）的著作《庸庵筆記》中就記述過一件為驗證大黃的毒性而死的事：

> 益陽湯海秋侍御⋯⋯一日，諸友集其舍，或言大黃最為猛藥，不可輕嘗，如某某等為庸醫所誤，皆服大黃死矣。侍御曰：「是何害？我向者無疾，常服之，謂予不信，請面試之。」命奚奴速購大黃數兩來，諸友苦止之，不可。及既購到，諸友競起止之，侍御已連取大黃六七錢吞之矣。一友飆起奪之，侍御復攫吞大黃一塊，且罵奪之者，遂皆反唇，諸友不歡而散。抵暮，聞侍御泄瀉不止。黎明，諸友趨往問疾，始知侍御已於中夜暴卒矣。[171]

經驗之寶貴，魯迅說自己在讀《本草綱目》的時候，也深有感觸。

《本草綱目》是中國明朝醫學家和藥物學家李時珍（1518-1593）編撰的一本醫學鉅著。

李時珍出身於醫者世家，祖父和父親都是名醫。李時珍少年時代便開始閱讀醫書，同時跟隨父親診病。他曾考中秀才，考舉人卻不第，從此他便一心隨父鑽研醫術。由於他刻苦鑽研，用藥得當，治病時多有療效，特別是對病人極富同情心，其崇高的醫德和高明的醫技，頗獲患者的好評，使他遠近聞名。據說因為他治癒了楚王兒子的氣厥，在1548年應楚王之召，任王府的「奉祠正」，兼管良醫所的事務。三年後，又被推薦上京任太醫院判。一年後辭職回家。

---

[171] 轉引自丁兆平：《中藥傳奇》，第134-135頁，山東畫報出版社，2011年版。

×××《本草綱目》裡的經驗與實踐者的偉大犧牲

在行醫的過程中，李時珍閱讀了大量的醫學典籍，結合臨床實踐，發現這些醫書雖屬經典，也存在不少謬誤，促使他決心重新編纂一部醫藥書籍，便於後來的醫家參考，以免貽害病人。

從 31 歲起，李時珍便開始醞釀編書的事。在編寫的過程中，他「上自墳典，下及傳奇，凡有相關，靡不備採」；最後，「歲歷三十稔，書考八百餘家，稿凡三易，復者芟之，闕者緝之，訛者繩之。舊本一千五百一十八種，今增藥三百七十四種，分為一十六部，著成五十二卷。雖非集成，亦粗大備，僭名曰本草綱目……」[172]

《本草綱目》並不只是收集以往醫書中的知識。作者除了有鑑別地繼承和分析了前人的經驗之外，還有許多他自己深入農民、漁夫、鈴醫、藥農等人中間調查訪問來的知識，和親身採集、解剖、比較、實驗而獲得的經驗。

有一種叫「旋花」的植物，李時珍先是轉錄了前人經典醫書的記述，描述關於它的形態、功效以及與類似植物的鑑別，總結其主治藥效為「去面皯黑色，媚好益氣。根：主腹中寒熱邪氣，利小便。久服不飢輕身。續筋骨，合金瘡。搗汁服，主丹毒、小兒毒熱。補勞損，益精氣。」李時珍也以自己的觀察和研究所見描述說：「旋花田野塍塹皆生，逐節蔓延，葉如菠菜葉而小。至秋開花，如白牽牛花，粉紅色，亦有千葉者。其根白色，大如筯，不結子。」有一次，在從京師回來的路上，他還看到「北土車伕每載之，云暮歸煎湯飲，可補損傷。」由此他肯定旋花「則益氣續筋之說，尤可徵矣。」[173]

---

[172] 李時珍：〈《本草綱目》序〉。
[173] 李時珍：《本草綱目》，第 860–861 頁，華夏出版社，2011 年版。

曼陀羅是一種極富浪漫色彩的植物[174]。作為藥物，可治「諸風及寒溼腳氣，煎湯洗之。又主驚癇及脫肛，併入麻藥。」只是不但《法華經》中有「佛說法時，天雨曼陀羅花」之言，更有傳說「此花笑採釀酒飲，令人笑；舞採釀酒飲，令人舞」。這可太奇妙了。於是李時珍便親自進行實驗。他這樣回憶說：「予嘗試之，飲酒半酣，更令一人或笑或舞飲之，乃驗也。」[175] 這是因為曼陀羅花的功效具有麻醉作用。這樣透過調查訪問乃至親自實驗，凡是民間的藥方，在李時珍的這部鉅著中，無不蒐羅齊全，如「艾」的附方達 51 個，「黃連」的附方共 62 個，「附子」的附方多達 113 個。全書共收錄藥物 1,782 種，收錄方劑 11,096 個。真如魯迅所言是「含有豐富的寶藏」。

李時珍生活的那個時代，最高封建統治者昏庸腐敗。崇奉道教的明世宗朱厚熜皇帝很相信煉丹，大約從 1543 年起，他甚至連朝政也不問了，整天沉溺在煉金丹、修神仙與長生不老的迷夢中。在他的提倡下，煉丹之風盛行一時，一些方士和巫醫沆瀣一氣，建齋醮，立丹爐，設壇冶煉。這些方士們的所謂「仙丹」、「長生不老藥」，原料就是具有劇毒的丹砂、水銀、砒霜、鉛錫之類的東西。李時珍非常看不慣他們的這一類把戲。他引宋代的藥物學家寇宗奭的話，說「水銀入藥，雖各有法，極須審慎，有毒故也。」同時又以他所知的事例來證明其毒性的可怕：

太學士李乾（或李於）遇方士柳泌，能燒水銀為不死藥。……燒為丹砂。服之下血，四年病益急，乃死。余不知服食說自何世起，殺人不可計，而世慕尚之益至，此其惑也。在文書所記及耳聞者不說。今直取目見，親與之遊，而以藥敗者六、七公，以為一位世誡。工部尚書歸登，

---

[174] 本書〈曼陀羅花的毒與外國文學的譯介〉一節有介紹國外有關曼陀羅花的故事。
[175]《本草綱目》，第 830 頁，華夏出版社，2011 年版。

✕✕✕ 《本草綱目》裡的經驗與實踐者的偉大犧牲

自說服水銀得病,有若燒鐵杖自巔貫其下,催而為火,射竅節以出,狂痛呼號泣絕。其祸席得水銀,發且止,唾血十數年以斃。殿中御史李虛中,疽發其背死。刑部尚書李遜謂余曰:我為藥誤。遂死。……[176]

不過李時珍也辯證地指出:「方式固不足道,本草其可妄言哉?水銀但不可服食爾,而其治病之功,不可掩也。」只要應用適當,如他所言水銀粉可以「通大腸,轉小兒疳並瘰癧,殺瘡疥癬蟲,及鼻上酒齇,風瘡瘙癢。治痰涎積滯,水腫臌脹。獨瘡。」[177] 醫學史上有相當長的一段時間,水銀都被作為治療梅毒的藥物。

歷史記載,從漢代張騫兩次出使西域,以及更早期民間沿「絲綢之路」的交往之後,唐、宋、元、明歷代,中國和阿富汗、伊朗、北韓、日本、印度、阿拉伯國家都有藥物方面的交流,中國曾將大黃、甘草、當歸和茯苓等藥傳出去,同時許多國家的藥物也在傳入。這在歷代的醫藥書中都有記載,如《神農本草經》中載有犀角、羚羊角、肉桂等外來藥物,梁代的《名醫別錄》載有乳香、蘇合香、檳榔、沉香等外來藥物,其他如《唐本草》、宋朝的《開寶本草》等書中也有這類記載。中國和印度一帶,歷來交往頻繁,藥物交流也是常有的。自唐朝永徽年間(650–655)以後,阿拉伯國家屢次來中國贈送方物,其中有很多藥物,如乳香、沒藥、血竭、木香等多種藥材。元代,就有更多阿拉伯藥物傳入中國了,以致政府專設管理「回回藥物」即阿拉伯藥的機構,還編寫出阿拉伯的醫藥專著《回回藥方》。

在李時珍的《本草綱目》中,也都有記載來自這些國家的藥物。如醫治筋骨損傷或者關節疼痛的「沒藥」,這詞是阿拉伯語 murr 或波斯語 mor

---

[176]《本草綱目》,第 372 頁,華夏出版社,2011 年版。
[177]《本草綱目》,第 372、374 頁,華夏出版社,2011 年版。

一詞的音譯。李時珍解釋說：「沒藥皆梵音」，即梵語的音譯。又如「木香」，據說四川、雲南、西藏等地都有，最早，李時珍說：「今多從外國舶上來，乃云出大秦國」，即近東、波斯等地。所以魯迅會說，《本草綱目》裡「不獨是中國的」還有阿拉伯等外國人的經驗。

當然，魯迅也並不只有一味讚美《本草綱目》的好話。魯迅指出，此書「捕風捉影的記載，也是在所難免的」。這是因為生活在 16 世紀的封建社會，就很難避免歷史的局限，使李時珍有某些幼稚的、唯心的，甚至荒誕落後、封建迷信的說法。如論述「古鏡」的「藥理作用」時，除了「印證」他人的描述，說什麼只需背上直徑九寸以上的明鏡，「則邪魅不敢近」。他自己也深信地說：「鏡內金水之精……古鏡如古劍，若有神明，故能避邪魅忤惡。凡人家宜懸大鏡，可避邪魅。」並稱可主治「驚癇邪氣，小兒諸惡……闢一切邪魅，女人鬼交，飛屍蠱毒」[178]。直到 21 世紀的今日，在農村還能看到有些人家門前上方角落掛著一面鏡子來闢邪。

儘管有這些不科學的論述，《本草綱目》畢竟是一部偉大的醫學鉅著，它資料的詳實，對大部分藥物功效和應用的描述，都是劃時代的，在今天都仍然有極大的參考價值。

不過魯迅寫〈經驗〉一文，不單是描述《本草綱目》的偉大和捕風捉影，他還連繫當時現實生活中的「經驗」，指出經驗果然可能像這部鉅著中記述的經驗那樣，帶給患病和醫治病人的醫生極大助益。「然而也有經過許多人的經驗之後，倒給了後人壞影響的」：如俗語說的「各人自掃門前雪，莫管他人瓦上霜」，如「救急扶傷，一不小心，向來就很容易被人所誣陷」，如「衙門八字開，有理無錢莫進來」等等。魯迅指出，本

---

[178]《本草綱目》，第 342 頁，華夏出版社，2011 年版。

❌❌❌ 《本草綱目》裡的經驗與實踐者的偉大犧牲

來「人們在社會裡，當初是並不這樣彼此漠不關心的，但因豺狼當道，事實上因此出過許多犧牲，後來就自然地走到這條道路上去了。」[179] 兩天後，魯迅對這個論點又進一步做了具體的分析。他說：像「各人自掃門前雪，莫管他人瓦上霜」這類諺語，「固然好像一時代一國民的意思的結晶，但其實，卻不過是一部分的人們的意思。」如「各人自掃門前雪，莫管他人瓦上霜」，就「乃是被壓迫者們的格言，教人要奉公、納稅、輸捐、安分，不可怠慢，不可不平，尤其是不要管閒事；而壓迫者是不算在內的」[180]。簡直就像說的是今天，這大概也就是魯迅雜文的生命力吧。

---

[179] 魯迅：《南腔北調集・經驗》。
[180] 魯迅：《南腔北調集・諺語》。

鴉片、嗎啡與「拿來主義」

……嬰兒已經長大，而且強壯，聰明起來，即使將鴉片或嗎啡給他看，也沒有什麼大危險，但不消說，一面也必須有先覺者來指示，說吸了就會上癮，就成一個廢物，或者還是社會上的害蟲。

——《准風月談·關於翻譯》

鴉片、嗎啡與「拿來主義」

路易・貝特朗（Louis Bertrand，1807–1841）是一位法國詩人，除著有《情慾》、《夜之加斯帕》等作品外，還將盛行於 12 世紀法國、後來英國、德國的詩人所使用的「亞歷山大體」這一詩體引入 19 世紀的法國文學，成為象徵派詩人的靈感泉源，深得維克多・雨果、聖伯夫和夏爾・波特萊爾、史蒂芬・馬拉美等人的賞識。

1933 年，中國詩人和翻譯家穆木天在 9 月 9 日的《申報・自由談》上發表文章，批評樓建南（即樓適夷）翻譯蘇聯文藝理論家弗里契的論文〈二十世紀之歐洲文學〉，將文中「……在這種小說之中，最近由學術院所選的魯易倍爾德蘭（即路易・貝特朗 —— 引者）的不朽諸作，為最優秀」一句中的「學術院」，注釋成「當係指著者所屬的俄國共產主義學院」。魯迅認為，這裡應該是指法國的翰林院或稱學士院，理由是：「蘇聯雖稱學藝發達之邦，但不會為帝國主義作家做選集罷？」

魯迅肯定，穆木天指出這所謂的「學士院」，不會是〈二十世紀之歐洲文學〉一文作者弗里契所屬的「俄國共產主義學院」，而應該是路易・貝特朗所屬的「法國的學士院」，也就是 L'Académie française（法蘭西學院），這是「萬分近理的」。不過若要說那只是因為布爾什維克的蘇聯就不會為「帝國主義作家」出版選集，卻是一種淺薄的推斷。魯迅認為，如果是在革命剛剛成功，蘇維埃還只是處在剛出生的「嬰兒」時期，可能不會這樣做，但是到了第一個五年計畫提前完成，第二個五年計畫也已開始實行的 1933 年，這社會主義的「嬰兒已經長大，而且強壯、聰明起來，即使將鴉片或嗎啡給他看，也沒有什麼大危險」。

魯迅用鴉片和嗎啡作比喻，生動又科學地說明了他在文章中所表達的、對待國內外文藝遺產的辯證態度。

鴉片，亦稱阿片，是英文 Opium 的音譯，其詞源為拉丁文 Opiom，意為「植物汁」，因為它是罌粟果實內的漿汁乾燥之後凝成的。嗎啡則是鴉片所含的主要生物鹼。

鴉片可以說是有史以來就已被應用了。據說西元前 5000-4000 年米索不達米亞時代，就知道應用罌粟。從荷馬的著作中可以看出，至遲在西元前 900 年，希臘人也已在應用鴉片了。古希臘醫學家希波克拉底和迪奧斯克里德斯的醫書中也都有提到它。古羅馬皇帝的御醫安德羅馬喬斯所創製的所謂的萬能解毒藥，內含 61 種成分，其中就包含有鴉片。

羅馬帝國衰亡後，鴉片在醫藥上的用途及配製被伊斯蘭文明傳承了下來，並由阿拉伯人介紹到波斯、中國和印度。中國南宋末年，開始在一些方書中初次記載用罌粟殼來治療痢疾。明代中葉，李時珍的《本草綱目》上也有關於阿芙蓉──即鴉片的著錄了。從那時起，鴉片在中醫的治療上得到了普遍應用。到了 18 世紀，隨著葡萄牙和英國的殖民侵略，向中國大量運銷鴉片，並介紹吸食方法，毒害中國人民。當把鴉片當成嗜好品之後，長年累月，國人中「許多人躺著吞雲吐霧」[181]。

吸食鴉片，顯然是十分有害的，而就算是作為藥用，也會由於不了解它的有效成分、不知用藥劑量，而投藥不當，給病人帶來可悲的結果。直到德國的瑟圖納從鴉片中分離出了嗎啡，為藥劑學和醫學開啟了新的篇章。當時，弗雷德里克·瑟圖納 (Friedrich Wilhelm Adam Sertürner，1783-1841) 還只是漢諾威一家藥鋪裡的 23 歲小職員。就在這第一次的科學研究中，他竭力要從鴉片中找出「催眠因素」來。這個從小就在化學家父親的實驗室內與坩堝、燒瓶作伴，並學會化學分解的青年人，終於在 1806 年從鴉片中分解出了一種白色的結晶體粉末。隨後，

---

[181] 魯迅：《南腔北調集·家庭為中國之基本》。

鴉片、嗎啡與「拿來主義」

他從街上捉來幾隻狗,把它們趕進實驗室,再將食物拌上這白粉末,來招待它們飽餐一頓。每次試驗的結果都一樣,狗很快就顯示出倦態的樣子,迅速陷入深沉的睡眠,即使強烈的刺激也不能驅散它的睡意,表明這些狗不僅變得十分嗜眠,而且對疼痛也具有不感受性。這讓瑟圖納明白了這種藥劑對於人類可能具有何等重大的意義。後來。瑟圖納又把分離出的結晶體用於他幾位熱愛科學的朋友和他自己,雖然有一次他在自體實驗中差點兒喪了命,結果得以查明了為要達到所期望的效果,而所需要的不同劑量。最後,瑟圖納把這藥物叫做 Morphine(嗎啡),以紀念希臘神話中的夢神 Morpheus(摩耳甫斯)。起初,瑟圖納的發現沒有引起人們的注意。11 年後,他重新做了補充,發表詳細的研究報告,這研究的重要性才獲得承認,使他贏得了高度榮譽。

經化學家、藥物學家和醫學家的分析和實驗研究,弄清了鴉片的一些功效和作用。鴉片的總生物鹼含量為 21-25%,其中一半為嗎啡。鴉片的主要作用就是其所含的嗎啡所引起的。對一般沒有癮頭的成人,0.06 克的嗎啡為中毒量,0.25 克會成為致死量。急性嗎啡中毒者出現的症狀有:昏睡、呼吸高度被抑制、瞳孔縮小得如針尖一樣細,6 至 12 小時內會因呼吸麻痺而死亡。慢性嗎啡中毒也就是鴉片癮,其最重要的症狀是對嗎啡的渴求以及對斷戒的恐懼。癮者非常萎靡,不斷打呵欠和噴嚏,涕淚交流,冷汗淋漓;也有興奮狀態,其程度可達到陣發性地喊叫和哭泣,不斷要求給予嗎啡。為了滿足對嗎啡的渴求,癮者甚至不惜採取任何手段,連欺騙、偷竊、搶劫等不道德的行為都做得出來。所以魯迅說,吸食鴉片到了「上癮之後,就成一個廢物,或者還是社會上的一個害蟲」。英國的神經科醫生塞拉斯・韋爾・米切爾(Silas Weir Mitchell,1829-1914),以他自己在開業中所見到的情況,在 1987 年出版的《醫生

和病人》(*Doctor and Patient*)中,曾這樣生動地描述了鴉片癮的危害:

> 當人第一次被給予鴉片時,它很容易就會成為今宵之友和明日之敵。多次滿足後,對便秘和煩躁就無能為力了。它仍能鎮痛,也能催眠,至少似乎還能使吸食者振作一點點精神起來。不過一定時間之後,又會出現另一些不適應了。心靈和記憶受到了損害,而最顯著的確實改變是德性。女子變得冷漠無情,情感也麻木不仁,她的義務感毫無希望地削弱了。小心翼翼、陰險狡詐、猶豫多疑、弄虛作假 —— 簡直是一個賊,如果需要的話,為了獲取一份貴重的鴉片劑,她什麼事都做得出來。這可以說是一種直接作用於良心的藥物……[182]

英國散文家和評論家湯瑪斯·德·昆西(Thomas de Quincey,1785-1859)是一個鴉片癮者,曾寫有大量的散文和評論,他的全集竟有14卷之多,但是除了《一個英國鴉片服用者的懺悔》(*Confessions of an English opium-eater*),別的作品幾乎都沒有多大的文學價值。生活在不列顛英國,島國的保守和狹隘性,實利主義和品頭評足,是國人的普遍性特點。德·昆西居然勇於將自己作為一個「鴉片服用者」的經歷和體驗,毫不隱瞞地「懺悔」出來,是十分難能可貴的;加上情感充沛、文體優美,因此,當他這文章在1821年的《倫敦雜誌》上發表時,立即產生極大的影響。這影響就在於德·昆西在《懺悔》中,在列述「鴉片的樂趣」的同時,同樣還以自己的親身體驗,老老實實地寫出了「鴉片所招致的痛苦」。

德·昆西覺得,鴉片帶給他的傷害,除了體力上,更嚴重的是還導致他「智力上的麻痺狀態」,使他好幾年裡簡直都像是處在「完全在鴉片女巫般的控制下」,結果是:「正像一個人由於一種令人鬆懈的疾病所招

---

[182] S. W. Mitchell: Doctor and Patient. 轉引自 JAMA, 1960, P1110。

鴉片、嗎啡與「拿來主義」

致的精神上的倦怠而臥床不起,並被迫親眼看見他心愛的對象受到傷害而無可奈何那樣,他也眼望著他樂意實現的事卻無能為力。」後來,這位鴉片服用者常常會「像嬰兒一樣地無力,甚至連嘗試站起來都辦不到」,「智力上對可能辦得到的事情的憂慮大大超過他實現它的能力」,導致到了如此的地步:「我很少能夠使自己來寫一封信,我頂多能夠對收到的信寫幾個字的答覆,而且往往要等到那封信在我的寫字檯上放了好幾個星期,甚至好幾個月才來答覆。」[183] 心靈上的麻痺不但使德·昆西經常做各式各樣怪異的夢,有時在清醒的時候也導致他時間感和空間感錯亂,如空間的擴大,使得在他的視覺中,「建築物、風景等等全成比例地大到非肉眼所能接受」,時間的巨大擴張,竟使他覺得「一夜之間,似乎是生活了七十年或者一百年」[184]……

不過,經「先覺者」——醫生正確指導應用,嗎啡又能起到治病的作用。嗎啡的鎮痛效果很好,而且鎮痛作用的範圍也比較廣,可以說對人的全身上下、內外諸痛,無不合適。嗎啡對慢性的、持續性的疼痛,刀割、刀刺等急性銳痛,或者內臟性疼痛,都有功效;特別是它的鎮痛作用,既不會像麻醉藥的鎮痛作用那樣,得在意識開始喪失之後才會出現,它不但不影響別人的意識,而且病人的觸覺、聽覺等其他方面的感覺都仍然繼續存在。如果病人需要睡眠,或者因疼痛而失眠,嗎啡是最理想的鎮痛劑。此外,嗎啡還有催眠、止瀉的作用。所以魯迅也曾以「外國用鴉片來治病」作為科學為人類服務的事例,與舊中國用科學來殺人做對比[185]。

1930 年,柔石翻譯了盧那察爾斯基的劇本《浮士德與城》,在魯迅

---

[183] 德·昆西:《癮君子自白》(劉重德譯),第 120–121 頁,湖南人民出版社,1988 年版。
[184] 德·昆西:《癮君子自白》(劉重德譯),第 123–124 頁,湖南人民出版社,1988 年版。
[185] 魯迅:《偽自由書·電的利弊》。

為該作撰寫的「後記」中，肯定了這位著名的蘇聯作家和文藝理論家在對待文化遺產上的正確主張。正如魯迅所指出的，新的文化並非突然從天而降，而大抵是「發達於對於舊支配者及其文化的反抗中，亦即發達於和舊者的對立中，所以新文化仍然有所承傳，於舊文化也仍然有所擇取。」[186] 批判了文化界中某種對待文化遺產的虛無主義態度。

魯迅自己不僅在整理祖國文化遺產方面做出了卓越的貢獻，對於外國的文化遺產也十分重視，並且在理論上也有深刻的闡述。

魯迅曾引用19世紀丹麥文學史家格奧爾格·勃蘭兌斯感嘆當時丹麥在文化上封閉自守的話：「對於獲得外國的精神生活之事，現在幾乎絕對地不加顧及。於是精神上的『聾』，那結果，就也招致了『啞』來」。認為勃蘭兌斯的「這幾句話，也可以移來批評中國的文藝界」。魯迅深深感到，在當時的中國，「紹介國外思潮、翻譯世界名作，凡是運輸精神上的糧食的航路，現在幾乎都被聾啞的製造者們堵塞了」。於是，他大聲疾呼，要「竭力運輸些切實的精神的糧食，放在青年們的周圍」[187]。

魯迅在這裡提出「竭力運輸些切實的精神的糧食」，是非常重要的。

一個民族的文化藝術的發展，是不可能絕對孤立的，而總是要繼承前一時期的文化遺產，並不斷吸收外來的文化遺產。但是並非任何的繼承和吸收都一定會有益於本民族文化藝術的健康發展。因此，必須以正確的觀點和方法，對本國的文化遺產和外來的文化進行批判和改造，從中「擇取」有用的東西，而不是漫無區別地把滋養的、無益的、有害的精神食糧，不加分析地拿來應用。魯迅提出的「拿來主義」就強調要區別對待不同的文化遺產。

---

[186] 魯迅：《集外集拾遺·《浮士德與城》後記》。
[187] 魯迅：《准風月談·由聾而啞》。

❌❌❌ 鴉片、嗎啡與「拿來主義」

　　在〈拿來主義〉一文中，魯迅把外來文化比作一座「大宅子」，而對這座「大宅子」，不論是怕受「染汙」，嚇得「不敢走進門」，還是「勃然大怒，放一把火燒光」，抱全盤否定的虛無態度；或者「欣欣然的蹩進臥室，大吸剩下的鴉片」，毫無批判地「接受一切」，魯迅認為都是錯誤的。他指出，對於這座「大宅子」裡的東西，「要運用腦髓，放出眼光」，「或使用，或存放，或毀滅」，都要沉著勇敢地加以「辨別」[188]。他以魚翅、蘿蔔白菜、煙槍煙燈和鴉片等東西作譬喻，形象生動地闡明應該區別對待的必要性，例如鴉片，既有毒死，但也可以「供治病之用」。

---

[188] 魯迅：《且介亭雜文・拿來主義》。

優生學與人的命運

……現在的優生學,本可以說是科學的了,中國也正有人提倡著,冀以濟運命說之窮……

——《花邊文學·運命》

優生學與人的命運

早在1919年,進化論者的魯迅在議論該是「怎樣做父親」的時候就說到,任何一個做父母的人,儲存生命——延續生命——發展生命是他的責任,也就是說,生養子女不是施恩,而是責任。雖然他宣告,「第一要緊的自然是生命」,對於生下的孩子的「生命的價值和生命價值的高下,現在可以不論」。實際上在談到挪威劇作家亨里克·易卜生的《群鬼》中,父親將梅毒遺傳給了孩子,就已經觸及到這個問題,認為事情的可怕還在於,這類僥倖存活下來的先天性梅毒患者,「將來學問發達,社會改造時,……恐怕總不免要受善種學(Eugenics)者的處置。」[189]

魯迅這裡說的「善種學」(Eugenics)如今通譯為「優生學」,是一種研究如何透過遺傳技術來改善人種素質的學科。

任何一個父母都希望自己生下的子女體格健壯、相貌姣好又聰明伶俐,國家也希望自己的國民一代比一代優秀。改善人種的素質是人類的美好理想。早在古希臘時代,哲學家柏拉圖就在他的《理想國》中以公雞和獵狗的良種選擇做比喻,論述也可以透過「選擇育種」的方式改善人的素質,表達了人類優生的理想願望:「最好的男人必須與最好的女人盡多結合在一起,反之,最壞的與最壞的要盡少結合在一起。最好者的下一代必須培養起來,最壞者的下一代則不予養育」;「生下的孩子將由管理這些事情的官員帶去撫養……優秀的孩子,我想他們會帶到托兒所去,交給保母撫養……至於一般或其他人生下來有先天缺陷的孩子,他們將祕密加以處理,有關情況誰都不知道」。為有助於實現這一理想,柏拉圖還考慮到男女的婚姻和生育的最佳年齡層,說「兒女應該出生在年輕力壯的時候……女人應該從二十歲到四十歲為國家撫養兒女,男人應當從

---

[189] 魯迅:《墳·我們現在怎樣做父親》。

過了跑步速度最快的年齡到五十五歲」[190]。

不過，歷史上最先全面切實闡述優生學的是英國維多利亞時代的博學大師（polymath）、優生學家和統計學家法蘭西斯·高爾頓爵士。

法蘭西斯·高爾頓（Sir Francis Galton，1822–1911）出身於英國伯明罕一個在動產、實業都大有能量的公誼會世家，是大銀行家父親的九個孩子之一。

高爾頓從小就顯露出他具有遠大的學術前景：他四歲就能讀懂任何英語讀物，能流利地講拉丁文，還能說幾句法語。金·愛德華學校的教學內容激不起他的學習熱情，很快就離開了，於 1838 年進入有豐富臨床經驗的伯明罕全科醫院作一名醫學生，隨後進倫敦的國王學院完成一年的正規教育。在這裡，他的才華又一次得到了展現。一方面他興趣廣泛，氣象學、地理學、指紋學和心理學等都無不使他感興趣，而且在 31 歲那年就被選為皇家地理學會會員；此後，他所發表的 9 部專著和大約 200 篇論文，內容涉及指紋的應用、相關微分學、孿生兒、輸血、犯罪行為、不先進國家旅行技術和氣象學等各種問題。另一方面，他當時就成績突出，在國王學院獲得解剖學、化學、法醫學的最高獎；1856 年，他的成就還使他不愧成為一位皇家學會會員。不過，這時他已經在深思未來的學術方向了。受表兄、進化論創始人查爾斯·達爾文和醫院的同事威廉·鮑曼的影響，他對數學表現出異乎尋常的興趣，不僅以優等的數學成績考進劍橋大學三一學院，顯示出具有將畢生獻身於統計學和遺傳學的基本條件，他還決定把數學作為自己更為長久的目標。

1853 年 8 月，高爾頓與路易絲·巴特勒結婚。路易絲的父親喬治·

---

[190]（古希臘）柏拉圖：《理想國》（郭斌和等譯），第 193–195 頁，商務印書館，2012 年版。

巴特勒原是劍橋大學高年級數學考試一等獎得主，後來還擔任了建立於1571年的著名學府哈羅公學的校長，最後又成為彼得保羅大學校長，是一位頗有成就的人物。作為他的子女，不僅路易絲是個聰明伶俐的少女，她的四個兄弟無一不是富有才智的人，他們都曾獲得第一等的學位，而且個個都成為公立學校校長或律師。這一家族的智力，加深了高爾頓對自己以前曾經思考過的、把動植物的遺傳應用到人身上的設想，雖然婚後13年，高爾頓和路易絲兩人顯然不會生孩子，也沒有妨礙他由此受到的鼓舞，讓他重新開始思考智力遺傳、孿生兒、優生這些方面的問題，並在以後的40年裡，嚴肅認真地從事人類屬性的統計和遺傳法則的研究，寫出了《遺傳的天賦》（*Hereditary Genius*，1869）、《人類能力的研究》（*Inquiries into Human Faculty*，1883）等幾部重要著作，在這一領域完成了最好的工作，贏得了巨大名聲。

高爾頓是試圖把大量不相容的觀察歸類為某一體系的第一人，並以此確立了一些原理。他用量的方法研究精心挑選的家庭，這些家庭具有出眾的智力、藝術才能，並於身材、眼睛顏色和疾病等方面都富有特徵。在《遺傳的天賦》一書的「序言」中，高爾頓回憶說：

我從思考我的同時代人在中學、院校和晚年的氣質和成就開始，發現才能似乎常常都是繼承而來的。後來我對各個歷史時期大約四百多名傑出人物的血緣關係作了一次粗略的調查，結果如我的看法一樣，除了有限的尚需進行研究外，完全可以確定天才就是遺傳這一理論。於是我開始蒐集了大量經周密選擇的傳記素材。[191]

高爾頓調查研究的著名人物包括貴族、軍人、詩人、作家、畫家、牧師、音樂家、裁判官、政治家、科學家，還有划槳能手和摔角運動員

---

[191] 轉引自：JAMA, Nov.8.1965, Editorial: Sir Francis Galton, Atatistician of Eugenics.

等近300個家庭中的差不多1,000人。他曾深入研究了286名裁判官的親密家系，發現這些人裡，9人當中就有1人是另一個裁判官的父親、兒子或兄弟，都是些「精力旺盛、機敏伶俐、注重實際、樂於助人的人」；而且同是這些裁判官的另一些近親，也都是醫生、主教、詩人、小說家或最高級的陸軍軍官。比較間接的親屬，有卓越成就的比例就比較低。他對100名皇家學會會員所做的類似研究，也獲得同樣的發現。根據這樣的研究，特別是這些統計學資料，高爾頓得出結論，肯定了聰明才智的遺傳作用，相信在每一個例證中，那些人物不僅繼承了天才，像他們一長串前輩人物所顯示的那樣，而且還繼承了前輩的才華特定形態，認為優越的智力才能往往以一種特別的形式，例如在科學、法律、藝術或者實業方面重現於家庭中。在家庭中，後裔具備智力才幹的比例，超過以數學或然率所計算的比例。例如，他說，優秀的人常比任意挑取同數量的一般人有更多的優秀親屬，而且一位傑出的法學家或者律師往往出身於不僅是一般的顯赫家庭，尤其是法律方面的顯赫家庭。他舉出數據說，在100萬人或100多萬人中，大約只有250人的智力稱得上屬「優秀」，而只有1人稱得上是「傑出」，另一方面則大約有250人是屬於毫無希望的低能或白痴。他舉例說，一個能幹的裁判官，他的兒子比普通人成功的機會要大500倍……考慮到可能有人會不同意他這個結論，高爾頓提出的反駁是，他的統計資料還表明，正如裁判官有一個能幹的兒子一樣，他也常有一個能幹的父親，可是兒子顯然不會有很多機會去教育和栽培他的父親。這樣就把反對者的口封住了。

根據這樣長期而廣泛的調查和研究，高爾頓推論出子女退化律和祖先遺傳律這麼兩個原理：優秀的父母對後代的遺傳，在比例上趨於向平庸的人方面退化，因為對子女的遺傳，除了雙親，還來自於各代祖先的

因素，其公式可以寫作：

父母兩人對後代的遺傳是按比例二分之一或繼承總數的 (0.5)；祖父母是四分之一，或 $(0.5)^2$；曾祖父母是八分之一，或 $(0.5)^3$，依次類推。因而祖先遺傳的總和，是 $\{(0.5)+(0.5)^2+(0.5)^3$ 等等 $\}$ 的級數表示，總體為 1。[192]

基於長期以來的這一信念，高爾頓創造了 eugenics（優生學）這個術語。高爾頓對 eugenics 一詞的解釋是 the science of being well born——「優生的科學」，是一種「在社會控制下，對於在體力或智力上有可能改善或損害後一代種族素質的因素之研究」，「目的是要以最優異的範例來再現各個階層的人物，……由他們自己來產生他們普遍的文明。」[193] 由此，高爾頓所制定的優生學宗旨，一方面是要排除不適宜者，同時還希望透過生物學法則的研究和運用，使人種普遍而系統地改善。

為了達到這一目標，高爾頓不是仰仗於自然進化，而是將希望寄託於優生措施。根據他的意志，創辦了優生學學會，建立了優生學實驗室，設立了優生學講座基金；他並主張採用強而有力的手段，行使「合理的行政作用」，即透過社會行政措施，促使體力和智力優秀的個體繁衍，阻止才能低劣、有嚴重遺傳疾病的個體出生。高爾頓從理想主義出發，他的動機是積極的，他相信，人類是生來就有所作為的，不論從家畜的歷史來看，還是就進化的歷史而言，縱使「目前有才能的人種非常稀少，也是會越來越多的」；「沒有什麼可使我們懷疑會形成心智健全的人種，他們在精神和道德上都要比現代的歐洲人優越得多，就像現代的歐洲人比黑人人種中最低等的人優越那樣。」[194]

---

[192] 轉引自：JAMA, Nov.8.1965, Editorial: Sir Francis Galton, Atatistician of Eugenics.
[193] 轉引自：Horatio H. Newman: Reading in Evolution, P.505, The University of Chicago Press, 1924.
[194] 轉引自：Horatio H. Newman: Reading in Evolution, P.508, The University of Chicago Press, 1924.

高爾頓的開創性工作，在科學史上自有重要地位，影響也很大。「1926 年成立的美國優生學會支持這樣的論點：上流社會具有優秀的遺傳稟賦，所以能擁有財富和社會地位。美國的優生學家也支持限制來自『劣等』民族國家的移民，並主張將瘋人、弱智者以及罹患癲癇病的人絕育。在他們的努力下，美國一半以上的州通過了絕育法」。只因 30 年代納粹利用優生學支持其消滅猶太人，一度使優生學名聲掃地。而「自 50 年代以來人們對優生學重新感到興趣……許多夫婦自願接受遺傳篩檢，以了解他們的子女會不會因為他們遺傳背景的結合，而有患遺傳性疾病的風險，他們就可以選擇不要孩子或另養孩子。」[195]

在中國，1920、1930 年代，便有人開始研究優生學。當時，eugenics 這個名詞有「優生學」、「善種學」、「淑種學」、「哲嗣學」、「婚姻哲嗣學」、「人種改良學」等不同的譯名。

中國最早的優生學家要推潘光旦。潘光旦年輕時留學美國，專攻生物學、人類學、社會學、優生學，是美國優生運動領袖人物 C·H·達文包的得意門生。1926 年回國後，先後在上海光華大學、北平清華大學、昆明西南聯合大學從事有關優生學的教育和研究工作，是中國優生學會的負責人，著有《優生概論》、《優生原理》、《宗教與優生》、《民族特性與民族衛生》、《家族制度與選擇作用》、《中國的家庭問題》、《優生與抗戰》和其他一些優生學論著，為建立我們的優生學做出了貢獻。

潘光旦對優生學所下的定義是：

優生學是為學科之一，其所務在研究人類品性之遺傳與文化選擇之利弊，以求比較良善之蕃殖方法，而謀人類之進步[196]。

---

[195]《不列顛百科全書》第 6 卷，第 148 頁，中國大百科全書出版社，1999 年版。
[196] 潘光旦：《優生概論》，第 9 頁，商務印書館，1946 年版。

他就以此為出發點，為使「人類如何把自身今後的演化掌握得住，控制有方」[197]，數十年如一日，在中國宣傳和提倡優生學。1924年，潘光旦發表了〈中國的優生問題〉或叫〈西化東漸及中國之優生問題〉的論文，「在比較歐化東來前後社會觀念及社會組織的變遷之涉及種族治安者」，對優生問題，做了「比較詳盡之分析」。他指出：「人類意識之發展，文化之演進，自然選擇之外，乃有所謂文化選擇或社會選擇者，以支配種族之生存問題。」他從婚姻、生育、國家選才和農本生活等幾個方面來做說明，呼籲「關心家國與種族之士，各就其興會所及，為之深思積慮，務使新觀念之形成，新組織之誕生，與種族圖強之大旨不相違反」，「使種族日躋於優良健全之域」。

　　按照優生學的原理，除了重視後天的環境條件，重視個人進步、社會進步之外，還要注意先天遺傳的選擇，注意種族的進步。潘光旦堅持不能把環境改造和種族競爭混為一談。因而，儘管舊中國疾癘、水災、兵禍、不衛生、無教育……貧困至此，滿目瘡痍的景象使他甚感「可懼」，但又覺得文化選擇或社會選擇的「影響之所及，似不及西方之積重難返，即種族精質上所受之侵蝕或不甚多，則又不禁引以自慰也。」[198] 他提出，「生育限制運動應該和教育普及運動及社會衛生運動等協力並進；或比較它略後一步」[199]，希望透過優生學，有助於改變舊中國窮苦的境遇。

　　魯迅在〈運命〉一文中，有力地論述了教人安於貧困的說教和預言運命的空話，使人不得不對運命產生懷疑，從而削弱了對運命的信從。窮人的某些「非分之想」便是不肯安於運命的表現。因而認為在當時提倡優生學，「冀以濟運命說之窮」，是微不足道的。

---

[197] 潘光旦：《〈優生原理〉·自序》，天津人民出版社，1981年版。
[198] 潘光旦：〈中國之優生問題〉，《優生概論》，第33頁，商務印書館，1946年版。
[199] 潘光旦：〈生育限制與優生學〉，《優生概論》，第166頁，商務印書館，1946年版。

固然，從優生學這門學科本身來說，它以科學的遺傳學作為理論基礎，研究人口的自然素質和健康狀況等方面的問題，是合乎科學的；提倡透過「優生」，促進人群中有利基因的頻率增加，降低有害基因的頻率，改善群體遺傳素質，這不但是人類本能的要求，也是社會發展的需求。因而綜觀優生學的歷史，儘管經歷過曲折，但是整體說來，隨著遺傳學的發展，特別是分子遺傳學的成就，優生學還是在向前開展，並為它在改造人類遺傳結構中發揮正向作用展示出廣闊的前景。

但是在1920、1930年代的中國，科學的優生學卻很難能夠發揮它這一正向作用。

魯迅深刻了解，半封建的舊中國是一個使科學事業窒息的「黑色染缸」，外來的「每一新制度、新學術、新名詞」，一傳到這裡，「立刻烏黑一團，化為濟私助焰之具，科學，亦不過其一而已」[200]。一落入這個「黑色染缸」，優生學也會像別的學科一樣，必然逃脫不了同樣的命運。魯迅曾舉過很多例子，如在當時的中國，生理學、解剖學被用作「虐刑」[201]，力學和電學被用作「拷問革命者」和「屠殺革命群眾」[202]，地理學被用來看風水，化學被用來煉丹，優生學也曾被人用來論證封建門閥觀念具合理性，使魯迅萬分憤慨「此弊不去，中國是無藥可救的。」[203] 潘光旦曾寫有一篇以〈明清兩代嘉興望族〉為題的優生學論文，「主要的目的就是想斷定」，「嘉興之所以為人才淵藪」，與「一些出人特盛的清門碩望」是有連繫的[204]，以此來解釋優生遺傳的作用。他的這項研究，類似於高爾頓對數

---

[200] 魯迅：《花邊文學·偶感》。
[201] 魯迅：《且介亭雜文·病後雜談》。
[202] 魯迅：《且介亭雜文·答國際文學社問》。
[203] 魯迅：《花邊文學·偶感》。
[204] 潘光旦：《《明清兩代嘉興的望族》自序》，商務印書館，1947年版。

百名貴族出身的高層人士或皇家學會會員等的遺傳機制研究。本來，學術研究應是沒有禁區的。但是在當時階級嚴重對立的時代，魯迅覺得，如此強調先天遺傳的不可變，不就是叫被壓迫者安於自己的命運嗎？於是，使他感到十分憤激，並在《故事新編・理水》這篇小說裡創造了一個「拿柱杖」來影射潘光旦。今天看起來，這只能算是一個誤會。

血液循環的發現與改革的不可擋

　　……格理萊倡地動說，達爾文說進化論，搖動了宗教，道德的基礎，被攻擊原是毫不足怪的；但哈飛發見了血液在人身中環流，這和一切社會制度有什麼關係呢，卻也被攻擊了一世。然而結果怎樣？結果是：血液在人身中環流！

——《且介亭雜文·中國語文的新生》

✕✕✕ 血液循環的發現與改革的不可擋

魯迅的一生，是不斷前進、勇往直前的一生；對社會、對國家，他也要求社會、國家不斷前進、勇往直前。不過他也深知：「舊社會的根柢原是非常堅固的⋯⋯但它自己是絕不妥協的。」[205] 必須要有外力，透過改革來改變它。「維持現狀說是任何時候都有的⋯⋯然而在任何時候都沒有效，因為在實際上絕對做不到。」[206] 所以，魯迅畢生，從婦女解放、家庭教育、學校教育、文藝運動，甚至文字改革等諸多方面，都在不倦地探求社會改革的道路。

1930 年代，一批知識分子熱衷於推行「漢字拉丁化」：1931 年，在海參崴舉行的中國新文字第一次代表大會上，由吳玉章等擬定了「拉丁化新文字」方案，其特點是用拉丁字母拼寫漢語，不標記聲調。1933 年起，國內各地相繼成立團體，進行推廣。1935 年 12 月，上海中文拉丁化研究會發起「我們對於推行新文字的意見」的簽名運動，獲得很多知識分子的支持和響應，至第二年 5 月，便有蔡元培、魯迅、郭沫若、茅盾等文教界著名人士簽名表達贊同和支持。

中國的漢字，可謂是世界上唯一一種歷經滄桑、至今仍為 13 億以上的人在應用的、歷史最悠久的文字。漢字的優點，一直受到廣泛的讚譽，如說它讀音動聽、字形優美、形義互見、直觀達意等等。但魯迅總覺得漢字難學，「勞苦大眾沒有學習和學會的可能」[207]。只要方塊漢字跟漢字拉丁化一做比較，魯迅覺得，就可看出熟難熟易：拉丁化「說得出，就寫得來，它和民眾是有連繫的，不是研究室或書齋裡的清玩，是街頭巷尾的東西；它和舊文字的關係輕，但和人民的關係密⋯⋯除它以外，確沒有更簡易的文字了。」因此，魯迅認為漢字拉丁化是一「革新」

---

[205] 魯迅：《二心集・對於左翼作家聯盟的意見》。
[206] 魯迅：《且介亭雜文二集・從「別字」說開去》。
[207] 魯迅：《且介亭雜文・關於新文字—答問》。

的舉動,反之就是「守舊」[208],並堅信「拉丁化的建議的出現」,是抓住了解決漢字難學這一「問題的緊要關鍵」。

自然,魯迅也明白,對於這一改革,也像在其他方面的改革一樣,「反對,當然大大的要有的」,但是他堅信,像歷史上格理萊的「地動說」、達爾文的「進化論」一樣,不論受到怎樣的反對和攻擊,結果怎樣呢?

格理萊即義大利數學家和天文學家伽利略·伽利萊(Galileo Galilei,1564-1642)。他率先用望遠鏡研究星空,收集了大量事實,證明地球繞太陽運轉,而不是像以往那樣的,認西元2世紀托勒密的「地心宇宙體系」理論為真理。於是,教會當局便以伽利萊「日心宇宙體系」理論「嚴重涉嫌異端」為由,對他進行審訊,並實行長期監禁。

查爾斯·達爾文(Charles Darwin,1809-1882)是英國的博物學家。他在參與「比格爾號」航船的科學考察中,收集證據證明物種的演變、生物在進化。也因為他的理論違反了以往的認知:上帝的精神存在於自然界,上帝創造了新的動物或植物物種,以取代滅絕的物種。因而被控褻瀆神靈和煽動異端邪說。

哈飛對血液循環的研究,也遭到猛烈的攻擊。

哈飛,即威廉·哈維(William Harvey,1578-1657)是17世紀前半葉英國最傑出的醫生,他於16歲那年進入劍橋大學,後去義大利歐洲最好的醫學院校帕多瓦大學學醫。在這裡,他第一次學習到心臟跳動的功能和血液流過心臟的作用。

從西元前4世紀亞里斯多德時代起,人們普遍認為血管內既含有血

---

[208] 魯迅:《且介亭雜文二集·論新文字》。

XXX　血液循環的發現與改革的不可擋

又含空氣。希臘——羅馬醫生蓋倫在西元 2 世紀證明動脈中只有血,但相信它是由肺透過心瓣膜中一條不可見的細管進入右心室,再從同一條通道回到心臟,像潮汐似地漲落不已,象徵著神除創造人之外的另一偉大創造——希臘和其第二大島埃維亞島之間海水的鼓動迴盪。這就是一直維持了 1,400 年關於血液循環的看法。從 16 世紀中葉開始,帕多瓦大學的解剖學教授里阿爾多・哥倫波(Realdo Colombo,1544–1559)、西班牙醫生米凱爾・塞爾維特(Miguel Serveto,1511?–1553)和義大利醫生哲學家安德里阿・塞薩皮諾(Andrea Cesalpino,1524 或 1525–1603)等幾位解剖學家發展了「肺循環」的想法,但是對心臟的功能還沒有令人信服的解釋,哈維的頭腦也得不到滿足。

從 1604 年哈維先後在著名的聖巴多羅買醫院和私人行醫期間,曾受查理一世任命,為他的私人醫生,盡量從繁忙的事務中進行科學研究,主要研究心臟運動及其與血液循環之間的關係。他不厭其煩地親自解剖各種生物,包括昆蟲、蚯蚓、爬蟲類、鳥類、哺乳動物直至人。他抓住機會透過屍體解剖來增進自己的病理學知識。最後於 1828 年出版了他的劃時代著作《關於動物體內心臟與血液運動的解剖研究》,簡稱《心血運動論》,闡明了血液循環的本質:他首先徹底駁斥了認為血管含有空氣的見解。然後,他說明,心瓣膜的功能是保證在心室收縮時血液只會沿著一個方向流動——在右側是流向肺臟,在左側是流向四肢和內臟。他證明,並沒有所謂血液穿過室內隔的事。他說明,大靜脈中瓣膜的作用是引導血液回流至心臟:血液在收縮期由心室被擠出來,在舒張期則由心房流入心室。他又證明,動脈的搏動並不是由於動脈壁的主動收縮,而是心臟收縮造成動脈被動充盈所致。他還解釋了由右心室入肺再返回左心房、左心室的肺循環作用,等等。透過這樣細緻的描述,哈維在全

书最後總結說：所有的一切都「似乎清楚地說明並充分地證實了在這本書中所討論的真理，而且同時可以推翻通常的見解，因為以其他方式很難解釋我們所見的心臟和血管的構造及設定的目的。」[209]

　　哈維因這一著作使他的聲譽傳遍歐洲。但由於他的理論打破了流傳了如此之久的傳統看法，也就不可避免地引來不願相信實證的人們攻擊和辱罵，來自巴黎、威尼斯和萊頓等地反對和攻擊的信件和文章如潮水般地湧來。攻擊出自各個方面，教會宣稱他違反了《聖經》的教條，宣布他的觀點是「異端邪說」；虔誠信仰宗教的病人以為他神經不正常，或者是發了瘋，他們可以寬恕一個無能害命的庸醫，但不能容忍一位正統開業醫生的非正統觀點，於是都遠遠地離開了他，不再請他看病了。神學家是科學的天然敵人，哈維可以不予理睬，對於愚昧的群眾，哈維也能忍讓。值得注意的是，有不少反對者是著名的哲學家、醫師和解剖學家。例如著名的數學家和哲學家皮埃爾·伽桑狄，是一位神學博士和教士，他堅信自然界的和諧便是上帝存在的明證。他以及威尼斯的埃米利奧·帕里薩諾、紐倫堡的卡斯帕·霍夫曼、帕多瓦的約翰·維斯林、喬萬尼·德拉·托雷等人，都紛紛反對哈維，憤怒譴責他將上帝那麼多「津津有味的信條」和綱領破壞殆盡。巴黎的詹姆斯·普里姆羅斯（James Primrose）是一個蘇格蘭僑民的兒子，接受最嚴格的蓋倫學派教育，他迫不急待地在 1632 年僅用 14 天時間，以舊的觀點，寫出一本反對哈維的書，被認為是一位以光明正大兼卑鄙骯髒的手法，來攻擊哈維新學說的一個事例。這種圍剿式的文字如此之多，竟使哈維的同事亞歷山大·雷德在他 1634、1637、1638 年一再再版的《解剖學手冊》裡，都根本不敢提一提哈維這一偉大的發現。

---

[209] (英) 威廉·哈威：《心血運動論》（田洺譯），第 113 頁，北京大學出版社，2007 年版。

✕✕✕ 血液循環的發現與改革的不可擋

在反對派中，巴黎大學是一個重鎮。這裡有一個名為蓋伊·帕坦（Gup Patin，1601–1672）的要人，公然斷言哈維的學說「荒謬、無益、虛假、捏造、悖理而且有害」。尤其是在大學醫學院極有影響力的讓·里奧朗（Jean Riolan，1577–1657），是反對哈維者中最重要的人。

讓·里奧朗，父親讓·里奧朗是法國著名的解剖學家，還是亨利四世的王后瑪麗·德·麥地奇的私人醫生，所以人們也常叫他小讓·里奧朗。

里奧朗是哈維在帕多瓦大學的同學，是巴黎大學最有經驗的內科醫生，路易十三王太后的主治大夫，還被稱為是人體解剖之王。受父親的教導，他堅持舊的觀念，把蓋倫看作是一切智慧的泉源，他自己畢生的努力就是「要看著蓋倫的醫學保持完好」。里奧朗相信蓋倫是絕對不會錯的，他堅持說，要是今日發現的解剖事實真的有什麼與蓋倫的描述不一致，那只能是因為自蓋倫時代以來，造物主的工作已經有了變化，可不能據此就說是蓋倫錯了。

里奧朗遵從「持久的反對即可獲得某種不朽」這一信條，於1648年出版了一本書《解剖學手冊》，此書把血液循環明確限制於身體某幾個特定部位，以維護蓋倫的血液通過心瓣膜循環的舊觀念。里奧朗將這部新著的獻本送給哈維，意思是清楚的：需要《心血運動說》的作者表態。哈維也感到有答覆的必要。只是1649年1月27日，對他恩寵有加的查理一世在與國會的抗爭中失敗，被特設的高等法庭作為暴君、叛國者、殺人犯和人民公敵判處死刑，30日上了斷頭臺。哈維為此心情異常沉重，但是他還是克制住自己的悲痛，給里奧朗寫了兩封重要的信。在信中，哈維對他的這位老相識，用詞極其殷勤有禮，但是在循環這個原則上，仍態度堅決。哈維非常機巧地諷刺里奧朗，他所堅持的理論，至少已經陳腐了21年；他明確告訴里奧朗，在血液循環的問題上，他不能同意他

的觀點。後來，從 1651 年至 1657 他去世的那一年，哈維又給里奧朗寫了八封信，繼續與他展開辯論。哈維嚴肅地指出，並不是里奧朗耳聾目眩，看不到明顯的事實，也不是他不熟悉解剖學或者沒有經驗，里奧朗像他的同時代人一樣懂得解剖學，甚至比他們更好，而是他不願意看到顯現在他眼前的真理。確實，據說里奧朗至死一直堅持自己的觀點，不允許對蓋倫的見解做任何的改變。他被認為是因為有哈維的答覆，而提升了身價的人物之一。

不過，漸漸地，情況開始起了變化。到了這個時候，更具權威的呼聲響了起來。神聖羅馬帝國皇帝斐迪南二世的宮廷醫生戴恩·尼爾斯·斯坦生（1638–1686）、巴黎科學院的萊蒙·德·維聖斯（1641–1715）、德國耶納大學的教授維納·羅爾芬克（1599–1677）、荷蘭萊頓大學教授法朗西斯科斯·西爾維斯（1614–1672）、有一段時間公認是西敏和倫敦最著名醫師的理查·洛厄（1631–1691）等人都支持血液循環的學說，廣泛流傳、轟動歐洲的《一個醫生的宗教信仰》一書的作者、英國醫生湯瑪斯·布朗（1605–1682）甚至把哈維的這一發現視為比發現美洲的意義都要大，使哈維的觀點普遍得到承認，最終為全世界各個大學所接受，蓋倫的神學「目的論」則被人們所摒棄。而巴黎大學的里奧朗和帕坦等人，也只落得人們的恥笑。法國偉大的劇作家莫里哀（Moliere）在他的著名喜劇《無病呻吟》（或譯《沒病找病》）中，對那個不學無術又不肯努力的醫生迪亞弗瓦呂斯，盡情地諷刺，說他無論做什麼事，都以他父親、那個固守傳統的老醫生為榜樣，「總是毫不動搖地相信先人的意見，從來也不明白和聽取本世紀發現的理論和經驗，比如說血液循環和類似的意見」，跟里奧朗和帕坦一個樣。年輕時就與哈維結為朋友的約翰·奧伯利（John Aubrey）寫過一部叫《傳略》（*Brief Lives*）的書，記述了不少名人事蹟。在這本書

××× 血液循環的發現與改革的不可擋

中,奧伯利曾這樣記載哈維的遭遇:

「我聽他說起過其有關血液循環的書出版之後的情形,說到他在開業中的深刻感受,說他被俗人看成腦子出毛病了,還說所有的內科醫生都反對他的觀點並且妒嫉他。……最後是多大的崇敬啊,大約過了二十或三十年,他這觀點被全世界所有的大學所接受。」[210]

儘管遭到如此強大的攻擊,可是有什麼用呢?能改變血液並不通過心瓣膜中所謂什麼不可見的細管進入右心室,而是如哈維所說的循環全身這一事實嗎?

魯迅覺得,既然方塊漢字這麼難學,「勞苦大眾沒有學習和學會的可能」,那麼就必須進行改革,並且認定改革勢在必行,無論遇到什麼阻礙都得進行下去;他堅信這項改革定能成功,最後實現漢字拉丁化。

當然,在這個問題上,魯迅的看法也難免不受時代的影響。他認定「漢字和大眾,是勢不兩立的」,「要推行大眾語文,必須用羅馬字拼音」[211];而且一次又一次地聲言「方塊字本身就是一個死症——到底是無可挽救的」[212];認為它「是中國勞苦大眾身上的一個結核……倘不首先除去它,結果只有自己死」[213]。所以主張為了生存,「首先就必須除去阻礙傳布智力的結核:非語文和方塊字。如果不想大家來給舊文字做犧牲,就得犧牲掉舊文字」……魯迅所說的這些話,到今天的事實證明看來,這實在是有些偏執了,雖然他完全是從為勞苦大眾著想這一良好願望出發。

另外,魯迅說哈維發現血液循環遭受攻擊和一切社會制度並無什麼

---

[210] 轉引自:Ralph H. Majio: A History of Medicine, P.497, Blackwell scientific Publication, 1954.
[211] 魯迅:《且介亭雜文・答曹聚仁先生信》。
[212] 魯迅:《且介亭雜文二集・從「別字」說開去》。
[213] 魯迅:《且介亭雜文・關於新文字—答問》。

關係，這並不恰當。

在歐洲許多國家，基督教的信徒是最廣泛的，幾乎占國民的大多數，其中一些國家，連國王都得在接受教皇加冕之後才能行使國王的權力，沒有教皇的加冕，國王什麼也不是。「政教合一」，即國家元首兼任教會首領，並是宗教事務的最高裁判者，雖是東羅馬帝國所實行的政治制度，英格蘭國王亨利八世（1509–1547在位）也實行政教合一，並從他這個時候開始，立基督教為「國教」。所以，出於這一傳統，不難想像，在這些國家裡，任何有背於基督教教旨的事件，都不可能不與政治或社會制度牽扯到一起。由於當時史料的不夠完整，魯迅對這一情況可能並沒有足夠的了解，也在所難免吧。

❌❌❌ 血液循環的發現與改革的不可擋

莊嚴的放射法實驗與
剝削者的荒淫無恥

　　愛倫堡（Ilia Ehrenburg）論法國的上流社會文學家之後，他說，此外也還有一些不同的人們：「教授們無聲無息地在他們的書房裡工作著，實驗X光線療法的醫生死在他們的職務上，奮身去救自己的夥伴的漁夫悄然沉沒在大洋裡面。……一方面是莊嚴的工作，一方面卻是荒淫與無恥。

　　　　　　　　──《且介亭雜文二集・田軍《八月的鄉村》序》

✕✕✕ 莊嚴的放射法實驗與剝削者的荒淫無恥

田軍是蕭軍（1907–1988）的筆名。這個青年作家曾在「少帥」張學良的東北「陸軍講武堂」學過軍事。1931年「九一八」事變後前往哈爾濱，以「三郎」筆名向各報投稿，開始他的文學生涯，寫出幾篇小說。1934年逃離日本侵略者統治下的東北，轉赴上海。他寫了一首詩〈期待著〉：

「歸來了，這是我的祖國。我的母親！」「在那裡：／有鞭撻，有輾軋，有／──無際限的屠殺……／這裡也是一樣？／我的祖國，我的母親！／──對於勞苦的弟兄們？／在那裡：／有罪惡，有不平……／有盈街的乞丐，／有漫天的哭聲……／這裡也是一樣？／我的祖國，我的母親！／這美麗的都市：／有，人作馬；／有，人拖人……／這就是合理的社會嗎？／我的祖國，我的母親！」[214]

在上海，蕭軍有幸得到魯迅的教誨和幫助，於1935年8月出版了他的代表作《八月的鄉村》。這部長篇小說描寫東北人民在日本帝國主義鐵蹄下的苦難生活，著重表現了一支與「在滿洲和日本帝國主義者，一直做血的鬥爭的義軍」的戰鬥行動，在讀者中引起強烈反響，得到魯迅的讚賞，認為在「幾種說述關於東三省被占的事情的小說」中，「是很好的一部」。

日本帝國主義者侵占東三省，目的是要以此為基點，侵占整個中國。中國人民看穿它的罪惡野心，因而如《八月的鄉村》所展示的，總是在前仆後繼地戰鬥，反抗他們的侵略。所以，無論哪個帝國主義，企圖征服中華民族，都不是一件容易的事。但是有人說：「日本只有一個方法可以征服中國，即懸崖勒馬，徹底停止侵略中國，反過來征服中國民族的心。」這話不管是嚴肅的真話還是搞笑的幽默，都不免會讓人覺得過於荒唐。魯迅把這種發言和人民戰士的英勇抗戰，兩者做了對比，看成

---

[214] 蕭軍：《八月的鄉村》，第210-211頁，人民文學出版社，2005年版。

是荒淫和莊嚴之比，就像南宋小朝廷面對蒙古人的踐踏和奴役所表現出來的頹廢和貪婪，也像愛倫堡把那些教授、醫生、漁夫和法國某些上流社會文學家所作的對比，「一方面是莊嚴的工作，一方面卻是荒淫與無恥。」

魯迅引用愛倫堡的話，十分有力，尤其是愛倫堡舉出「實驗X光線療法的醫生死在他們的職務上」的事例，格外地悲壯感人。

X光線的科學名稱叫「X射線（X-ray）」，它是德國烏茲堡大學物理學教授威廉·倫琴於1895年11月8日在研究低壓氣體放電產生陰極射線的效應時發現的。這一發現宣布了現代物理學的到來，使診斷醫學發生變革，倫琴也因此榮獲第一屆諾貝爾物理學獎。

X射線還可以用在工業上，如非破壞檢測鑄件中不能直接觀察到的裂縫。但是應用得最廣泛的是在醫學中的診斷和治療，包括骨折、體中異物、牙洞以及癌症等疾病的檢查；在治療處置中，則用X射線來制止惡性腫瘤的擴散。

X射線作為醫學上不可或缺的應用工具，可能是20世紀醫學的最大特點。但是X射線給予病人益處的同時，它也將毒害帶給實驗和應用這一方法的醫生。就在應用的初期，直至愛倫堡提出此事之前，就已經有很多位英勇的實驗者和應用者遭受這一射線的毒害，獻出自己寶貴的生命。

德國漢堡的海因里希·阿爾貝斯-勳柏格（Heinrich Ernst Albers-Schönberg，1865–1921）原是一名婦產科醫師，1897年與一位內科醫生一起建立了一所X射線臨床暨實驗室，1903年受聘任漢堡「聖喬治醫院」的X射線醫生。1905年他與人一起共同建立了「德國倫琴學會」

莊嚴的放射法實驗與剝削者的荒淫無恥

(Deutsche Röntgen-Gesellschaft)。1919 年成為新創辦的漢堡大學放射學教授和放射科主任後,從此就一直獻身於這一事業,在這個職位上工作到因長期接受射線,影響健康,而於 1921 年殉職。

隨後,又有過多的放射學醫生,同樣因長期接受射線而罹難。於是,為了紀念這些犧牲者,根據德國放射學會會長布萊曼·漢斯·邁爾(Bremen Hans Meyer)的建議,在阿爾貝斯 - 勳柏格工作的漢堡「聖喬治全科醫院」的放射科附近,豎立起一座紀念碑。紀念碑在 1936 年 4 月 4 日揭幕時,這座長方形沙石柱上,於下方刻有下列幾行碑文:

紀念在防治人類疾病的抗爭中

獻出自己生命的

各國

X 射線專家和放射學家

醫生、物理學家、化學家、

技術工作者、實驗室工作者和

醫院的護士們

在發展將 X 射線和鐳

成功而安全地用於醫學之中

他們是英雄主將

死者的業績永垂不朽[215]

由於此後不可避免地仍會有人在放射工作上做出犧牲,紀念碑沒有、也無法一一列出他們的英名。但是阿爾貝斯 - 勳柏格教授在 1937 年

---

[215] 轉引自 Classic Description in Diagnostic Roentgenology, P.208–310, edited by Andre J. Bruwer, Charles C. Thomas. Publisher, USA, 1964。

第 22 卷《放療》雜誌（Strahlentherapie）的其中一期，列出一系列各國放射犧牲者的生活和死亡的令人難忘的事蹟。到當時為止，因在放射工作中長期接受射線以致死亡的人數，共計 169 人，分別為：德國 20 人，奧地利 6 人，比利時 4 人，俄國 2 人，丹麥 5 人，瑞士 6 人，芬蘭 1 人，西班牙 4 人，法國 47 人，捷克斯洛伐克 5 人，英國 14 人，匈牙利 6 人，義大利 9 人，美國 39 人，荷屬東印度 1 人。

在這些犧牲者中，最突出的是「由於過度暴露於鐳 γ 射線而死於惡性貧血」的居禮夫人。

瑪麗・居禮（1867-1934）是波蘭出生的法國物理學家，原名叫瑪麗・斯科洛夫斯卡婭，以研究放射性馳名，兩度獲諾貝爾獎。她與丈夫比埃爾・居禮一起協力研究，發現了鐳；後又從瀝青鈾礦中發現更純的鐳。丈夫在車禍中去世後，她成為在巴黎大學任教的第一位女性，發表了關於放射性的重要論文。1922 年成為醫學研究院院士之後，從此她專心研究放射性物質的化學知識以及這些物質在醫學上的應用，這項研究使她能夠深切理解累積強放射性的必要性，不僅為了治療疾病，而且也為研究核子物理學提供了豐富的資料。但是這些研究，在獲得成就的同時，也極大地損傷了他的健康。傳記作家扼要地寫到研究工作如何影響了瑪麗・居禮：最初，瑪麗和擔任她助手的女兒愛琳在探究 X 射線的時候，「兩個人全神貫注地工作，誰也沒有意識到暴露在 X 光下的危險。雖然她們都帶（戴）著布手套，也豎立了一些防護用的小金屬板，以避開直射的 X 光，但是防護得遠遠不夠充分。」對於鐳對健康的影響，瑪麗也知道「不是沒有危險」，並曾猜測自己幾次覺得不舒服，是「這個原因引起的」。她還知道兩位同事先後死亡就與此有關，但是所採取的防護措施總是不夠充分。於是，到了 1920 年，瑪麗總覺得視力有問題，後來得知自

XXX 莊嚴的放射法實驗與剝削者的荒淫無恥

己患了雙層白內障。經過四次手術,才恢復了視力。「然而,她一如既往地忽視這個越來越清楚的事實:過度暴露在放射性元素的輻射之下,會損害並影響壽命」。就這樣到了1834年復活節假期,發現她的「身體狀況明顯下降」,以致當她去拜訪丈夫的長兄、物理學家雅克·居禮時,因為發燒而不得不中途返回。從此之後,她就再也無法回她的研究院了。最後,一位日內瓦的醫學教授「確診了瑪麗的病情,表示沒有治癒的希望。瑪麗患了再生障礙性貧血」。1934年7月4日,她的心臟停止了跳動。她被愛因斯坦認為「在所有的名人當中,是唯一不為名聲所累的人」[216]。

除瑪麗·居禮外,還有許許多多為將X射線應用於病人而獻出生命的醫生和科學家,儘管這些人沒有瑪麗·居禮那麼有名,但他們都盡了自己的職責,心甘情願地為造福人類貢獻他們的全部。他們的事蹟都十分感人,如義大利的艾米里奧·蒂拉博斯奇,在做了14年放射科醫生,得知自己嚴重貧血後,仍繼續工作到死亡前夕。英國的艾思賽德·布魯斯為病人做放射攝影十餘年,亦因患惡性貧血而死。奧地利大維也納全科醫院放射科主任吉多·霍爾茲內徹兩手受X射線嚴重損傷,無法繼續工作,仍負責管理科室,最後死於皮膚癌。巴西的阿瓦羅·阿爾文在實驗X射線時嚴重受傷,不得不切除,但他仍藉助於假手繼續工作到過世……

安托萬·貝克勒(Antoine Béclère,1856–1939)是巴黎開業醫生的兒子,在孔多塞中學和高等師範學院就讀時,數學和物理都特別優秀。但是他選擇醫學為他的終生職業,在1873年成為一名醫科大學生。畢業

---

[216](美)內奧米·帕薩喬夫:《瑪麗·居里與放射學》(張偉年等譯),第78–97頁,陝西師大出版社,2004年版。

後，貝克勒於 1897 年創立了巴黎第一家放射學實驗室，幾年後，在「第三屆世界放射學會議」上被選為主席。在長期的工作中，貝克勒的健康也遭受 X 射線的嚴重損害。在 1936 年 4 月 4 日「世界 X 射線和鐳犧牲者紀念碑」（International Monument to X-ray and Radium Martyrs）的揭幕典禮上，安托萬·貝克勒以「第三屆世界放射學會議」前主席的身分，作了一席感人的發言：

我以德國醫學放射學協會及其分會的名義，以法國放射醫師和如果允許的話，再加上所有放射外科醫師的名義，懷著敬意，向這座虔誠地為 X 射線和鐳的犧牲者建立的紀念碑致敬。我要向他們的遺芳鞠躬，為他們受到的傷害、他們的獻身和他們的早逝而授勛。我還要為這座紀念碑所展現出的宏大思想表示敬意。

應銘記在這裡的差不多有一百七十多人的名字 —— 著名的犧牲者的名字，還有許多不為人知的人的名字，他們也理應受到我們的追憶。這些名字中，有些是傑出的科學家，他們的研究、發現、著作和講授已經對醫學放射學做出極大的貢獻；另外的放射工作者，他們的成就也大大恩惠於人；還有其他一些普通人，謙虛的護士和醫院修女這些隱姓埋名的「X 線姐妹」。

所有這些犧牲者都盡了他們的職責。

以同樣的熱情、同樣的忠誠，他們工作都獲得了同樣的功績，同樣有要求榮譽的權力。這些崇高的犧牲者，說的不是同一種語言，不屬同一個國家，他們的種族和宗教也不相同。請原諒，我錯了，他們都是同一個人種，勇敢人士這一人種；他們都忠誠於責任和信念，他們都屬於戰鬥的特使，藉助倫琴所賦予醫學的這種奇特武器，冒著生命危險，而毫不擔憂這武器具有雙面刀刃，使用它時也不顧它會傷害著他們、致他們於死地，去對付同一類敵人 —— 疾病和傷害。

XXX 莊嚴的放射法實驗與剝削者的荒淫無恥

最後，貝克勒稱：這座紀念碑是對那些「為一個共同理想作出貢獻並犧牲生命的人統一表達的敬意」。[217]

伊利亞·愛倫堡（Илья Григорьевич Эренбург，1891–1967）雖然是蘇聯對西方最有影響的作家之一，但也無法用一個簡單的詞彙就能說明他是怎樣一位作家。

愛倫堡青年時代因參加革命而被捕，後流亡巴黎，為布爾什維克組織工作，並見到過列寧。第一次世界大戰期間，他以彼得堡一家報社記者身分駐在國外。十月革命後，他回到俄羅斯，為當時的暴力所震驚，傾向於反對布爾什維克政府，在1918年出版的詩集《為俄羅斯祈禱》（*Молитвао России*）裡，把攻克冬宮比為「強姦」。1920年，愛倫堡去基輔，經歷了德國人、哥薩克、布爾什維克和白軍這四種不同的制度，回到莫斯科後立即被「契卡」逮捕。1924年起，他的思想發生變化，開始批判資本主義社會和資產階級道德。不久後的十多年裡，他都被蘇聯幾家報紙派往歐洲撰寫報導。

魯迅對愛倫堡這類作家的輕視資產階級性是有透切了解的。1929年5月22日在「燕京大學國文學會」做關於「現今的新文學的概觀」，即「在中國的所謂新文學、所謂革命文學」的演講時，魯迅曾警告說：

希望革命的文人，革命一到，反而沉默下去的例子，在中國便曾有過……俄國的例子尤為明顯，十月革命開初，也曾有許多革命文學家非常驚喜……但後來，詩人葉遂寧，小說家索波里自殺了，近來還聽說有名的小說家愛倫堡有些反動。[218]

---

[217] 轉引自 Classic Description in Diagnostic Roentgenology, P.208-310, edited by Andre J. Bruwer, Charles C. Thomas. Publisher, USA, 1964。
[218] 魯迅：《三閒集·現今的新文學的概觀》。

差不多一年後，同樣的意思，魯迅又說了一次[219]。

但後來，愛倫堡又從抨擊布爾什維克的無產階級專政，轉向於抨擊西方的中產階級社會。如此這般，由於立足點不同，他所說的在「法國的上流社會文學家」中，到底那些人是在「莊嚴的工作」，那些「卻是荒淫與無恥」，就會有不同的看法了。一個有力的例子是，1934年或1935年，愛倫堡在法國著名的伽利瑪出版社「推出他的新書《一位蘇聯作家的見聞》，他在書中誣衊誹謗超現實主義者。（超現實主義的創始人之一安德列‧布勒東）偶然在街上碰到他後，便衝過去教訓了他一頓。」[220]

不過，撇開指名道姓地說誰和誰，反正，在任何社會、任何時候，「一方面是莊嚴的工作，一方面卻是荒淫與無恥」的情形永遠存在。就以1935年的法國來說，這時，法西斯已在他的鄰國義大利執政13年、德國納粹上臺也已有2年。在這生死存亡的時刻，巴黎第四大學歷史學教授皮埃爾‧米蓋爾在《法國史》中寫道：

> 面對法西斯主義的猖獗，所有政界人士、知識分子都行動起來。青年激進黨人加斯東‧貝熱里創辦了「陣線的」雜誌《箭》，天主教人士對人權和人的尊嚴表示關切。1932年基督教民主派的報紙《黎明》創刊。哲學家和倫理學家奧麥虞埃爾‧穆尼埃創辦了《心靈報》。左翼天主教運動恢復了它的機會和宗旨。[221]

而與這些「莊嚴的工作」的同時，「一方面卻是荒淫與無恥」：一個叫烏斯特里克的人，在創辦銀行投資失敗後，向公務人員行賄，涉及許多政界人物。「而斯塔維斯基事件更是火上加油，因為它牽連到議會人士。

---

[219] 參見魯迅：《二心集‧對於左翼作家聯盟的意見》。
[220] (法)皮埃爾‧戴克斯：《阿拉貢傳》（袁俊生譯），第404頁，上海人民出版社，2008年版。
[221] 皮埃爾‧米蓋爾：《法國史》（蔡鴻濱等譯），第521–522頁，商務印書館，1985年版。

✕✕✕ 莊嚴的放射法實驗與剝削者的荒淫無恥

臭名昭彰的騙子手亞歷山大・斯塔維斯基受到了內閣總理的親戚,一位共和國檢察官的庇護。他與眾議院議員兼巴榮納市長相勾結,使市立信貸銀行破產……」[222]

在當時的中國,也同樣可以看到「一方面是莊嚴的工作,一方面卻是荒淫與無恥」:既有如《八月的鄉村》裡所寫的對敵浴血戰鬥,同時到處有貪汙、腐敗、詐欺、壓迫。魯迅就說道:「東三省被(日本帝國主義者)占之後,聽說北平富戶,就不願意關外的難民來租房子,因為怕他們付不起房租。在南方呢,恐怕義軍的訊息,未必能及鞭斃土匪,蒸骨驗屍,阮玲玉自殺,姚錦屏化男的能夠聳動大家的耳目罷?」甚至對《八月的鄉村》這麼一部喚醒國人抗敵的「很好的」作品,狄克(張春橋)之流都要出來橫加指責,挑剔作品「裡面有些還不真實」,指責它「技巧上、內容上,都有許多問題在,為什麼沒有人指出呢?」[223] 這真正是「一方面是莊嚴的工作,一方面卻是荒淫與無恥」!

---

[222] 皮埃爾・米蓋爾:《法國史》(蔡鴻濱等譯),第 522 頁,商務印書館,1985 年版。
[223] 參見魯迅:《且介亭雜文末集・三月的租界》。

「醫學泰斗」的悖論與所謂「名人名言」

  德國的細胞病理學家維爾曉（Virchow），是醫學界的泰斗，舉國皆知的名人，在醫學史上的位置，是極為重要的，然而他不相信進化論，他那被教徒所利用的幾回演講，據赫克爾（Haeckel）說，很給了大眾不少壞影響。因為他學問很深，名甚大，於是自覺甚高，以為他所不了解的，此後也無人能解，又不深研進化論，便一口歸功於上帝了。

——《且介亭雜文二集‧名人與名言》

✖✖✖ 「醫學泰斗」的悖論與所謂「名人名言」

　　從「五四」時提倡白話文開始，文言文和白話文的論爭一直延續了很多年。當時，以林琴南為代表者，像維護舊道德那樣抱住文言文不放，遭到魯迅嚴厲地批駁，魯迅說：這些人，儘管吸著現代的空氣，卻偏要「勒派」古代「僵死的語言」，誣衊盡現在，是「現在的屠殺者」[224]。對方卻反過來嘲笑提倡白話文是因為不懂文言文，硬說「要白話做好，先需文言弄懂」。到了1935年，還站出來一位大名人章太炎。他在一次星期演講會上聲言：

　　……非深通小學，如何可寫白話哉？尋常語助之字。如「焉，哉，乎，也」。進白話中，「焉，哉」不用，「乎，也」尚用。如乍見熟人而相寒暄，曰「好呀」，「呀」即「乎」字；應人之稱曰「是唉」，「唉」即「也」字。「夫」字文言用在句末，……即白話之「罷」字……「矣」轉而為「哩」，……「乎，也，夫，矣」四字，僅聲音小變而已，倫理應用「乎，也，夫，矣」，不應用「呀，唉，罷，哩」也。[225]

　　章太炎是魯迅的老師，1908年魯迅在東京時，曾聽過章太炎講「小學」，對他懷有很大的敬意，儘管感到他老先生「的業績，留在革命史上的，是在比學術史上還要大」[226]。但他確實是一位「小學」的大師，是名人，是專家。但他這一次的言論既然已經涉及到白話文和文言文的論爭，也就是改革和反改革的原則問題，出於常說的「吾愛吾師，吾尤愛真理」，魯迅也就不能含糊了事。魯迅稱：太炎先生「倘談文獻，講《說文》，當然娓娓可聽。但一到攻擊現在的白話，便牛頭不對馬嘴」。他進一步指出，專門家若倚專家之名，來論他所專門以外的事，議論他不甚了解的事物，其言論必「多悖」。這樣的例子，不

---

[224] 魯迅：《熱風‧隨感錄五十七》。
[225] 見〈名人和名言〉註釋(3)，《魯迅全集》第六卷，第364頁，人民文學出版社，1982年版。
[226] 魯迅：《且介亭雜文末集‧關於太炎先生二三事》。

只是章太炎一人，魯迅還舉了法國昆蟲學家法布爾，又舉了德國的細胞病理學家維爾曉。

魯道夫・菲爾紹（Rudolph Carl Virchow，1821–1902），如今通譯菲爾紹，他有很多名銜：他是醫生、人類學家、病理學家、史前史家、生物學家與政治家，是社會醫學的創始人，「現代病理學之父」。

菲爾紹出身於農家，也有說是公職人員的家庭。他於1839年進「普魯士軍醫學院」，1843年獲博士學位。兩年後，發表關於白血病的論文，報導最早的白血病病例，該文後來成為經典。1847年，菲爾紹與本諾・萊茵哈德合辦《病理解剖學、生理學及臨床醫學彙編》。1852年萊茵哈德去世，菲爾紹便單獨編輯世界著名的《菲爾紹檔案》。

菲爾紹具有自由主義思想，1848年奉命去西利西亞調查一次斑疹傷寒的爆發，在報告中，他將這一傳染病的流行歸罪於社會條件和政府。隨後他著手從事於醫學改革，如主張廢除醫師中的等級。1849年任維爾茨堡大學病理解剖學教授，培養出許多傑出的學生，自己也在前人的基礎上，系統地闡述了他的細胞病理學理論，使之成為影響深遠的重要體系。他的這一理論認為「細胞來自於（已有的）細胞」（Omnis cellula e cellula），抨擊了自古希臘流傳下來、當時異常盛行的「體液」病理學理論，認為人體是由彼此平等的細胞組成的自由國家，疾病最初不是發生在整個器官、組織內，而是在細胞內產生的。他這部題為《細胞病理學》的著作於1858年出版，影響所及，使整個生物科學改觀。作為一名政治家，菲爾紹於1861年建立了「進步黨」，堅決反對首相俾斯麥，他還在1880年至1893年間任帝國議會的議員。

縱觀菲爾紹醫生的經歷，毫無疑問可以肯定他是一位赫赫有名的名

✕✕✕ 「醫學泰斗」的悖論與所謂「名人名言」

人，僅以醫學家，尤其是病理解剖學家，只要提一下「菲爾紹病症」、「菲爾紹結」、「菲爾紹屍解法」等十多個專有名詞和他一生共解剖過 1 萬具屍體，就讓人覺得高山仰止、望而怯步。但是菲爾紹也有不少今天看來不免覺得有些可笑的事，例如他不相信且反對細菌致病的理論，特別是他傾其全力反對達爾文的進化論。

作為人類學家，菲爾紹也作出了他的貢獻：他曾在德國北部發現古代遺跡，還曾去特洛伊遺址和埃及考察和發掘古蹟。1869 年，他與人共同建立了「德國人類學學會」，同年，他建立了「柏林人類學、人種學和史前史學會」，並從這年開始，編輯一部《人種學雜誌》，直至他去世。但是這些工作並沒有讓他正確認知人類進化的歷程。

英國博物學家查爾斯·達爾文提出以自然選擇為基礎的進化學說，在生物學中引發一場變革。不過在 1859 的《物種起源》裡，達爾文只是指出物種的起源，僅在全書快結束的時候含蓄地談到，由於已經了解起源的問題，「人類的起源和歷史也將由此得到許多啟示」。十一年後，在 1871 年出版的《人類的由來及性選擇》中，這位偉大生物學家才明確地討論了這個問題，說是不論從解剖學、胚胎學以及痕跡器官和反祖現象等方面，都可以看出人跟動物，特別是高等哺乳動物有親密的親緣關係；他甚至描述道：我們的遠祖是原始的猿，成群居住在森林裡，具有尖聳的耳朵，滿身是毛，兩性都有鬍鬚。並具體指出，我們的直接祖先是類人猿，如森林古猿。

達爾文的這一進化理論，在生物學中引發一場變革，也極其有力地打擊了上帝造人的傳統宗教思想，贏得了許多科學家的讚嘆和支持。但是也遭到甚至更多的科學家反對，其中包括一些具有崇高地位的科學家，菲爾紹就是其中之一。菲爾紹強調，達爾文稱人和猿有共同的祖

先，說人類是從猿猴進化過來的，但是這還缺乏化石證據，所以他不能接受達爾文的「起源理論」。1877年，德國政府官員在中小學中進行教育改革，方案中要加重自然科學教學。對此，菲爾紹在同年於慕尼黑舉行的「德國科學家和醫生代表大會」上，特別提醒他的同行們，不能把進化理論硬塞進中小學課程，成為教學的一個部分，因為他證明，它還缺乏科學證據，是會褻瀆宗教、為社會主義鋪路。顯然，若是不能正確教導孩子人類是從動物進化過來的，那麼孩子們只能繼承傳統的說法，認為人是上帝創造的。魯迅說菲爾紹「被教會所利用」做過「幾回講演」，指的就是菲爾紹在這次大會上的發言。菲爾紹這發言的影響之大，在西沃德（A. C. Seward）所編、1910年出版的《達爾文與現代科學》一書中，有德國生物學家恩斯特・海克爾一篇題為〈現代進化論與科學的關係〉的文章，文中簡要地敘述了從1860年開始的進化論和反進化論之間的衝突，其中特別指出這一點：

這一由來已久的敵視，其中心人物，十年間，尤其是1877年後，是柏林的魯道夫・菲爾紹⋯⋯他不能接受起源的理論。⋯⋯在1877年的科學家慕尼黑代表大會的規程中，這些對抗本質上觀點的衝突，顯得極為鮮明。在這一難忘的代表大會上，我應邀做關於「現代進化論與科學的關係」的發言（9月18日）。我提到達爾文的理論不僅解答了物種起源這個大問題，特別在關於人類的本質，對所有的科學，尤其對人類學，投射出了許多道光芒。⋯⋯反對派菲爾紹在四天之後（9月22日）在慕尼黑作了一次關於「現代國家中的科學自由」的發言。他說，進化的學說是一個無法證明的假設，並斷言說它不應在學校裡講授，因為它對國家是危險的。他說：「我們不應教（學生），人類是猿猴或者其他別的動物的後裔。」達爾文對別人的批評一向都是很溫和的，但當他讀到菲爾紹發言的英譯文時，他以強烈的用詞表達了他的不滿。只因菲爾紹擁有極

××× 「醫學泰斗」的悖論與所謂「名人名言」

大的權威 —— 在病理學和社會上所確立起來的權威，和他作為德國人類學協會主席的威望，有效地阻止了該協會會員三十年來對他所表達的任何反對。許多雜誌和論文都在重複他的教條：「人類既不是猿，也不是任何別的動物的後裔，是完全確定無疑的。」對此，菲爾紹一直堅持到他1902年去世。在那之後，德國人類學地位已經發生變化。[227]

雖然直到1930年代都存在反對進化論的事件，但是像菲爾紹這樣一個大學者，竟然不理解、甚至反對進化論，也真得上是「大悖」了。正如魯迅引海克爾說的，「很給了大眾不少壞影響」。

像菲爾紹那樣，「倚專家之名，來論他所專門以外的事」，魯迅認為法布爾「也頗有這傾向」。

尚-亨利·法布爾（Jean-Henri Casimir Fabre，1823–1915）是著名的法國昆蟲學家。他認為，作為一個昆蟲學家，如果只是把昆蟲置於有玻璃蓋的盒子裡，用拉丁文的學名加以分類，是遠遠不夠的；探究昆蟲，還得觀察昆蟲，熟悉牠們，了解牠們的祕密 —— 牠們的習慣、牠們的性格、牠們的詭計、牠們的工作方法以及一舉一動的理由。四、五十年中，他載著食宿用品，攀登崇山峻嶺，為蒐集和觀察昆蟲的生活實況而奔走忙碌，最後以他的4千多頁、100多萬字的《昆蟲記》，細緻生動地描寫了各種昆蟲的生活和牠們的祕密，獲得了世界性的榮譽。

魯迅十分重視科學的作用。他熱情鼓勵青年學習一點自然科學，啟發覺悟，改變精神，識破偽科學的矇騙，促進科學事業的發展。有感於當時缺乏適合青年人閱讀的科學書籍，魯迅曾感嘆：「單為在校的青年計，可看的書報實在太缺乏了，我覺得至少還該有一種通俗的科學

---

[227] Modern Evolution in Relation to the Whole of Science, Darwin and Modern Science, P.144–146, edited by A. C. Seward, Combridge University press, 1910.

雜誌，要淺顯而且有趣的。可惜中國現在的科學家不大做文章，有做的，也過於高深，於是就很枯燥」；他熱烈呼籲「現在要 Brehm 的講動物生活，Fabre 的講昆蟲故事似的有趣，並且插許多圖畫的」通俗科學讀物[228]。表明了他對德國動物學家阿爾弗雷德·勃萊姆（Alfred Edmund Brehm，1829-1884）和法布爾的作品的喜愛。但是同時他又覺得法布爾的作品還有兩個缺點：一是嗤笑解剖學家，二是用人類道德於昆蟲界。但倘無解剖，就不能有他那樣精到的觀察，因為觀察的基礎，也還是解剖學；農學家根據對於人類的利害，分昆蟲為益蟲和害蟲，是有理可說的，但憑了當時的人類的道德和法律，定昆蟲為善蟲或壞蟲，卻是多餘了。有些嚴肅的科學者，對於法布耳的有微詞，實也並非無故。倘若對這兩點先加警戒，那麼，他的大著作《昆蟲記》十卷，讀起來也還是一部很有趣，也很有益的書。[229]

不管是菲爾紹，還是勃萊姆、法布爾，儘管都是有很大成就的科學家，無疑是自身領域的專家。但是只要是「來論他所專門意外的事」，就難免會發生差錯。原因是相當明顯：專門家或名人之所以得名是在於他自己所「專長」的「那一種學問或事業」，魯迅說：「其實，專門家除了他的專長之外，許多見識是往往不及博識家或常識者的。」因此才會出現兩個極端：「在社會上，大概總以為名人的話就是名言，既是名人，也就無所不通，無所不曉」；而專門家或名人，因「被崇拜所誘惑……漸以為一切無不勝人，無所不談，於是乎就悖起來了……」魯迅的分析不但具有縝密的邏輯性，從他文中所舉出的一些事例，可以看出他不但對當時的現實有強烈的針對性，而且就像是在說著現今情形：現今不是常見到

---

[228] 魯迅：《華蓋集·通訊（二）》。
[229] 魯迅：《且介亭雜文二集·名人與名言》。

❌❌❌ 「醫學泰斗」的悖論與所謂「名人名言」

一些只有本身專業學問,甚至並不那麼有學問的、所謂「院士」之類的人,在他所不懂的事業上發號司令、簽字畫押,使國家人民造成重大損失嗎?

「名人的話並不都是名言。」魯迅的話,永遠都有現實意義。

移植金雞納與文化傳播

  歐洲人也聰明，金雞那原是斐洲的植物，因為去偷種子，還死了幾個人，但竟偷到手，在自己這裡種起來了，使我們現在如果發了瘧疾，可以很便當的大吃金雞那霜丸，而且還有「糖衣」，連不愛服藥的嬌小姐們也吃得甜蜜蜜。

——《且介亭雜文二集・論毛筆之類》

移植金雞納與文化傳播

魯迅對中國因為採取「閉關主義」而吃了虧,「碰了一串釘子」的歷史深有感觸。因此,他認為,不應該拒絕一切外國的東西,相反,要接受他們先進的科學和文化。但是反過來,他也看到,不加分辨地接受外國「送來」的東西是何等可怕:「先有英國的鴉片,德國的廢槍炮,後有法國的香粉,美國的電影,日本的印著『完全國貨』的各種小東西」,都把國人「嚇怕了」。他雖然主張「拿來」,但也認為不能盲目地去「拿」,而是「要運用腦髓,放出眼光,自己來拿」,然後分別「或使用,或存放,或毀滅」[230]。他打過一個比方:日本批評家廚川白村在《出了象牙之塔》中指摘他同胞的「微溫、中道、妥協、虛假、小氣、自大、保守等世態」,他覺得不但說得很對,而且「簡直可以疑心是說著中國」;而既然廚川白村「以為這是重病,診斷之後,開出一點藥方來了,則在同病的中國,正可藉此供少年少女們的參考或服用,也如金雞納霜既能醫日本人的瘧疾,也即能醫治中國人的一般。」[231] 十年後,魯迅寫〈論毛筆之類〉時,又舉出金雞那 —— 如今通譯「金雞納」的藥物及其被移植的事例,來批判保守「國粹」、抵制新事物的言行。

金雞納(Cinchona)原名規那(quina),是茜草科植物的一屬,大多為喬木,盛產於南美洲的安第斯山脈。這是印加人民餽贈予人類最優厚的一份禮物。秘魯的土人經常見到山裡的美洲豹和獅子患了熱病(即瘧疾)之後,總是要找遍深山,去尋覓規那樹,啃嚼它的樹皮,來「治療」自己這病,結果總是很快就治好了病,從而得知規那樹具有治療瘧疾的功效。

當年,西班牙征服者法朗西斯科・皮薩羅(Francisco Pizarro,1475?-

---

[230] 魯迅:《且介亭雜文・拿來主義》。
[231] 魯迅:《譯文序跋集・《出了象牙之塔》後記》。

1541）帶了180名隨員和37匹戰馬，出征這個當時稱「印加帝國」的安第斯高地時，在1533年違背諾言、處死印加皇帝，占領了印加的都城，致使印加帝國瓦解。但是安第斯山海拔高達3,000公尺以上，森林無比茂密，屬亞熱帶氣候，日間與夜裡氣溫變化非常大。歐洲人在這一地帶生活，很不適應，結果很多人都得了熱病，很多活著的人也都間日發熱，每次病魔襲擊都使他們精疲力盡，身體虛弱不堪。

其中有一個西班牙人，被疾病折磨得快要無力動彈了。更不要說讓他跟隨大部隊繼續行軍，於是只好被留在那裡等待死神的到來。發熱使他口渴如狂，他不得不拖著極度疲乏的雙腿，毫無目的地在叢林裡徬徨，最後來到一個池塘跟前。這個西班牙人疲憊得幾乎睜不開眼睛，只能朦朦朧朧地看到一棵大樹倒落在池子邊，池裡的水異常混濁，濃重得簡直差不多已經不會流動了。但極度的口渴使他顧不了這些，便立刻跳進池水裡，大口地喝了好幾口，雖然覺得水味非常苦澀，可以想像到這水是受到倒下的那棵「有毒」樹木的汙染。不過在這個垂死的病人看來，即使喝過之後立即就會死去，也是痛痛快快地死，總要比受疾病折磨好一些。於是，他又繼續喝了個飽，隨後不知不覺地陷入了沉睡。也不知睡了多久，當他一覺醒來之後，發現奇蹟出現了：他不但沒有死，而且感到身上的熱度已經完全退去，體力也恢復過來了。他覺得自己是渾身是勁，甚至能夠急忙而飛快地跑去追趕丟下他的隊伍，並帶回許多同伴到這裡來看這奇蹟的發生地。

多年後，醫學史家們釐清，這個西班牙人所染的是瘧疾，它很可能是15世紀末克里斯多福·哥倫布發現美洲之時傳到那裡的。這棵倒落在水裡的是規那樹，正是治療此病的特效藥。事實上，當地的土人也都是將這種樹的皮研成粉末醫治瘧疾。一位西班牙傳教士從土人那裡了解

到它的這一療效後，1620至1630年間，秘魯洛克撒（Loxa）的一位耶穌會士用它來治好秘魯總督金瓊第四代伯爵（Luis Jerónimo Fernández de Cabrera Bobadilla Cerda y Mendoza, 4th Count of Chinchón，1589–1647）妻子的瘧疾。從此，這種瘧疾特效藥便有了「耶穌會士的粉末」、「伯爵夫人的粉劑」等名號。後來，瑞典植物分類學家卡爾·林奈（1707–1778）在幫它分類的時候，漏了一個字母，將Chinchón拼成為Cinchón，而拉丁文則寫作Cinchóna，在中文便被翻譯為「金雞納」。

彼得羅·卡斯特里（Pietro Castelli，1574–1662）是義大利的醫生和植物學家，他一生寫有不少於150本小冊子，其中寫於1653年的一冊曾說到金雞納和它治療瘧疾病的功效，是義大利，還可能是歐洲最早正式介紹金雞納的書。後來英國的塔爾博竟藉此植物而名利雙收。

羅伯特·塔爾博（Robert Talbor, or Tabor，1642–1681）年輕時曾在劍橋一家藥房做過學徒，但沒有受過正規的醫學教育。他1671年定居英格蘭東部北海沿岸的艾塞克斯，那裡有一片沼澤地，瘧疾十分流行，使他注意到規那樹皮的治病療效，並自行實施，獲得了成功，還在1671年出版了著作《熱病：有關寒顫的起因和醫治的理性說明》（*Pyretologia: a Rational Account of the Cause and Cure of Ague*）。他的治病名聲遠播後，就移居到了倫敦，受到國王查理二世的召見，去溫莎為他治癒了瘧疾，使皇室深表感激。為保護塔爾博由於沒有學歷、不具行醫執照可能會遭到干涉，原國務大臣、時任宮廷大臣的阿林頓第一任伯爵還特地為他給「皇家內科醫師協會」寫了信。塔爾博治好國王的病後，受封為御醫，並獲得爵士的稱號。當法國王太子患瘧疾時，查理二世就派塔爾博去見路易十四。對於這個沒有文憑的外行，要把王太子的生命託付給他，法國的宮廷醫師們頗不放心。他們質問塔爾博，意在揭露他缺乏醫學知識。

他們問他：「知道什麼叫熱病嗎？」塔爾博應戰說：「即是一種我能夠治療，而你們治不了的寒熱病。」塔爾博就靠規那樹皮的紅葡萄酒浸劑，醫好了王太子，後來還醫好孔代親王的病。於是，路易十四封他為騎士，賞他一百里弗爾年金，授予他十年的藥物專利，以表示感謝；並以二千里弗爾購買他這祕方。塔爾博還曾於 1680 年去西班牙，治癒了國王的瘧疾。第二年，塔爾博在倫敦去世，葬於劍橋的聖三一教堂，墓碑上的讚語是 Febrium Malleus（熱病之槌）。塔爾博的工作應該受到稱頌，由於他，才使規那樹皮這一抗瘧特效藥在英國得到推廣。1677 年，這種樹皮的藥用已經列入《倫敦藥典》，為人所知。1693 年，中國的康熙皇帝患了瘧疾，法國傳教士呈上此藥，治好了他的病[232]。

對瘧疾特效藥的需求，從 16 世紀最後十年，到整個 17 世紀，從南美洲到西班牙和義大利，藥用植物和本草的興盛貿易中，「規那」樹皮的買賣規模特別大。不到幾十年，世界上許多地方，布魯塞爾、倫敦、巴黎、北京……都出現此種樹皮。但與此同時，也引起了偷運樹皮、抬高價格、摻雜贗品等投機活動。而殖民掠奪造成對規那樹的濫施採伐，也大大傷害了這一植物，甚至毀壞整個森林。這不能不令科學家擔憂，總有一天將會出現樹皮匱乏的情況。於是他們尋思，既然是產在秘魯的熱帶樹木，也應該可以被移植到條件相宜的其他熱帶區。

為了移植金雞納樹種，歐洲人確實不辭勞苦，付出了極大的代價，甚至「還死了幾個人」。

第一個試圖將規那樹移植到歐洲的是法國博物學家和數學家夏爾·拉孔達明（Charles Marie de La Condamine，1701–1774）。1735 年，拉孔達明率領一支遠征隊去厄瓜多測量子午線弧，後來，因為和同事不和，

---

[232] H. Harold Scott: A History of Tropical Medicine, P.219–223, London, Edward Arnold & Co., 1942.

移植金雞納與文化傳播

離開他們,去勘察探索亞馬遜河。到了秘魯,得知那邊盛產「規那」樹的皮,是醫治瘧疾的特效藥,就想到把它移植到歐洲去。拉孔達明不明白這植物的功效,於是在 1743 年找了出身醫學之家的約瑟夫・德・朱西厄 (Joseph de Jussier,1704–1779) 幫忙。德・朱西厄歷經了千辛萬苦,好不容易收集到他所需要的規那樹皮,裝箱準備交給拉孔達明。但是他的僕人誤以為這些箱子裡所裝的一定都是貨幣或硬幣,就把它全搶走了。這一沉重打擊使德・朱西厄患上神經病發了瘋。另有記載說是拉孔達明獲得的這些東西,在離開南美返回歐洲時,全被亞馬遜河上的巨浪給捲走了。當然,這次移植的計畫完全失敗了。

休・溫德爾 (Hugh Algernon Weddell,1819–1877) 是英國的醫生和植物學家。1845 年 5 月,他先是單獨旅行至巴拉圭,隨後去到秘魯和玻利維亞。出發前,他受法國「自然博物館」的委託,到那邊研究一下規那樹這一植物的自然習性,目的是為了能夠將它從安第斯山脈移植到歐洲來。溫德爾考察了幾個生長規那樹的地區,鑑定出不少於 15 個規那樹的品種,並成功地將種子帶回到巴黎,在巴黎「植物園」種下並得以生長。1850 年,有幾種種子還被運往爪哇,在那裡繁殖。

萊傑的探尋故事頗具浪漫色彩。

查爾斯・萊傑 (Charles Ledger,1818–1905) 是商務經紀人的兒子。從學校出來後即去秘魯,1836 年起成為駐在秘魯首都利馬的英國商務公司職員,在南美洲為南威爾斯政府購買羊駝毛。

1864 年,萊傑注意到一個嚴重的情況:規那,或叫金雞納,作為治療瘧疾的特效藥,在厄瓜多、秘魯和玻利維亞都有生長,但是,不論是這種樹木還是它的種子,都被禁止出口;而且樹木受到砍伐後,被糟蹋

的情形十分嚴重，此植物不可取代，因而有絕跡的危險。第二年，1865年，他克服了重重障礙，從秘魯人那裡收集到14磅高品質的規那樹種子，成功地寄給了他在倫敦的兄弟喬治。但是此事被別的秘魯人發現，他的僕人曼努埃爾·馬奈米（ManuelIncra Manami）因被指認幫助萊傑販運禁運的物資，在玻利維亞遭毆打重傷致死。不過萊傑的種子到達倫敦後，英國政府拒絕購買，結果，一半以33英鎊的價格賣給了荷蘭政府，另一半賣給了錫蘭的一個農場主。最後，荷蘭在爪哇種出了大約2萬棵規那樹，換到數不清的黃金，建立起興盛產業。

直到19世紀初，金雞納都是以天然的樹皮研粉來醫治瘧疾的。1810或1811年，葡萄牙化學家戈梅斯（Gomez）從金雞納樹皮中提取出一種稱之為辛可寧（cinchonine）的生物鹼。十年後，法國化學家皮埃爾-約瑟夫·佩爾蒂埃（Pierre-Joseph Pelletier）和約瑟夫·卡方杜（Joseph Bienaimé Caventou）查明，規那樹皮中其實含有兩種生物鹼，他們分別將其命名為奎寧（quinine）和金雞納素（即辛可寧 cinchonine）。後來，1833年，法國的艾蒂安·亨利（Etienne O Henry）和奧古斯特·德洛德爾（Auguste Delondre）又分離出奎尼丁（quinine）。1847年，德國的溫克勒（F. J. Winckler）還分離出金雞尼丁（cinchonidine），雖然法國人聲稱分離出金雞尼丁是他們的路易·巴斯德的功績。如此一來，用這些物質便可以製成小片的藥丸或者藥片，即奎寧丸或金雞納霜丸來吞服，再包上一層「糖衣」，就不會感到規那樹皮原有的苦味，「連不愛服藥的嬌小姐們也吃得甜蜜蜜」的，相當可口。於是，這種瘧疾特效藥的名聲傳播全世界。到魯迅那個時候，儘管規那樹皮的產量大量提升，1933年全世界規那樹皮的總產量已經高達11,666,000公斤，其中10,000,000公斤被荷屬東印度公司所壟斷，仍然供不需求，價格昂貴，一般人都買不起。

移植金雞納與文化傳播

魯迅的這篇〈論毛筆之類〉，以鋼筆與毛筆之爭為切入點，批判社會上禁止中學生用外國傳來的鋼筆這種封閉、保守和復古的行徑，好像不用鋼筆而用毛筆這一「國貨」，便是愛國的表現。魯迅認為，對於外國那些於中國有利的科學、技術、文化，要「像蘿蔔白菜一樣的吃掉」，作為自己發展科學文化的「養料」[233]。而在這吸取外國有益事物的過程中，則應有那些歐洲人歷經艱險、不怕犧牲去南美洲（魯迅錯認為是斐洲——非洲）移植金雞納樹種那樣的進取精神。

---

[233] 魯迅：《且介亭雜文・拿來主義》。

種痘救人與殺人者製造炮灰

……但我們看看自己的臂膊，大抵總有幾個疤，這就是種過牛痘的痕跡，是使我們脫離了天花的危症的。自從有這種牛痘法以來，在世界上真不知救活了多少孩子——雖然有些人大起來也還是去給英雄做炮灰，但我們有誰記得這發明者隋那的名字呢？

——《且介亭雜文·拿破崙與隋那》

種痘救人與殺人者製造炮灰

編在《且介亭雜文》中的這篇〈拿破崙與隋那〉，文末只署 11 月 6 日，沒有年分，也沒有說明發表在哪份報刊，更不知魯迅是在什麼社會背景下寫的，也許僅僅只是如文章開頭所稱，起因於他認識的一位醫生。這位醫生常受病家的攻擊，於是便自解自嘆道：「要得稱讚，最好是殺人，你把拿破崙和隋那比比看……」

魯迅相信「這是真的」：看，我們不但總是「敬服」拿破崙是「英雄」，「甚而至於自己的祖宗做了蒙古人的奴隸，我們卻還恭維成吉思（汗）；從現在的卐字眼睛看來，黃人已經是劣種了，我們卻還誇耀希特拉（即希特勒——引者）。」

情況常常確實如此。英國歷史學家湯瑪斯·卡萊爾（1795–1881）在他那部影響重大的演講錄《論英雄。英雄崇拜和歷史上的英雄事業》中感嘆道：「人世間缺乏的一種東西，在某種意義上說，多半就是缺乏辨識英雄的能力。」[234] 豈止是「缺乏」，有時簡直是到了混亂的地步，混亂的英雄崇拜甚至成為習慣了。當阿Q在被綁赴法場的路上，雖然因看到吳媽而「羞愧自己沒志氣」，落到這步田地，還仍然相信「過了二十年又是一個……」。這省略號「……」裡的話，在民間是常聽說的，即「好漢」之意：「二十年後又是一條好漢」。而且他這話還博得圍觀者們「好！！！」的一片「喝采聲」，分明是認為他不愧是一個英雄。

英雄崇拜的混亂在於似乎只要有什麼大舉動，不論它是建設性的，還是破壞性的；是造福人類的，還是毀滅人類的，都不分是非；不管是推動歷史還是阻礙歷史的，都被看成是英雄行為，因而聞名天下。而真正在默默地「修補」世界的英雄，卻往往不為人知。

---

[234] 卡萊爾：《論英雄。英雄崇拜和歷史上的英雄事業》，第 207 頁，商務印書館，2007 年版。

顯然就是基於這樣的比較，魯迅想起拿破崙，又想起隋那。

拿破崙從一個小小的砲兵少尉，到法國將軍、法國的第一執政和法國皇帝，「他一往無前的激情是用武力擴張法國的領土……終其一生……他幾乎被一致尊崇為歷史上偉大的英雄人物。」[235] 但他在「用武力擴張法國領土」的過程中，死了多少軍人和百姓，誰能說得清楚。卡萊爾說，拿破崙「正如踩著高蹺的人，看起來站得很高，然而他的身材並不會因此而改變」。是的，卡萊爾說，拿破崙「也做了一些正義的事情，做了一些自然法則許可的事情」，但他「對人民進行沉重踐踏和殘暴壓制」，「這類殘暴行為深深地激怒了人心，每當人們想起他，總是被壓抑得怒火滿目」[236]。而隋那，「自從有（他的）這種牛痘法以來，在世界上真不知救活了多少孩子」，他這英雄業績卻往往不為人知曉。而事實是，隋那，用卡萊爾的話來說，是這麼一個「奇特的」英雄：「他死後，在他的墓穴裡還支配著整個民族和世世代代的人們（他就是為此工作 —— 原文如此），而這些人在他生前還說不定是否會同情幫助他呢。」[237]

隋那，如今通譯詹納。

愛德華·詹納（Edward Jenner，1749–1823）是英格蘭格洛斯特郡貝克萊的一名鄉村醫生，發明了有效預防天花的牛痘接種法。

天花是危害人類最大的災害之一。這是一種急性病毒性傳染病，患者先是感到發熱，兩天後咽喉和皮膚出現皮疹，從丘疹、皰疹變成了膿皰，然後乾縮，留下明顯的痘疤，永遠不會消退。重症天花常常沒有典型的發疹過程，而表現為紫癜和出血斑；有的病例剛發病，典型皮疹尚

---

[235]《不列顛百科全書》第 11 卷，第 532 頁，中國大百科全書出版社，1999 年版。
[236] 卡萊爾：《論英雄。英雄崇拜和歷史上的英雄事業》，第 267–273 頁，商務印書館，2007 年版。
[237] 卡萊爾：《論英雄。英雄崇拜和歷史上的英雄事業》，第 175 頁，商務印書館，2007 年版。

未出現就有中毒性皮疹；重症會出現出血性皮疹，經常於典型皮疹出現之前，患者就因不易確診或來不及確診而死亡。

早在16世紀中國的明朝隆慶年代，就有透過人痘接種來預防天花的方法。那時用的大概是「鼻苗種痘」，就是將天花的痂，待陰乾後研磨成細末，透過銀管吹進兒童的鼻孔裡。只是這樣做有很大的危險性。後來改用經過多次接種的痘痂，毒性已減；加上技術也較為完善，接種後就比較安全了。不久，這一方法還傳到了國外，除了從近路東傳日本、北韓和東南亞各國外，還經俄國、土耳其遠遠傳到了英國和歐洲。在緊靠高加索山北部的平原或山麓，即今日的喬治亞、吉爾吉斯一帶，一些名為切爾克斯人（Черкасс）的山民，在生下女孩子六個月的時候，就會幫她們種痘。有人曾經親眼見到一位老婦人，把三根針繫在一起，用它在一個自然得過天花的三歲男孩身上刮出一個輕微的傷口，再在女孩子的臂上劃出傷痕，將男孩傷口上的膿汁塗抹到女孩的傷痕上，使她們得以終生防止傳染天花。希臘醫生伊曼紐爾·蒂莫尼（Emanuele Tumoni）和賈科莫·皮拉里諾（Giacomo Pilarino），曾目睹過這一程序，並於1714年和1716年英國的《自然科學會報》（*The Philosophical Transactions of the Royal Society*）上發表介紹土耳其皮膚接種方法的報導。但這在當時並沒能改變英國醫生對待天花的傳統態度，典型例子就是：當英格蘭王子患天花時，中世紀最著名的英國內科醫生之一加德斯登的約翰（Johnof Gaddesden，1280–1361）最高明的辦法就是將他安置在一個紅房間裡，蓋上一襲猩紅色的被單，相信這樣就有助於對付可怕的天花瘟疫了。

改變這一狀況的，首先得感謝英格蘭駐土耳其公使的夫人瑪麗·沃特利·蒙塔古（Lady Mary Wortley Montagu，1689受洗–1762）。瑪麗·蒙塔古不僅把土耳其的種痘方法帶到英國，並透過她的朋友卡洛琳皇妃的

幫助，獲得國王的支持，在囚犯中進行接種實驗，特別是她還當著幾位著名醫生的面，在自己的幾個孩子身上接種，為國人作榜樣。只是這種人痘接種畢竟仍然有相當的危險性，例如1796年，一個接種了人痘的兒童使17人感染上了天花，其中有8人死亡。直到此法被詹納所吸納，使它從人痘接種改良為牛痘接種之後，才得以成為防止天花的有效方法，且不再具有危險性。

在詹納生活的17、18世紀英國，天花十分猖獗。在奶牛群中，牛痘也很流行，使奶牛患上一種輕微的傳染病，擠奶女子手指上若有傷口，便可能被傳染，出現低燒、不適感和區域性淋巴結腫大。不過很快就會痊癒，更沒有致命的危險；特別是牛痘極少引起水皰，所以不太會在病人的臉上留下麻點；更有趣的是，曾經出過牛痘的擠奶女子，沒有人再得天花，即使在天花流行期間也不受感染。詹納20歲那年替一位外科醫生做學徒時，有一次，一個年輕的女子來求醫。當時正好在流行天花，詹納順便問她怕不怕天花，那女子卻大聲回答說：「我不會得這病，因為我已經出過牛痘。」[238]這件偶然的事給年輕的詹納留下了深刻的印象，使他難以忘懷並決意以後有機會去研究一下擠奶女子這話是否可信。幾年後，詹納聽人說，有一位飼養家畜的農夫班傑明·傑斯泰（Benjamin Jesty）於1774年用「打襪針」在他妻子和兩個兒子的手臂上劃出傷痕，嵌進患牛痘的母牛乳頭上的痘漿，來預防接種。這使他想到，也許接種牛痘會是一種防止天花的安全有效方法吧。於是，詹納在1796年5月14日，如他在2年以後寫的論文《天花疫苗因果之調查》中所言，「選了一位8歲左右的健康男孩（第17例，詹姆斯·菲普斯）來接種牛痘。接種物

---

[238] Ralph H. Major: A History of Medicine, P.607, Blackwell Scientific Publication, 1954.

××× 種痘救人與殺人者製造炮灰

採自一位擠奶女子（第16例，薩拉·內姆斯）手上的牛痘痘皰。」[239] 數天後，孩子病了，他體溫增高，出現寒顫。但很快，手上原來的潰瘍結了痂，不多時，也就脫落了。於是，孩子恢復了健康。為了確定這男孩是否會受天花傳染，詹納在7月1日邁出了最關鍵的一步 —— 給菲普斯接種天花膿汁。在當時，有很多很多人強烈反對種痘。因此，詹納這樣做，不但需要勇氣，而且還得要有冒險精神：不只是對孩子的生命，還有他自己的理想和信譽，甚至他自己的生命。在這段時間裡，詹納數夜不眠，不眠不休地守護在孩子身邊。最後終於證明情況良好，詹納的思想獲得了勝利，菲普斯成了歷史上第一個透過牛痘接種的途徑防止了天花感染的人。後來，詹納又給其他的兒童和成人接種牛痘，並以天花膿汁挑戰效果，結果發現總是能夠承受得住天花的襲擊。於是，詹納根據自己從1778年開始的實踐，寫出了一篇包括23例病人觀察報告的論文，於1797年提交給倫敦的皇家學會政務會（Council of Royal Society）。但是政務會中那些保守的醫學家們對這一新方法抱持懷疑態度，退回了詹納的稿件，「忠告」他「應更加謹慎穩重」，「以免有損已有的聲響」[240]。詹納深信自己屢經檢驗的真理，便於1798年在倫敦自費出版了這篇論文，題目是：《一種見於英國西部、特別是格洛斯特郡、名之為牛痘的疾病，天花疫苗因果之調查》，向同行和民眾推薦牛痘，但是遭到極大的阻礙。宗教勢力竭力詆毀這一偉大的科學成就，教會一方面愚弄說，牛痘接種是來自土耳其的異教徒作法，不適合基督教，要想免受天花的懲罰，唯一的方式就是要向天花女神贖罪；另一方面還故意嚇唬人，說那些接種

---

[239] J. A. Dudgeon: Devolopement of Smallpox Vaccine in England in the Eighteenth and Nineteenth Centuries, BMJ, May 25, 1963.

[240] J. A. Dudgeon: Devolopement of Smallpox Vaccine in England in the Eighteenth and Nineteenth Centuries, BMJ, May 25, 1963.

了牛痘的人，結果頭上都長了角，臉也變得像牛的模樣，還喪失了人的語言能力，只能像小牛似地叫。他們甚至還展出了所謂「牛狂症」或「牛面孩」的典型，來「證明」接種的可怕後果，可能會使人類向動物退化。自然，這類欺騙宣傳是經不起事實檢驗的。有一年，就在上述教會的教區，又流行天花，只有種過牛痘的人才免受感染，安全無恙。這樣一來，要求種痘的人就多了起來。在一些先進的醫生們的支持下，牛痘接種不但在英國迅速獲得推廣，還傳到了法、俄等世界各國，最後又傳回中國。法國偉大的啟蒙思想家伏爾泰讚美說：「我聽說一百年來中國人就一直有這種習慣；這是被認為全世界最聰明、最講禮貌的一個民族的偉大先例和榜樣」；他特別讚揚蒙塔古夫人「是一位智勇雙全的英國婦女」，從她以自己的孩子為榜樣時起，「至少一萬個家庭的兒童因為國王和瑪麗·沃特利·蒙塔古夫人而得救，這些女孩也多虧有國王和瑪麗·沃特利·蒙塔古夫人，而保持了她們的美貌。」[241]

「四一二事件」發生後，內戰取代了團結，獨裁取代了民主，黑暗的中國大夜彌天。對反動派此種令人髮指的罪行，魯迅在一系列的雜文中表達了「十分的憎惡和悲痛」[242]。

魯迅早年曾期望從醫學入手，解救中國人民的痛苦，並促進人們對於政治改革的信仰。但是在如此社會制度下，正如魯迅 1930 年給一位學醫的青年馮蕙熹題詞時所言：「殺人有將，救人為醫。殺了大半，救其孑遺。小補之哉，嗚呼噫嘻！」一個醫生，縱然有「救人」的美好願望，有救治的真誠態度，甚至也達到理想的效果，如種痘，雖然因為它「不知救活了多少孩子」，又有多大好處，但被救活的人數能和被殺死的人相比

---

[241] （法）伏爾泰：《哲學通信》（高達觀等譯），第 43、42 頁，上海人民出版社，1986 年版。
[242] 魯迅：《而已集·答有恆先生》。

嗎？至多也只能說是「小補之哉」。科學技術的社會作用，決定了它被掌握在誰的手裡。在少數人統治多數人的社會裡，進步的、革命的人民遭受鎮壓，有斧劈、刀砍、槍殺、裝入麻袋投入江河等等殘暴手段，連力學、化學、電器機械等先進的科學都被利用於此了。在這種時候，希冀以包括醫學在內的「科學救國」，就如同其他「儲蓄救國」、「文學救國」、「藝術救國」、「航空救國」等等一樣，都是行不通的。四年後，魯迅又引用一位醫生以拿破崙和詹納兩人做對比的談話，再次說明，只有革命，從根本上掃蕩殺人者，才能真正做到救人救國。

後記

後記

　　這是我出版的第二冊書，第一冊是我翻譯的蘇聯女作家阿・巴爾托的電影劇本《阿遼沙鍛煉性格》，於 1957 年由中國電影出版社出版。

　　由於我出身不好，在「文革」的十年中，大多日子都是在被批鬥、隔離和體力勞動中度過的。後來，小將們要「打內戰」，沒有時間來管我們這些牛鬼蛇神了，我才有時間天天上圖書館。當時，中國只有《毛澤東著作》，以及《紅樓夢》和魯迅著作兩種書。後來，圖書館稍稍放鬆，可以借閱純自然科學的書刊。當我從 JAMA（《美國醫學協會雜誌》）中看到每期一篇由編輯撰寫的專門介紹西方醫學歷史的文章，我簡直是完全入迷了，於是把裡面的內容摘錄下來。《魯迅雜文中的醫學史知識》即是我學習西方醫學史的第一個收穫。最初，連同「蜾蠃的毒針」、「猴子案件」等十幾篇同類篇目，投寄當時以出版魯迅研究而聞名的湖南人民出版社，經朱正先生之手，以《佛洛依德、蜾蠃及其它魯迅著作中的自然科學知識》為題於 1980 年出版。

　　2014 年，灕江出版社約請陳漱渝先生編輯「魯迅研究新前沿叢書」，陳先生認為本書還有一點點可讀之處，準備將它納入這一叢書。我自然十分高興，於是此書得以第二次出版。

　　感謝崧博出版的黃榮華總編和林緻筠經理，使此書有幸第三次以繁體字版重印。

　　余鳳高 2024 年於杭州紅楓苑

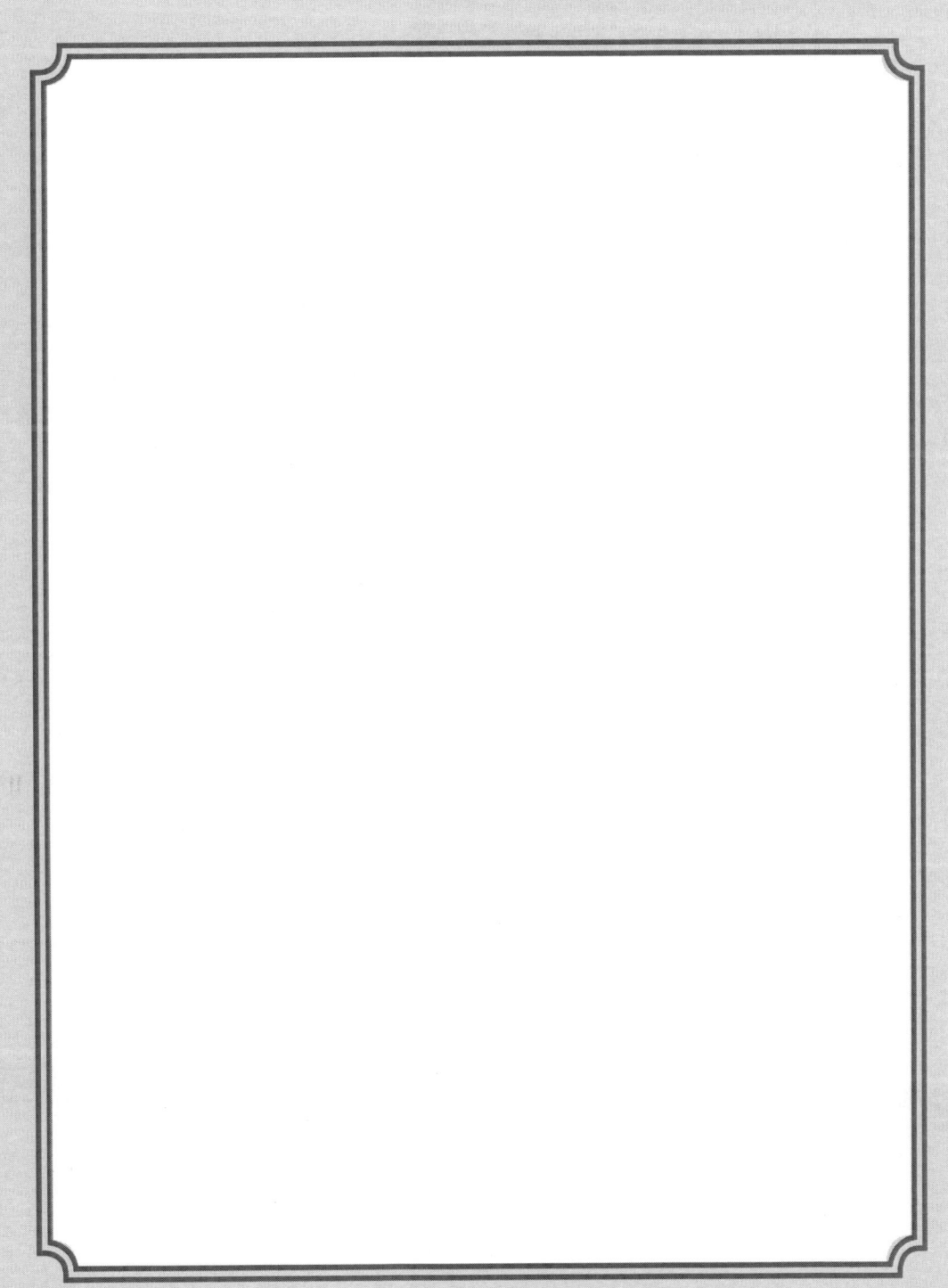

魯迅雜文中的醫學史知識：

兼具思想性、科學性與藝術性，從魯迅雜文中體會蘊藏於醫學的人文精神

作　　者：	余鳳高
發 行 人：	黃振庭
出 版 者：	崧燁文化事業有限公司
發 行 者：	崧燁文化事業有限公司
E-mail：	sonbookservice@gmail.com
粉 絲 頁：	https://www.facebook.com/sonbookss
網　　址：	https://sonbook.net/
地　　址：	台北市中正區重慶南路一段61號8樓
	8F., No.61, Sec. 1, Chongqing S. Rd., Zhongzheng Dist., Taipei City 100, Taiwan
電　　話：	(02)2370-3310
傳　　真：	(02)2388-1990
印　　刷：	京峯數位服務有限公司
律師顧問：	廣華律師事務所 張珮琦律師

國家圖書館出版品預行編目資料

魯迅雜文中的醫學史知識：兼具思想性、科學性與藝術性，從魯迅雜文中體會蘊藏於醫學的人文精神 / 余鳳高 著 . -- 第一版 . -- 臺北市 : 崧燁文化事業有限公司 , 2024.12
面；　公分
POD 版
ISBN 978-626-416-176-3(平裝)
1.CST: 周樹人 2.CST: 學術思想 3.CST: 文學評論
848.6　　　　　113018347

-版權聲明-

本書版權為作者所有授權崧燁文化事業有限公司獨家發行電子書及繁體書繁體字版。若有其他相關權利及授權需求請與本公司連繫。

未經書面許可，不得複製、發行。

定　　價：350 元
發行日期：2024 年 12 月第一版
◎本書以 POD 印製
Design Assets from Freepik.com

電子書購買

爽讀 APP　　臉書